まさかと思った続編の依頼。
この二作目に手応えがあったから
三作目四作目につながりました。

中山七里

追憶夜想曲——印刷簽名版

「這種故事也能有續集？還越寫越順，帶出了後面的三、四集。」——中山七里

讀小說
Reading Novel

追憶夜想曲

追憶の夜想曲（ノクターン）

中山七里

李彥樺／譯

瑞昇文化

目次

第一章

辯護人的謀略

1

第一次將刀子插入頸項時，御子柴著實嚇了一跳，手感就像在切黃奶油一樣。但刀尖只插入兩公分，就無法再往前送，因為抵到骨頭。不管推或轉，都無法再前進半分。

不過他事先早已猜到，御子柴不慌不忙地將手中的工具換成細齒鋸。這把鋸子是一星期前在家庭購物中心買來的，跟學校技術科使用的鋸子相同，鋒利程度還算差強人意。

每一次拉動鋸子，就會冒出血來。但不到狂噴的地步，只像是將血從軟膠管內擠出來。御子柴心想，多半是因為死後才肢解屍體的關係吧。事實上最難處理的不是血，而是脂肪。一旦刀口沾上脂肪，鋒利程度就會大減。得不時抽出來以抹布擦拭乾淨，才能繼續切肉斷骨。御子柴暗自反省，早知會有這種狀況，當初應該多買幾把鋸子。

季節正要邁入秋天。

微弱的夕陽光芒，以及鐘蟋的鳴叫聲，讓這座三年前倒閉的廢棄鍍金工廠隱隱帶著晚夏的氣息。除了御子柴之外，周圍一個人都沒有。雖然停業已久，空氣中依然瀰漫著鍍金工廠特有的有機溶劑及鐵鏽的臭味，甚至掩蓋了手中不斷噴灑的血肉及內臟的屍臭。

御子柴默默拉動著鋸子。

將佐原綠的屍體切割成數塊，最大的理由是方便搬運。剛剛試著扛在肩上，御子柴才知道這麼小的女孩，變成屍體後竟然如此沉重。這讓御子柴再次體認，要將這龐然大物搬到某處拋棄，可不是件輕鬆的事。事實上御子柴對切割屍體並沒有太大興趣。當然，插下第一刀時背脊竄起了一陣酥麻的快感。但幾刀過後，這種感覺也消失了。當初用力掐住她的脖子，彷彿要擠出她靈魂的一瞬間，那種痛快可不是這種程度而已。相較之下，分屍只是收拾殘局的工作。

花了三小時，終於切斷頭顱及四肢，鋸子及指尖已沾滿了黏稠的血液。御子柴以事先準備好的一桶水，將手洗了又洗，卻洗不去那股濕滑感。

御子柴將肢解完的屍體暫時搬到廢棄工廠的角落藏好，便回家了。這時已到晚餐時間，若不回去，會遭家人起疑。

一進屋裡，便看到母親及妹妹正對著電視上的綜藝節目捧腹大笑。

「啊，你回來了？等這節目看完，媽媽就去微波你們的晚餐。」

「哈哈哈！這傢伙實在是太好笑了。」

是嗎？這個搞笑藝人很好笑嗎？到底是好笑，還是可笑？看來即使是兄妹，感受也完全不同。我現在心情好得不得了，但妳恐怕一輩子也無法理解這種感覺吧……

今天的晚餐是冷凍速食炒飯。吃在嘴裡，就像是咀嚼沙子一樣。御子柴三兩口扒完了飯，衝進浴室裡將雙手手掌徹底洗得一乾二淨。

接著御子柴回到位於二樓的自己房間，凝神細聽樓下的動靜。十點多時，父親回家了。這男人的生活作息簡直像學校課表一樣一成不變。就跟往常一樣，父親吃了飯、洗了澡，看完了深夜的體育新聞，便匆匆上床睡覺。

凌晨兩點多，御子柴確認家人都熟睡後，換上外出服，打開了窗戶。窗外不遠處有一根電線桿，御子柴沿著電線桿往下滑，不費吹灰之力就來到了屋外。接著御子柴躡手躡腳地跨上腳踏車，回到了廢棄工廠。沒錯，腳踏車。為了以腳踏車後頭的籃子搬運屍體，御子柴才將屍體切割成了合適的大小。

廢棄工廠裡，阿綠正乖乖等著御子柴回來。

御子柴決定在今天晚上先處理掉頭顱。剛開始的時候，御子柴本想將頭顱留在身邊把玩一陣子，直到厭煩為止。要不然，就是切得更碎後丟棄。但御子柴很快就改變了想法，因為原本稀奇又可愛的少女頭顱，如今已徹底失去魅力。原本像玻璃珠一樣清澈的眼睛，已逐漸變得白濁。然而最重要的理由是，這玩意越看越可怕。生前充滿生命力的阿綠，一旦死了之後，簡直像是變成難以理解的怪物。御子柴感覺那對白濁的瞳孔彷彿不斷凝視著自己。數次試著將眼皮闔上，但眼皮總是彈回原本的位置，這就是屍體僵硬的現象吧。

御子柴將頭顱擱在鄰鎮的公民館前郵筒上。

一旦公開阿綠的頭顱，不僅會震撼社會，也將驚動警察。明知如此，御子柴除了不安，又有種巴不得趕快讓所有人都知道這件事的慾望。御子柴離開郵筒時，心情就像是安裝了一顆定時炸彈。

定時炸彈果然爆炸了。

引爆炸彈的是一名牛奶販賣業者的女職員。她在配送牛奶的途中，發現了頭顱。剛開始的時候，她還以為那是人偶之類的東西。等到她看清楚後，她的尖叫聲響遍了整個社區，警察及好事的民眾登時蜂擁而至。

御子柴第一次聽到風聲，是在放學後不久。

「聽說相生町有個小女孩，被人以殘酷的手法殺死。」

母親在說這句話時顯得相當激動，臉上除了恐懼，還帶著明顯的好奇心。御子柴拚命壓抑住脫口說出「兇手正是我」的衝動。

這天傍晚，御子柴不等天色完全變黑，就回到廢棄工廠。這時警察尚未將這個地方列入搜查範圍。御子柴取出一個大約七十公分的長形袋子，把右腳裝在裡頭。這是他自廚房偷來的尼龍袋。因為頭顱已被發現，夜晚走在路上可能會遭到懷疑，但這個時間應該還不要緊。何況裝在袋裡的右腳，就像是根法國麵包，讓御子柴看起來宛如是個被媽媽託付上街買東西的孩子。

夜色越來越濃，幼稚園早已關閉，門口一個人都沒有。這裡並不是阿綠就讀的幼稚園，因此看不到任何攝影機或記者。御子柴往左右看了一眼，確認沒有人後，將袋裡的東西放在幼稚園門口，接著轉身拔腿狂奔。

第二顆炸彈也漂亮地爆炸了。報紙及電視新聞鬧得沸沸揚揚，佐原綠遭殺害的案子受重視的程度，勝過所有政治話題。警察大幅增加搜查人力，各地幼稚園及小學也召開緊急會議，決定派人保護孩童們上下學時的安全。

御子柴心裡樂不可支。所有大人都被自己安排的炸彈嚇得像沒頭蒼蠅一樣。

阿綠，妳一定也很開心吧？我們的合作表演，獲得了全世界的掌聲與喝采……第三天清晨，御子柴趁著晨霧未散，將袋子裡的左腳放在神社的賽錢箱上，才到學校上課。

這第三顆炸彈，讓兇手獲得了「屍體郵差」這個帥氣的綽號。御子柴非常中意這個帶有嚴謹及耿直形象的稱呼，因為這相當符合自己的性格。

但「包裹」送了三次後，附近隨時都有警察及消防隊員嚴密巡邏，要偷偷前往廢棄工廠已有些困難。何況上下學時總有些雞婆的大人守在一旁，根本沒辦法繞道前往他處。

幸好屍體的兩隻手臂早已取回來藏在房間天花板上。跟頭部或腿部比起來，手臂較不占空間，處理上也省事得多。只要想個辦法攜出屋外，要棄置在警戒較鬆懈的超市停車場，或一般住家門口，想必不是難事。

最大的難關，還是在於軀幹。御子柴左思右想，還是想不出適當的搬運方法。就在這個時期，那些人找上門來了。

「御子柴禮司，我們現在以殺害佐原綠的罪嫌逮捕你。」

就在這一瞬間，御子柴從床上彈了起來。

這裡是某公寓房間，窗外依然昏暗。設定了時間的空調系統早已停止運轉，室內溫度極低，額頭上卻沾滿了不舒服的汗水。即使以手掌頻頻擦拭，不舒服的感覺依然揮之不去。打開放在枕邊的手機，一看上頭顯示的數字，是「04：24」。

御子柴悶哼了一聲。即使這麼早醒來，也不會對身體狀況有絲毫影響。但是被噩夢打擾了安眠，讓御子柴心裡相當不愉快。殺害佐原綠的記憶，如今依然深深烙印在腦海。將刀尖插入頸項的感觸，也還清晰地殘留在手掌上。一切都是如此真實，根本沒必要靠夢境來重新溫習。

下床的瞬間，左側腰際感到隱隱刺痛。御子柴反射性地按住了傷口，但傷口當然沒有裂開。距離拆線到現在已過了兩個月，手術剛結束時痛得生不如死，此刻卻只像是被蚊子叮了一口。

既然醒了，不如好好利用時間。御子柴走出門外，從集中式信箱抽出早報，回到屋裡閱讀。閱讀的內容主要是經濟版及社會版。經濟界的爾虞我詐，以及社會上的種種悲劇，向來是律師茶餘飯後的消遣。

御子柴法律事務所如今共與三家企業簽訂顧問契約。但顧問費只足夠支付事務所的房租，無法填補其他開銷。何況近年來經濟不景氣，這三件顧問契約能否長久持續下去都是個問題，當然還是得積極開拓新客源。御子柴選擇客戶的條件有兩點，一是財力，二是立場。最理想的客戶，是背景不乾淨的資產家。越是心虛的人，越是看重名聲與地位。同樣的道理也可以套用在組織上，來歷可疑的組織為了掩人耳目，總是會舉辦一些大規模的活動。像這樣的人或組織，為了自保不管花多少錢都不會心疼。

社會版的頭條新聞是前陣子那起惡婦殺夫案的法院判決。

〈東京地方法院於十六日依循裁判員制度[1]，為津田伸吾遭殺害一案作出判決。身為死者妻子的被告津田亞季子（三十五歲），遭地方法院判處十六年徒刑。被告亞季子從一開始就坦承殺害丈夫，這場審判受社會關注的焦點在於法院將如何判刑。針對判決理由，審判長大塚俊彥認為被告的動機相當自私，僅因為丈夫無法維持家庭生計，且被告希望與其他男人再婚，就將丈夫殺了。這樣的看法，可說是與檢察官的主張完全相符。被告的代理律師寶來兼人當日便提出上訴，理由是量刑不當。被告亞季子在今年五月五日因涉嫌與丈夫發生口角後將其殺害，遭警方逮捕並羈押於東京看守所內。〉

除此之外，沒有任何一則值得關注的新聞。御子柴摺起報紙，開始看起最近調查的一件案子相關資料。

這件案子的調查過程並非全由自己親自執行。自己本月月中才出院，之前的調查行動，都是女事務員日下部洋子的功勞。雖然在一些細節上不臻完美，但乍看之下並無致命疏失，應該不用採取什麼補救措施。

蒐集到的資料是否有謬誤之處？這樣的內容有沒有辦法讓那些對外嚴苛、對內寬大的律師公會成員們心服口服？御子柴細細評估，最後的結論是應該沒有問題。

御子柴沖了個熱水澡，於七點離開公寓。雖然比平常早了兩小時，但御子柴並不介意。前往事務所的路上，御子柴在經常光顧的咖啡廳買了兩塊麵包，以及一杯含糖的咖啡。雖然傷勢才剛痊癒，喝杯咖啡應該不至於造成什麼危害。

抵達位於虎之門的事務所時，還不到八點。洋子還沒來。御子柴坐在自己的辦公桌前，準備起了資料。

不一會，事務所的大門一開，洋子走了進來。她一看見御子柴，劈頭便以責備的語氣說道：

「老闆！您怎麼會在這裡？」

「只不過早來兩小時，有什麼好大驚小怪？」

「您前天才剛出院……醫生不是說您還沒完全康復，得靜養一星期嗎？」

1 「裁判員制度」指的是讓一般民眾以裁判員身分參與重大案件審判的司法制度，在日本於二〇〇九年施行，類似台灣「國民法官」的制度。

「靜養期間的收入，難道醫生要補給我？」

御子柴不耐煩地揮手打斷洋子的話。以法律事務所的事務員而言，洋子相當能幹，但是連御子柴的健康及生活也插手干預，可就讓御子柴有些吃不消了。

「這陣子麻煩妳幫我調查案子，辛苦妳了。」

話題一轉回公事上，洋子的神色登時變得緊張。

「但是在蒐集證詞時，如果能順便打聽解約件數，可就更完美了。像這類案子，真相往往隱藏在解約件之中。」御子柴接著說。

「請問……這些調查資料，您打算拿來做什麼？」

「嗯？」

「向律師公會提出懲戒申請嗎？還是進行刑事告發？」

御子柴察覺洋子的口氣有些嚴厲，朝她臉上一瞥，發現她的眼神中帶有一絲責難之意。那眼神似乎在訴說著：你是經常遭懲戒所以想報復，還是突然想嚐嚐伸張正義的滋味？

「目前不打算提出懲戒申請，也不打算進行刑事告發，因為這些都沒錢賺。暫時就當作交涉的一項籌碼吧。」

「交涉籌碼？」

「只要是當事人不想被知道或不想被干涉的事情，就算是雞毛蒜皮的小事，也能當作交涉的條件。就像一根釘子，只要使用得當，也能成為殺傷力十足的凶器。」

洋子是個說話相當謹慎的人，她刻意避開了類似「恐嚇」或「威脅」之類的字眼。

「……您打算拿它……當凶器？」

「我只是打個比方，妳別想太多。」

可惜對眼前這個事務員來說，別想太多是個強人所難的要求。她的眼神中所帶的譴責之意更加濃厚了。

「您該不會又想做什麼危險的工作吧？請您千萬別亂來，這是您的個人事務所，沒有合夥律師也沒有跑腿……呃，受雇律師。如果您又發生上次那樣的事情，事務所就要關門大吉了。」

「這次撐了三個月，不也沒事？」

「這不是時間長短的問題。」

「幫助爭執中的任何一方，就會遭另一方憎恨，這不是天經地義的事嗎？」

依洋子的神情看來，她還是憤憤不平。若是以前，御子柴根本不會將事務員的抗議放在心上，但這次讓洋子獨力支撐事務所長達三個月，在她面前畢竟有些抬不起頭來。

「律師遭人怨恨是家常便飯。世上只要是賺錢的生意，多半會成為眾矢之的。何況若賺不了錢，我要怎麼支付事務員的薪水？」

御子柴已經展現最大誠意向洋子說明了，洋子的一對瞳孔還是直瞪著御子柴不放。那眼神似乎在訴說著：都已經被人捅一刀了，賺再多錢有什麼用？

御子柴在傷勢稍見好轉後，曾在醫院裡找了報紙來看。報紙上只說一名律師遭從前的辯護對手家屬攻擊，並未提及進一步的內情。御子柴的過去經歷竟然沒有被公開，不知道是不是負責這件案子的老獪刑警刻意將消息掩蓋了下來。既然報紙上沒寫，洋子當然也無從得知。當她有一天知道御子柴有著不可告人的過去時，不曉得會露出什麼樣的表情？

兩人僵持了一會，洋子歎了口氣，似乎是放棄了抵抗。

「昨天您離開後，谷崎先生來電。」

「谷崎？」

「他要我轉告您，既然您出院了，想跟您見上一面。」

御子柴向來不愛受人恩情或施捨恩情，但對象若是谷崎，可就另當別論了。一來谷崎幫忙接下了上次的案子，二來御子柴好幾次差點遭受懲戒，都是谷崎擋了下來。御子柴不曉得谷崎為何如此對自己青睞有加，但基於禮儀，出院後總是該說聲謝謝。何況他是東京律師公會的前會長，若惹惱了他，絕對沒有任何好處。

「今天有什麼預定行程？」

「沒有。」

這樣剛好，谷崎的事務所就在等等要前往地點的半路上。

「很好，我現在就去拜訪，妳先打電話知會一聲。」

谷崎的事務所也在港區，不過並非位於虎之門，而是位於赤坂。在一座座風格洗鍊的摩天大廈之間，有一棟近年越來越少見的低矮建築，谷崎的事務所就在二樓。

光是從顏色髒汙的外牆，就可判斷這是一棟相當舊的建築。但形象並不老朽，反而透著古色古香的氛圍。一踏入建築物中，這種氛圍更加濃郁了，讓人產生一種彷彿置身在明治時期傳統建築的錯覺。

這些年來事業亨通的律師們總愛遷移事務所。從冷清處搬到繁華處，從中古大樓搬到新大樓，從公寓的其中一間搬到摩天大樓的一整層。每一次搬遷，都在向世人炫耀著自己飛黃騰達。事務所好壞跟工作能力並無任何關係，那些律師卻異常注重門面。不過，御子柴自己也為了裝出派頭而開賓士車，說起來是半斤八兩。

相較之下，谷崎的事務所卻從以前就設在這裡，從來沒有變過。建築物老了，律師也老了。但老並不顯得落伍、過時，反而給人一種安心感，這全得歸功於律師的人望。

御子柴在櫃台說明來意，事務員立刻將他領進會客室。建築物雖老，這裡的沙發可不是骨董。雖然顏色低調內斂，卻是相當新的沙發。

「御子柴，好久不見了。」

谷崎走出來迎接。他還是一樣梳著一頭整齊伏貼的銀髮，臉上帶著和藹的神色。一對瞳孔深邃得彷彿要將人吸進去，而且總是綻放著睿智的光采。

不過，這只是偽裝出來的外表。谷崎雖然是一副道貌岸然的紳士模樣，當年在東京律師公會裡可是號稱革新派的急先鋒。若聽了流傳於外人口中的種種關於谷崎的駭人事蹟，就會知道他絕對不是個和善可親的紳士。只要是站在敵對立場，就算是年長者或學長，也會被他心狠手辣地鬥垮。這樣的行事風格，讓他得到了「鬼崎」這個綽號。

谷崎完吾，八十歲，前東京律師公會會長，律師證號碼在兩萬以下。他是東京律師公會內最大派系「自由會」的領袖，因此雖然辭去會長職務，卻還是擁有左右局勢的發言力。

任何地方的律師公會都一樣，依登錄順序排列的律師證號碼在兩萬以下的律師越來越少，而且全都入垂暮之年。換句話說，這些人佔據了金字塔的頂點，在各縣律師公會內擁有呼風喚雨的勢力。名義上，獨立操業的律師並不存在尊卑問題，但任何一個存在權威的環境，就會出現上下階級的身分差異。眼前的谷崎，正是活生生的例子。

「你的傷已經沒有大礙了？」

「託你的福……上次的案子，給你添麻煩了。」

「小事一件，不足掛齒。案子發展到那個階段，不管誰來接手，結果都是一樣的。不過在二審以上的案子裡，像這種檢察官及審判長都認同律師主張的狀況，可是相當少見呢。唯有那個被告，從頭到尾牢騷發個不停。判她十五年徒刑，可說是相當適切。啊，對了，真鍋審判長是我的大學學弟，後來我們還一起喝了酒。那酒喝起來特別美味，這全得歸功於你。」

御子柴心想，這兩人的關係倒是頭一次聽說。

「真鍋對你讚不絕口呢。他說這年頭的律師，已少有人能像你這樣，辯護手法令人耳目一新。你別誤會，這句話可不是諷刺。近年來採用裁判員制度的案子越來越多，戲劇效果也成了法庭上不容忽視的要素。他還說，如果可以的話，另一件衍生出來的案子，也想聽聽你的高明辯論。」

御子柴在病床上得知委託人遭判徒刑的消息。至於衍生的另一件案子，此時依然在審理當中。據說由於與被告在溝通上有些障礙，辯護律師為此吃了不少苦頭。

「谷崎先生，我還有件事得向你道謝。這次律師公會的懲戒案，又勞煩你幫我化解了。」

「噢，你說那件事？那也沒什麼好謝的。我只是看不慣那個不知廉恥的男人，抓住了把柄就打起膚淺的職業道德觀當口號。那傢伙自己平常遊走在道德規章的邊緣，一看到別人越界，竟然急著想落井下石。我只是看這種行徑不順眼，才拆了他的台。」

谷崎笑得樂不可支。任何人只要惹惱谷崎或違逆他的信念，就會被攻擊得體無完膚，這正是當年「鬼崎」的行事風格。

「綱紀委員會議上，那傢伙說得口沫橫飛，不僅大罵你是犯罪者，還說這是足以撤銷律師資格的重大過錯。若依一般常識，你的行為確實不值得鼓勵，但你身為律師，做出那樣的判斷倒也不能說是完全錯了。只要想成是一種造假行為，我相信有很多同業者會感到同情的。」

谷崎口中所說的行為，指的是拋棄屍體。御子柴不知該如何回應，只能保持沉默。

「造假在世界上任何國家都被視為不可原諒的事情，但有三種職業可以造假，那就是日銀總裁、作家及律師。為了維護委託人的權利，律師即使知道什麼內幕，也可以裝作不知情。不，應該說是非得裝作不知情不可。若有必要，即使是與全世界為敵，律師也必須貫徹守護委託人的使命。我想那個不知廉恥的傢伙，一輩子都無法理解吧。」

「你在委員會上也說了這樣的話？」

「嗯，那男人在提出申請時，把大家唬得一愣一愣的，但畢竟只是人品齷齪者的可笑言論。我一站出來，沒有人敢舉手表達反對意見。」

「聽說你還向警方為我的行為辯護？」

御子柴問道。此時御子柴已透過洋子得知報章媒體並沒有提及上次那個案子的細節，當警方對御子柴丟棄屍體的行徑大為震怒時，據說也是谷崎事先打通人脈。

「噢，你指的是我上檢察廳那件事？那也花不了什麼功夫。我只是去拜訪熟識的檢察官，問了一句『有沒有足以起訴他的物證』而已。」

簡單來說，這個老奸巨猾的律師，向負責此案的檢事正[2]提醒沒有任何物證足以就屍體遺棄罪起訴御子柴。

「那個檢察官也是個明事理的人，即使我沒出面，他也知道以屍體遺棄罪起訴你，是一件多麼沒把握的事。短短三分鐘，我們就達成了共識，接下來的時間，只是痛快地對我們都認識的人大肆批評。」

這整件事的來龍去脈，是這樣的：

在上次的案子中，御子柴將被告所殺害的屍體搬離現場。當然，那時御子柴並不知道被告就是兇手。御子柴擅自移動屍體，只是不想被捲入麻煩事而已。

但當轄區刑警開始懷疑被告就是兇手時，跟著便懷疑御子柴偷偷將屍體移走了。依被告當時的情況，除了御子柴，沒有其他人有機會接觸到屍體。御子柴在警界的風評原本就極差，搜查本部打算進一步追究遺棄屍體的刑責。

但就像谷崎所說的，警方沒辦法從御子柴的身邊找到任何足以證明此事的物證。何況這件事除了被告，沒有其他目擊者。被告從頭到尾看著御子柴拋棄屍體，但他全盤否認自己的殺人罪嫌，當然也間接否認了御子柴曾協助棄屍。

2 「檢事正」為日本檢察機關的職銜名，通常為地方檢察廳的首長。

而且就算被告最後認罪了，也沒辦法就此證明御子柴的遺棄屍體罪狀。御子柴自己也相當清楚這個狀況，不過這些都是在恢復意識後才想通的。在當初審判剛結束時，御子柴的腦袋裡根本還沒想到這些環節。

「檢察官現在忙著對付被告，沒太多心思處理你的問題，也是原因之一。」

就這樣，御子柴的棄屍行為一直沒有遭到起訴。

「謠言傳得很快，這件事一下子就在律師公會裡傳開了。但如果這樣就要撤銷律師資格，別說是你，很多傢伙早就該從律師公會滾蛋了。那些傢伙不敢舉手反對我的主張，正是因為擔心搬石頭砸了自己的腳。」

「不，我不這麼認為。」

「噢，怎麼說？」

「沒有人舉手反對，是因為沒有人擁有膽敢反抗谷崎先生的骨氣。」

谷崎再度哈哈大笑。

「你太抬舉我了。像我這種被老人斑蓋了半張臉的老不死，有誰會怕我？」

「請恕我直言，過度的謙虛聽起來只會像反話。」

御子柴坦承以告，谷崎卻喜孜孜地望著御子柴說道：

「好吧，那我就給你一個坦率又準確的答案。整個東京律師公會裡，有骨氣膽敢反抗我的人，只有你而已，御子柴。」

「這才叫太抬舉。我沒有你所說的這種反骨精神，只是平日的處世行徑，讓我無法融入律師公會這個組織之中而已。就好像一個不喜歡參加班會的流氓學生。」

「班會……這比喻真是妙極了。沒錯，律師公會就像是一群大人學小孩子開起了班會。不僅是東京，就連其他地方的律師公會也是一個樣。沒有人敢說真話，每個人都高舉著口號與理想當擋箭牌。狡猾地讚頌自由與正義，其實重視的是權力與權益。為了保護自己，就算犧牲委託人的利益也不當一回事。」

谷崎不屑地罵完之後，忽然話鋒一轉，說道：

「你剛剛說你是流氓學生？流氓……這稱呼倒也不錯。御子柴，其實我今天找你來，正是為了這件事。既然我們都是流氓，你願不願意跟我搭檔？」

「……我不明白你的意思。」

「我年輕時也曾被喚作流氓律師，我們一定合得來。我就不拐彎抹角了，下次的會長選舉，我希望你代表自由會出馬。」

「若是這件事，我應該已經拒絕過了。」

「這次我是認真的。放任那種像班會一樣的組織繼續下去，只會越來越腐敗。唯一的辦法，只有置之死地而後生。既然你是流氓，搞破壞當然是你的拿手好戲。」

谷崎目不轉睛地凝視御子柴。態度雖然好整以暇，眼中卻釋放著熱氣。

「請容我問個問題……為何你如此對我抬愛？」

「嗯，因為就各種意義上，你都是個突破窠臼的人物。要解決當前的困境，就必須交給一個無法以現有價值觀衡量的人。」

「我不僅沒辦法解決困境，搞不好還是顆會炸毀一切的危險炸彈。」

「那也沒什麼關係。與其讓那些互相包庇的傢伙繼續腐敗，不如徹底毀了乾脆。」

看來谷崎真的對律師公會相當不滿，才會將御子柴當成了潔身自愛的反體制分子。但御子柴知道自己不僅是反體制分子，更是徹頭徹尾的反社會分子。就算是自詡為清濁兼修的谷崎，一旦知道御子柴的祕密，肯定不會再說出像這樣的提議。

不過，御子柴不打算主動坦承自己的底細。就像上次一樣，打個馬虎眼敷衍過去就行了。

「能讓我考慮看看嗎？」

「當然可以，下一屆會長選舉是明年四月，時間還很充裕。」

「不過請別太期待……那我告辭了。」

御子柴道別並轉身要走出會客室時，背後的谷崎突然喊了一聲：「等等。」

轉頭一看，谷崎端坐不動，一對眼睛凝視著御子柴。

「我怕你誤會，有句話還是先對你說。我知道你並非只是個單純的搗蛋鬼，也知道你不是個清廉潔白的人。你少年時幹了什麼事，我心裡很清楚。」

御子柴倒抽一口涼氣。

「哈哈，原來你並非抬舉我，而是把我看扁了。你認為我在拱一個人上陣前，不會先把底細摸得一清二楚？不過你放心，這件事我沒對任何人說。」

「……我更摸不著頭緒了。你既然知道我的過去，還想拉攏我？」

「剛好相反，正因為知道你的底細，才想把你留在身邊。」谷崎最後又笑起來。「對你這樣的人，我非常感興趣。」

2

御子柴接著來到南青山最高級區域的某棟辦公大樓。

這是一棟相當摩登的建築，自地表算起，有十七層樓，外牆全以玻璃包覆。御子柴的目的地是涵蓋十四層到十六層的空間。

十四樓的辦公室門口高高掛著氣派的金色招牌，上頭寫著「HOURAI³法律事務所」。訪客櫃台搞得像大企業的服務台，裡頭坐著恐怕連答辯書長什麼樣子都不知道的接待小姐。御子柴報上姓名，便被帶進十六樓的會客室。

等了大約十分鐘，此次拜訪的目標人物終於出現了。

「抱歉，讓你久等了。」

寶來兼人臉上堆滿虛假的笑容。這個人舉手投足就像個業務員，但臉上的笑容卻給人皮笑肉不笑的印象。倘若是真正的業務員，要靠這樣的笑容卸下客戶的心防恐怕不容易。

「聽說你前幾天才出院，身體不要緊了嗎？」

「託福。」

「你的事務所只有你一個人獨力經營，住院三個月肯定對工作造成不少的困擾吧？」

寶來的言下之意，只是在炫耀自己的事務所規模。HOURAI法律事務所已申請法人登記，除了這間位於南青山的辦公室，在大阪、福岡及北海道皆設有分所。寶來自己的職銜是代表社員，底下有兩名律師及一百四十名事務員。御子柴並沒有親眼見過，但聽說這上百名事務員的辦公座位便占據了一整個樓層，而且所有人都佩戴耳麥組，簡直像是大型企業的客戶諮詢中心。這裡根本不是什麼法律事務所，而是一家徹頭徹尾的企業。

數年前開始，由律師或司法代書代為索求溢繳債務形成一股風潮。許多律師因這個工作的豐厚手續費用及報酬而一夜致富。為了拓展事業，他們紛紛擴張自己的事務所規模。但是風潮總有結束的一天。在整體利益有限的情況下，過度的同業競爭只會造成資源迅速枯竭，這是任何人都懂的淺顯道理。御子柴正抱著滿心的好奇，期待那一天的到來。屆時到底會有多少律師流落街頭，多少女事務員被迫在燈紅酒綠的夜晚鬧區裡陪酒拉客？其實如今已逐漸看得出徵兆了。有些律師的年所得，甚至不到四百萬。沒錢賺的行業，就無法吸引新鮮人加入行列。如此看來，這個業界恐怕遲早面臨冰河期。

「御子柴先生，在你住院的這段期間，已由久米接任新會長。不過說句老實話，在我看來

3 「HOURAI」為「寶來」的英文拼音。

那傢伙也是舊時代的遺毒之一。下一次選舉，我還是會率領新夥伴們再次挑戰，到時請你一定要多多幫忙。」

寶來不僅出版了數本教導如何清算債務的書籍，而且這陣子還經常在電視綜藝節目上露臉。在世人的眼中，他無疑是個成功的律師。但他本人似乎已無法滿足於財富的累積，今年竟然出馬角逐律師公會會長的寶座。開票結果可說是慘不忍睹，他以最低的得票數落選了，但他竟然在名片上的頭銜加了「東京律師公會會長候選人」字樣，對名譽的執著幾乎到了滑稽的程度。

御子柴忍不住想要脫口說出剛剛谷崎向他提議的事情。相信他一定會聽得目瞪口呆吧。接著他不是氣得將御子柴趕出去，就是會想辦法將御子柴拉攏到自己的陣營。不論是哪一邊，光是想像他手忙腳亂的模樣，就令人心情愉快。不過這並非御子柴此行的目的，所以御子柴還是按下沒說。

「話說回來，你突然跟我聯絡，讓我有些驚訝。請問你找我有什麼事嗎？」寶來問。

御子柴從公事包中取出一疊資料。這正是今天早上他還在檢查有無疏漏的那份報告書。

「看了這個，你就知道我為何來找你了。」

寶來一臉納悶地接下資料，一看見封面上的標題，登時瞪大了眼睛。

〈HOURAI 法律事務所債務清算事件調查報告〉

寶來臉上的笑容頓時消失，取而代之的是驚愕之色。

就是要這樣才有趣。御子柴看著寶來皺起眉頭翻看報告，內心如此竊笑。像這樣欣賞獵物被逼入死胡同後恐懼發抖的模樣，可是平日難以嚐到的快感。

「這是什麼？」

寶來還沒翻完最後一頁，已抬起了頭，臉上充滿了憤怒、猜疑與不安。

「還能是什麼？你的事務所不僅違反了日本律師聯合會的規範，而且還讓沒有律師資格的人執行律師業務，這一份就是調查報告書。」

御子柴故意翹起二郎腿，擺出一副高傲的態度。這姿勢除了能惹惱對手之外，還能產生一股壓迫感。

「我可沒做任何違法的行為。」

「那當然，債務清算是你最擅長的業務。但符合法律，並不代表符合日本律師聯合會的規範。律師在處理債務清算案件時的首要工作，是親自與委託人面談，這點相信不必我多費脣舌說明吧？」

平成二十三年四月一日施行的日本律師聯合會規範的第三條，將這個規定白紙黑字寫得清清楚楚。

「寶來先生，你事務所每天的客戶量平均超過兩百名，但包含身為代表社員的你在內，

HOURAI事務所總共只有二名律師。單純計算起來，一名律師每天要與六十七名客戶面談。但是你們的工作時間是上午十一點到下午五點，總共只有六小時，就算不吃午餐，每一名客戶也只能分配到五分鐘的面談時間。在這五分鐘裡，你們要確認客戶的生活狀況、債務狀況、家庭成員及資產等等。這樣的效率，簡直是太神奇了。」

「我們早已將必須詢問的問題以條列的方式寫出來了。稱之為例行公事，或許有些難聽，但只要按照程序進行，根本不需要花多少時間。」

真虧他想得出這套說詞。但是像這樣的藉口，畢竟還是不合常理。

「哎呀，我實在佩服你能設計出這麼一套制度。不過，這個你又如何解釋？報告書第十頁，上頭列了一些實際在你的事務所委託債務清算的客戶證詞。案例七這位男士，他住在廣島；案例十一這位女士，她住在秋田。這兩位客戶聲稱在同一天接受了面談，但他們並沒有來到東京。難道你是透過電話與他們面談嗎？就算是透過電話，那也違反了面談必須當面進行的大原則。」

「廣島的面談由大阪分所負責，秋田的面談由北海道分所負責。」

「你指的是找當地律師協助面談嗎？也對，花個兩萬就可以解決麻煩的面談問題，實在是太方便了。不過根據調查，大阪的大槻律師那天出席了律師公會的會議，北海道的八木律師則是一整天都在法院開庭，不可能協助處理面談事宜。」

寶來支支吾吾答不出話。

這調查的成果全是洋子的功勞。寶來為了應付遠地的客戶，名義上會雇用當地的律師協助面談，這些律師或許是平日案源不夠多，因此才接受了寶來開出的條件。但這些律師多半經營個人事務所，底下只有一名事務員，每天行程安排並不嚴謹，有事必須離開事務所裡的日子也不少。

這調查結果證明了 HOURAI 事務所並沒有派律師與客戶直接面談。光是這一點，便違反了規範。對於覬覦律師公會會長寶座的寶來而言，遭人揭穿違反規範的行徑可說是致命傷。

「報告書第十一頁上，記載了與各金融業者的交涉紀錄。根據這內容，與金融業者進行減額交涉似乎全由事務員負責。沒有任何一項紀錄，是律師直接與業者交涉。」

「事務員只是負責傳話而已，我們事先早已交代清楚可以妥協的最低底限金額了。」

「喔？那案例二十二，你又怎麼說？業者堅持不肯退讓，你底下的事務局長直接了當地說『依我的裁量權限，減十萬是最低限度了』。這段交涉對話，業者那邊也錄了音，隨時可以提出當證據。這聽起來明顯違反律師法第七十二條的無照執業規定，難道這也是我想太多了？」

「錄音？」

「這年頭真是越來越方便了。錄音不必再使用從前的磁帶，每一條電話線都可以儲存三個月的通話紀錄。」

「錄音並沒有證據效力。」

「確實沒有，但拿出來在總會上改變大家對你的看法，還是相當有效。」

寶來一聽到「總會」這個字眼，肩膀登時抖了一下。御子柴心想，果然不出我所料，寶來最怕的就是在律師公會內成為人人喊打的對象。既然如此，就朝這個方向繼續進逼吧。

「還沒完。根據規範第八條第二項，律師在明知債務人尚有其他債務的情況下，若無合理的事由，不得僅處理溢繳索償的案子，而不清算其他債務。另一份錄音紀錄，可以證明你違反了這個規定。同樣是那位事務局長，他毫不遲疑地說了一句『我們只處理溢繳的案子』。」

關於債務清算的報酬，從前的規定是不得超過債務總額的兩成，但是對於溢繳案的報酬，目前卻無相關規範。因此在同樣的業務量之下，處理溢繳案較為有利可圖，造成全國律師及司法代書皆把接案重點鎖定在溢繳案上。各地的律師公會及司法代書公會都忙著整肅風氣，但這些人早已食髓知味，豈會願意離開這棵搖錢樹。

「律師公會從前曾列出一份上百人的清單，載明了所有在處理債務清算案時抵觸無照執業規定的律師。律師公會根據這份清單，想要對這些手法不乾淨的律師們進行懲戒，但最後真正遭受懲戒處分的律師只是九牛一毛，絕大部分都逃過了一劫。那是因為要證明無照執業必須經過繁雜的步驟，而且每個律師私底下或多或少都幹過類似勾當，因此都抱著息事寧人的態度。但我這份報告書，裡頭包含完整的金融業者及委託人的證詞，只要呈交上去……」

「你做這種事，對你有什麼好處？」寶來打斷了御子柴的話，瞪眼說道：「向來只接高額案件的御子柴禮司，竟然干涉起其他事務所的業務內容，難道是為了恐嚇勒索？」

「你這事務所這麼氣派，若要勒索肯定能榨出不少錢吧。可惜我的收入都是合法報酬，從不會將犯罪所得列入考慮。若要勉強給個理由，大概是為了報復。」

「什麼意思？」

「聽說在我住院的期間，寶來先生很熱心地提出針對我的懲戒請求，甚至還罵我是個犯罪者？」

「那……那只是……」

「帶有犯罪嫌疑的人，若是繼續大剌剌地待在律師公會裡，傳出去確實不好聽。不過我的犯罪行為，畢竟只是無憑無據的謠言，而你卻是明顯違反律師法及日本律師聯合會的規範。既然如此，我將這份報告書送交委員會審查，相信也是符合道德規範的正確行動。」

御子柴不再開口，等待對手的回應。寶來將報告書拿在手裡仔細看了半晌，最後抬起頭來，凝視著御子柴。

寶來的臉上，已逐漸失去了身為律師的氣度。御子柴曾經與數百名犯罪者打過交道，心裡相當明白，此時寶來露出的猙獰面孔，就像是一頭擅長權謀詭計的野獸。

「符不符合道德規範，我不知道。我只知道一點，那就是道德規範從來不是你這種人的行事原則。你沒有將報告書送交綱紀委員會，卻跑來跟我攤牌，就是最好的證明。」

御子柴再一次在心底暗自竊笑。對方終於開始摸索解決之道了。像這樣的談判，先耐不住性子的就是輸家。

「幸好你跟我是同類，你知道世上有些東西比道德或正義更重要。不用賣關子了，快說吧，你到底要什麼？」

寶來將臉湊上前來，雙眸對著御子柴上下打量。雖然口氣咄咄逼人，但那副弱不禁風的面孔絲毫起不了恫嚇的作用。倒是由於嚴重的口臭，讓御子柴忍不住向後縮了一些。

「你不必擺出這麼可怕的表情。我帶來這份報告書，只是為了確認這上頭所寫的是不是事實。只要你說不是，我就當場將它放進碎紙機裡。」

「……條件是什麼？」

「這個嘛，其實我個人對你負責的某件案子相當感興趣。發生在世田谷區的那起津田伸吾凶殺案，你是辯護律師，對吧？」

「嗯，那起案子的被告已全面招供，接下來的辯護重點只是量刑輕重的問題。我昨天已經辦完上訴手續了。」

「請你辭退這個案子，改由我來接手。」

「什麼……？喂，這案子的被告可不是什麼公司高層主管。她只是個普通的家庭主婦，沒有地位、名聲或財富。若不是熟人介紹，連我也不會接這種案子……」

「既然你不重視這個案子，就交給我接手，對你來說應該不痛不癢才對。」

「被告本人已經認罪了，而且社會輿論對她絲毫不同情。就算幫她獲得一點減刑，也沒辦法提升律師的名聲。若不是她執意要上訴，我才懶得理她。」

「我向來最擅長幫不受世人同情的人辯護。」

「你想接手這種賺不了錢的案子，到底有什麼目的？」

「既然你擅長債務清算，一定遇過被詐騙集團騙走血汗錢的客戶吧？」

「那當然，而且詐騙集團的說詞多半大同小異，不是『這投資一定賺錢』就是『這個難得的機會，只偷偷告訴你而已』。」

「那就對了，真的能賺錢的門路，誰會偷偷告訴別人？」

寶來愣愣地看著御子柴，似乎想要猜出對方心思。一會後，他似乎放棄了，搖頭說道：

「你需要什麼資料？」

「所有審判紀錄。」

「收到你的選任申請書後，就會寄給你。還有嗎？」

「這樣就夠了。」

「你手上沒有這份報告書的備份？」

「存在電腦硬碟裡，只要收到審判紀錄，我就會刪掉。你除了相信我，沒有其他選擇。」

該談的都談完了，沒有必要繼續待下去。御子柴起身打開了門，對寶來連瞧也沒瞧一眼。走出房間的瞬間，背後傳來咂嘴的聲音。

◈

中央共同廳舍第六號館，東京地方檢察廳。

自岬恭平所站的十樓，可以俯瞰隔壁的紅磚建築。那棟明治時期的西洋風格建築，一直保留到今日，威嚴肅穆的外觀正訴說著舊司法省的權威。覆蓋整棟建築物外觀的新巴洛克風格設計，令人彷彿置身於帝國時期。

剛轉調至東京地方檢察廳時，對這副景象心中頗有感慨。但看了半年之後，如今這棟建築在岬的眼中也不過就是平凡的資料館。

岬心想，或許是太過忙碌的關係吧。這裡的案子之多，跟之前任職的地方檢察廳比較起來可說是天差地遠。這也正是為什麼同樣是檢事正，東京地檢的檢事正就比其他檢事正在待遇上高了一截。

背後響起敲門聲。事務官橫山在獲得許可後開門走了進來。

「我送來調查報告書。」

「放著就行了。」

看來又有新案子了。雖然自認為早已習慣這驚人的業務量，但每天都有處理不完的工作，畢竟難以維持幹勁。岬故意背對著事務官，正是不想讓屬下看見自己疲累的一面。但是這樣的心思，卻被屬下看透了。

「岬檢察官……您身體不舒服嗎？」

「為何這麼問？」

「平常我進來的時候，您一定是坐在座位上。」

「哈哈，我又不是電腦配件。身為一個活人，有時總想欣賞一下窗外的景色。」

「不，岬檢察官，您從來不會毫無理由地在屬下面前表現出與平常不同的姿態。有時我想要換換心情、喘口氣時，也會凝視窗外。」

岬一聽，除了驚訝之外還感到有些佩服。

「嗯，看來你真是觀察入微。」

「那當然，對我來說，次席檢察官[4]是檢察官的榜樣，一舉手一投足都不會放過。」

4 「次席檢察官」相當於地方檢察廳的副首長，地位在「檢事正」之下。

橫山這個事務官的特色，就是即使說出這種誇張的讚美也不會被認為是一種諷刺。他擁有宛如孩童的天真浪漫個性，與地方檢察廳事務官的形象可說是格格不入。

「檢察官的榜樣？我沒那麼厲害，只是個普通的公僕。」

「那可不，在我們眼裡，次席檢察官簡直是菁英分子的代名詞。」

菁英分子這樣的字眼，讓岬有些哭笑不得。

岬當初在名古屋地檢時，身分是相當於檢察廳首長的檢事正，轉調到東京地檢後，身分降為次席檢察官。雖然表面上職銜降了一階，實質上卻是光榮升遷。只要在東京地檢當個兩年的次席檢察官，再調到高檢廳當個兩年的次席檢察官，接著就可以升任東京地方檢察廳的檢事正。這樣的晉升藍圖絕非自我膨脹，只要每次轉調都沒有留下汙點，就可以穩穩坐上東京地檢檢事正的寶座。但是岬本人並不抱持「不求有功、但求無過」的心態。同屆的檢察官之中，有些人聲稱萬事順遂才稱得上是真正的菁英分子，但岬認為假如這就是菁英分子的定義，那麼菁英分子這個名頭對自己而言實在是不值一文。

檢察官的本分絕對不是明哲保身，而是貫徹這個國家及國民所期許的「正義」。若有必要，就算是窩藏在政府機關內的寄生蟲也必須徹底驅除，甚至是國家掌權者也必須繩之以法。檢察官所擁有的種種權限，正是為了達成這重要的使命。

「以我的身分，或許不該說這種話……但前幾屆的次席檢察官都懂得調整自身的工作量。」

「呵……」

調整……這樣的用字遣詞，確實符合橫山的性格。岬忍不住笑了出來。

「謝謝你的關懷，但你不用操心，要是連這點工作都做不來，有什麼臉面對努力將案子送檢的基層員警？」

這句話並非社交辭令，而是打從心底的肺腑之言。

檢察廳目前正面臨著重大考驗。檢察官捏造證物的醜聞，以及對執政黨議員違法獻金案的縱容包庇，已讓檢察廳的信用跌至谷底，甚至還發生了招牌遭民眾潑漆的事件。如今唯有對再小的犯罪都抱持勿枉勿縱的嚴謹態度，才能重新建立檢察廳的威信。

檢察官需要的不是阿諛討好的表面功夫，而是藉由以身作則讓民眾相信「法網恢恢疏而不漏」並非一句空談。

「橫山，我問你。」

「請說。」

「你認為秩序是靠什麼來維持？」

「我想……應該是法律吧？」

「差了一點。雖然是法律沒錯，但真正維持秩序安寧的基幹是法律中的罰則。不論什麼樣的壞事，總有一天都會被揭發，在經過審判後接受相對應的制裁。這樣的觀念，才能建立秩序。因此不論是什麼樣的罪，我們都不能寬宥或是怯懦。原諒過錯聽起來是高尚的行為，其實骨子裡只是自保的手段。」

正因為岬抱持著這樣的想法，因此不論大小案子都盡可能親自審閱並斷罪。岬深信這是自己存在的唯一理由。

回頭一看，橫山似乎面帶憂色。他是個臉上藏不住祕密的男人，這雖然不算缺點，但在犯罪搜查的部門之內，這也稱不上是優點。

「你不贊成我的想法？」

「不，絕對不是……」

「你是不是擔心否定寬容會陷入懲罰主義的窠臼？」

橫山沒有答話，但他畢竟是個藏不住話的人，一切全寫在臉上了。

「我並不是想替自己辯解，但懲罰主義是時代潮流，並不是我一個人搖旗吶喊就能推動的事情。」岬說道。

橫山聽了，只是輕輕點頭。

自從實施裁判員制度之後，刑事案件的量刑明顯變得嚴厲許多。這個制度的用意，原本在於將民眾的心聲確實反映在法界內，沒想到卻成了懲罰主義的原動力。站在岬的立場觀察這樣的局勢，心裡實在五味雜陳。

這是否意味著原本在求處死刑的裁判員案件上拿不定主意的善良民眾，已開始對法律專家採用嚴刑峻罰的動機有了一定程度的理解？抑或，社會上層出不窮的凶殘案件，已喚醒了沉睡在民眾心中的殺一儆百念頭？

原因為何姑且不談，總之根據最近的問卷調查，八成的民眾贊成維持死刑制度。這樣的數字創下新高。這也證明社會的潮流正走向嚴刑化。在這樣的風潮之下，檢察官大可以貫徹胸前「秋霜烈日」徽章所代表的意義。只要別做得太過火，相信不會受到輿論抨擊。

「例如前幾天的世田谷區殺夫案，法官完全依照我們的求刑，判處十六年徒刑。法官判決與求刑相同，意味著法官認為我們的求刑太輕了。不知該說是幸運還是不幸，辯護律師當天就提出上訴了。這個案子到了高院或許還會有所變化。」

「啊，說到這個案子。」橫山回想起一事，說道：「您知道這案子已經更換辯護律師了嗎？」

「更換辯護律師？」

「是啊，前任律師辦完上訴手續後，就辭退辯護工作了。」

岬試著回想這個案子的細節。根據負責本案的檢察官曾向岬回報，被告的辯護律師是個姓寶來的男人，一張臉給人弱不禁風的印象，眼神卻流露著貪婪。或許是不擅於處理刑事案件，加上法庭內的辯論重點只是量刑輕重，因此辯護的態度相當敷衍了事。光是從審判紀錄便感覺得出來，這個律師只想草草結案。被告津田亞季子遇上這樣的律師，實在頗令人同情。

「前任律師的風評不太好，認識的人都取笑他是暴發戶律師。」

「哼，說穿了就是個專門處理債務清算的商人律師。」

難怪傳聞裡的人品實在令人不敢恭維。從那張臉就看得出來，他辛勤工作不是為了委託人的利益，而是為了賺錢。

「不過站在我們的立場，對付這種律師反而輕鬆不少。」

「這位律師或許是看被告在經濟上並不寬裕，從一開始就表現出興致缺缺的態度呢。」

不過，岬認為這只能算是現世報。被告是個視無生活能力的丈夫為糞土，只想跟其他男人逍遙過日子的女人。當然，這樣的女人到處都是，但津田亞季子選擇的做法卻是殺害丈夫。遭殺害的丈夫確實沒有工作，但要依此認為妻子情有可原，似乎又有些牽強。岬認為能夠攜手排除眼前的困難，才稱得上是真正的夫妻。像這種為了自身幸福而殺害丈夫的妻子，理應受到法律制裁。遇上一個無能的辯護律師，或許可說是老天有眼。

「你剛剛說更換律師，意思是繼任律師馬上就決定了？」

「是的，不過……」

「不過什麼？」

「繼任的是御子柴禮司律師。」

「你說什麼?」岬懷疑自己聽錯了。「他不是還在住院嗎?」

「聽說前幾天才剛出院。他的律師選任申請書已在昨天送達了。」

「等等,那傢伙應該只接有錢人的案子才對。被告的親戚之中,可沒有這樣的人物。」

「我也是一頭霧水……」

岬回到辦公桌前,將雙手在眼前交握。

沒想到那個男人竟然會蹚這趟渾水。不,光是他這麼快復職,就是出乎意料之外的狀況。

岬與御子柴可說是有著不共戴天的深仇大恨。距今數年前,岬剛到某地方檢察廳赴任的第一件案子,對手正是御子柴。那件案子最後是以岬的慘敗收場。檢方求處十五年徒刑,最後的判決竟然是帶有緩刑條件的三年徒刑。

日本的法院判決,百分之九十九點九都是有罪判決。若以有罪無罪來區分,緩刑仍然是屬於有罪判決,似乎並不算是特例。但事實上站在檢方立場,這完全是反勝為敗的屈辱審判。

幸好在這件案子上,原本的負責檢察官轉調他處,岬只是接手處理而已,因此並沒有受到集中砲火的攻擊。但是這場失敗畢竟在岬的心中留下了難以抹滅的汙點。

岬當了將近二十五年的檢察官,這還是第一次敗得如此慘不忍睹。從此之後,雖然岬再也沒有與御子柴對決的機會,心裡卻永遠忘不了這個律師的姓名及長相。尤其是那尖尖的耳朵,以及貌似刻薄的雙唇。當那男人聽到判決的瞬間，雖然臉上毫無表情，但心裡想必正在嘲笑、輕蔑著岬。

如今御子柴再度阻擋在自己的面前。雖然這不是自己負責開庭的案子，但既然是東京地檢的案子，意義上也相去不遠。

既然如此，現在可不是抱怨工作量太大的時候。岬從抽屜內取出津田亞季子案的檔案夾，重新檢視檢方的主張是否帶有瑕疵。

「岬檢察官？」

「這案子改由我負責。」

「但您是次席檢察官……」

橫山難掩驚愕之色。這也怪不得他。一般而言，東京地檢的次席檢察官很少親自站上法庭。像這樣的特例，須經過檢事正的同意。

但既然對手是御子柴，可就另當別論了。對於曾經敗過一次的對手，當然會心生恐懼。但是岬站在統率眾檢察官的地位，無論如何必須戰勝這股恐懼才行。

而且更重要的是，那次的敗北對岬而言是極大的汙點。每當偶然想起當初宣讀判決時的場面，就會感到胃部異常沉重。為了消除這種不舒服的感覺，無論如何都必須與御子柴再次對決，並且將他打敗才行。

「除非有急事，不然別讓任何人進來。」

話說回來，岬心裡實在想不透。

御子柴到底是基於什麼樣的理由，才決定接下這件案子？

那傢伙到底在打什麼鬼主意？

3

東京看守所的等候室內，御子柴看電子看板上顯示自己的號碼，於是依服務人員的指示走進三號室。

若是一般人，此時肯定相當緊張吧。但御子柴早已習慣了看守所會客室的景象，心情搞不好比坐在飯店休憩室還要悠閒自在。

面對眼前的透明壓克力板，御子柴心中忽然冒出了奇妙的想法。

或許是太常出入看守所會客室的關係，有時御子柴會忘了眼前這塊壓克力板的存在。

這塊僅僅數公釐厚的板子，隔開了一般民眾與罪犯。這境界線是如此脆弱，似乎暗喻著現實中犯罪者與一般人其實並沒有多大差別。

申請會面的人物終於出現了。

「久等了，我是津田亞季子。」

這個女人給御子柴的印象，就只是個平凡主婦。姿色並不出眾，身材嬌小，聲音也不宏亮。或許是被關在看守所裡的關係，雖然只有三十五歲，看起來卻像四十五歲一般蒼老。

「我是御子柴禮司。」

「那個……謝謝你願意承接寶來先生的工作。寶來先生突然說他不做了，讓我有些驚訝呢。不過，他說御子柴先生會負責接下來的事情……」

「每個律師都有自己擅長的領域，刑事案件對他來說是個沉重的負擔。」

「但是……聽說你的辯護費用很高……我家並不寬裕……」

「價格隨便妳開吧。」御子柴興致索然地說。「反正妳這一家人不可能付得出我訂下的金額，隨便妳愛付多少都行。雖然不是做白工，但我的表現絕對遠超過公設律師。」

「為什麼……？」亞季子錯愕地問：「為什麼你願意以這樣的條件為我辯護？」

「這起自私惡婦的殺夫案，在社會上引起不小的話題。世人茶餘飯後的談論焦點，不是英雄就是惡棍。而且大部分的情況下，惡棍都蹲在牢裡，由代理律師面對鏡頭發言。不用做任何宣傳，就會被麥克風及攝影機包圍。」

「……為了打知名度？」

「說穿了就是這麼回事。不過，這跟妳一點關係都沒有。妳需要一個優秀的律師，而我需要一場高投資報酬率的廣告行動。既然利害關係一致，還需要什麼其他理由？」

亞季子想了一下後輕輕點頭。沒錯，這樣就對了。這女人本來就沒有選擇的餘地。

「不過，我有一個條件。」御子柴說。

「請說……」

「面對刑警或檢察官，妳可以說謊，也可以將某件事情瞞著不說。不做對自己不利的招供，是被告的權利之一。但是在我面前，我希望妳不管什麼事都坦白說出來，不能有所隱瞞。否則我無法為妳辯護。津田女士，妳必須明白一件事，那就是在妳踏出看守所之前，這世界上只有我能幫助妳。如何，妳願不願意答應我這個承諾？」

亞季子再度輕輕點頭。

「很好，自我介紹到此為止，接下來讓我們進入正題。首先我要確認案情，今年五月五日，妳殺害了丈夫伸吾。地點在浴室裡，手法是以小刀在後頸上刺數刀，以上都是事實嗎？」

亞季子默默點頭。御子柴原本預期她會否認犯案，此時見了她的反應，心裡有些意外。

「為何要這麼做？」

「那個男人是個廢物。被公司裁員三年了，卻不肯找工作。整天把自己關在房間，沒有盡身為父親的職責。而且我喜歡上了打工地點的吉脇……」

「所以妳把伸吾看成了眼中釘？妳想跟他離婚，跟心愛的人在一起？」

「沒錯，但我丈夫當然不允許這種事。他一知道我跟吉脇正在交往，氣得對我又打又罵。我一時衝動，才……」

「一時衝動？」

御子柴故意停頓了片刻，想要引出亞季子的反彈，但亞季子並沒有答腔，只是默默等著御子柴繼續說。

她本人聲稱自己是一時衝動才鑄下大錯，但檢方主張這是一場計畫性的犯罪行為。

「妳的意思是說，妳是臨時動殺意，並非事先準備好了凶器？」

「是的。」

但是殺害現場是在浴室裡，這一點對亞季子相當不利。檢方認為死者在浴室裡處於完全無防備的狀態，被告帶著尖刀闖進去，這樣的行為本身便帶有計畫性。就算當事人再怎麼強調自己只是一時衝動，倘若無法給個合理的交代，在法庭上可說是必輸無疑。

不僅如此，被告在犯案後的行動，也讓裁判員們心生疑竇。亞季子在確認丈夫死亡後，竟然從置物間找出塑膠布，將屍體放在塑膠布上。

「妳將屍體放上塑膠布，是為了搬到其他地方？」

「對……我只是覺得不能繼續留在家裡……就在這時，公公走了進來……」

死者的父親就住在附近。這時他剛好走進家裡，看見兒子的屍體及滿身是血的亞季子，於是趕緊報警處理。

「家裡沒有其他人？」

「有兩個女兒，長女叫美雪，次女叫倫子。」

「回到剛剛的話題，妳想要跟丈夫離婚，與其他男人過新的生活，那妳打算怎麼處置兩個女兒？」

「雖然可憐，但也只能留在那個家裡了。要是帶了兩個拖油瓶，吉脇絕對不會願意跟我在一起的。」

若不是委託人就在面前，御子柴肯定會重重歎一口氣。誠實雖然不是壞事，但也該考慮一下他人聽在耳裡會有什麼感受。被告以這樣的方式說話，難怪裁判員們會認為她是個十惡不赦的女人。

「這麼說來，妳全面同意檢方的論點？」

「並不是全部。我殺了丈夫，絕對不是計畫性的犯罪。」

在這樣的狀況下繼續爭辯，只會演變為主觀認定的問題。被告在法庭上將面對的對手可不是精神科醫生，而是法官、裁判員，以及曾對付過無數狡猾罪犯的檢察官。開口閉口都是主觀看法，只會讓被告的罪嫌更加深重。

總而言之，本案最大的難點就在於被告承認殺人事實。在這樣的前提下，幾乎沒有扭轉局面的機會。單就被告所陳述的論點聽來，讓法官變更判決的機率可說是微乎其微。

「妳承認殺了人，而且動機實在令人難以苟同，這種情況下，妳還希望我能為妳做什麼？」

「減輕我的刑罰。」亞季子的語氣驀然變得清晰明快。「請你幫助我盡早出獄。」

御子柴一聽，不禁有些哭笑不得。眼前這個女人承認自己殺了人，卻又不願意乖乖入監服刑。過去御子柴見識過不少傲慢、自私的委託人，但從來沒有一個人像亞季子這樣若無其事地說出如此任性的要求。

「妳不想為犯下的罪行接受懲罰？」

「接受懲罰是可以，但我擔心我的一對女兒。」

「什麼？」

「我沒辦法對她們不聞不問超過十年以上。」

「喂，妳剛剛不是說，妳打算丟下她們不管嗎？」

「那麼做的前提是丈夫還活著。就算是再怎麼窩囊的男人，一旦少了我的工作收入，他還是得想辦法扶養我們的女兒。但現在丈夫已經死了，只有我能照顧一對女兒的生計。」

被告這番論調實在是荒腔走板。不僅邏輯前後矛盾，而且從頭到尾都是以自我為中心的想法。就算她在被告席上流乾了眼淚，恐怕也無法獲得裁判員們一絲一毫的同情。

「妳知道這有多麼困難嗎？」

「所以我才雇用了律師，而不是接受公設律師[5]。」

5 「公設」原文為「国選」，指的是被告無力延請律師，由法院代為指定公設辯護人的情況。

御子柴再次對亞季了這個人上下打量。年華老去降低了她的姿色，就算是在青春少女時期，她也絕對稱不上美女。她的聲音相當沙啞，而且對美容毫不重視，不僅指甲藏汙，而且光看手背就知道一雙手又乾又粗。頭髮全綁在腦後，上頭沾滿頭皮屑。她對於自己的任性發言，似乎沒有任何後悔之意。不，應該說她根本不認為自己有何任性之處。但是那樣的論調從一個不管怎麼看都平凡無奇的女人口中說出來，實在令人不禁搖頭納悶。

這世上不知天高地厚的人並不少。有些女人明明收入不多，卻愛買名牌貨，最後宣告破產。有些男人明明開車技術極差，卻為了買法拉利跑車，因而誤入歧途。有些中年人明明有著滿頭白髮及啤酒肚，卻幻想能與美女結婚。有些女中學生簡直像是來自沒有鏡子的國度，不僅跳入演藝圈，還自以為能與超級巨星同台演出。詐騙集團的受害者集會，更像是不知天高地厚者的展覽會。

但是眼前的亞季子，似乎又與那種人有著一線之隔。差別在哪裡，御子柴也說不上來。但閱人無數的御子柴看得出來，亞季子似乎並不是單純的不知天高地厚。所謂的不知天高地厚，指的是搞不清楚自己有多少能耐，但亞季子並不符合這樣的定義，因為她顯然很清楚自己是個什麼樣的人。

御子柴的腦中浮現了精神鑑定這個字眼。事實上精神鑑定已成了這年頭無能律師唯一的拿手把戲，御子柴原本對此嗤之以鼻，但以這次的案子來看，或許精神鑑定是有效的手段。

「我或許會安排讓妳接受一些檢查。」

御子柴試探性地問道。亞季子毫無反應，御子柴決定當她同意了。

「我會再來看妳。」

既然目的是減刑，當務之急就是蒐集能讓世人同情被告的事由。

一旦決定方針，接下來就是採取行動。御子柴敷衍了事地道了別，轉身走出會客室。

◈

即使過去曾有過委任關係，一旦辭去職務後，就變成了完全無關的局外人。

既然是局外人，岬檢察官與被告前任律師會面，當然不會引發任何問題。若要說唯一的問題，大概只是岬本身相當厭惡這名律師。

檢察官與律師經常處在敵對的立場，但那只是法庭上的關係，一旦走出法庭，大家都是法界人士。岬厭惡寶來，單純是基於寶來的人格問題。

在訪客櫃台報上姓名，不一會寶來就出現了。

「真是稀客，岬檢察官。」

寶來一看見岬，臉上立刻堆滿笑容，但笑得實在生澀僵硬。就算是社交上的客套笑容，至少也該演得逼真一些。不過，或許這已經是他所能展現的最大誠意了。

「不久前那件津田亞希子的案子，給負責的檢察官添麻煩了。」

「你客氣了……」

「不過到頭來，我的辯護並沒有派上任何用場。」

真會裝模作樣。岬心裡如此暗罵。寶來在審判過程中幾乎完全採納檢察官的主張，沒有提出任何反駁或質疑，從頭到尾只是訴諸溫情，懇求裁判員們高抬貴手。那樣的做法根本稱不上辯護。光是看審判紀錄，就知道他做得毫無熱誠，只是想草草完事。

兩人談了一會，寶來開始對東京律師公會的幹部們大肆批判。這一點也讓岬有些丈二金剛摸不著腦袋。岬心想，難道這也是客套話？因為律師公會與檢察官往往針鋒相對，所以寶來想藉由數落律師公會，來討自己歡心？倘若真是如此，寶來肯定沒有察覺自己的行為已帶來了反效果。

「老實說，稱那些人是舊時代的遺毒，一點也不為過。」

寶來並未察覺岬的不悅，繼續對著岬說三道四。寶來所舉的那些律師公會幹部，岬也略有耳聞，每一個都有著高尚的品格，與眼前這個齷齪男人不可同日而語。岬曾讀過數篇那些人投稿在機關雜誌上的論文，雖然雙方立場不同，但在人權、道德及律師的存在價值上，頗有令岬認同之處。

「謝謝你的高明見解，我們可以進入主題了嗎？」

岬不想再聽寶來胡扯那些空泛的言論，於是打斷了他的話。

「我今天來，正是為了津田亞季子的案子。」

「咦？你也是？」

「你也是？什麼意思？」

「但是堂堂東京地檢的次席檢察官，怎麼會來找我？一審判決的細節，你應該也很清楚，何必來問我？」

「我想問的是你為何辭去辯護工作？不，應該說你為何將工作移交給御子柴？我想問背後的理由。」

寶來有半晌沒有答腔，只是朝著岬上下打量，似乎想看穿岬心中的盤算。

「這跟案子本身……不，跟次席檢察官有什麼關係嗎？」

寶來語帶含糊，態度與剛開始完全不同，這反而引起了岬的好奇。

「寶來先生，是你介紹他當接任律師，對吧？我看了你的卸任通知書與他的選任申請書，兩邊的日期一樣，這表示你們事先早已溝通過了，而且也取得了委託人津田亞季子的同意。」

事實上以這個案子而言，委託人沒有選擇餘地，只能照著辯護律師的指示去做。當辯護律師告知要換人時，委託人只能乖乖在選任申請書上簽名。因此問題的重點，還是在於寶來與御子柴到底私底下做了什麼樣的交涉。

「真是非常抱歉，律師有保守祕密的義務……」

「不過是辭退工作的理由，也算是祕密？」

「是的。」

岬見寶來顯得有些惴惴不安，決定再加把勁。

「律師法確實在保密義務上有嚴格的規定。如果我沒記錯的話，是二十三條，對吧？但是那條文有項但書，那就是當法律另有規定時不在此限。換句話說，倘若你辭退辯護工作的理由與其他案子有關，就不受保密義務的限制。身為檢察官，對於任何無法釐清的環節，都必須進行徹底的調查，尤其是像這種上訴的案子。」

岬說到這裡，寶來的眼神已開始游移。

岬心想，所謂的保密義務，多半只是寶來的藉口而已。如果他是一個連保密義務也這麼重視的律師，就不會在法庭上表現得如此敷衍了事。

「人是一種相當奇妙的動物。越是憑著自己的本事挖出來的祕密，就會越重視，而且還會對企圖隱瞞的當事人產生嗜虐的心理。但如果是在這之前由本人坦承以告，就不會有這些問題。不，甚至還會抱持親切感。」

這是岬在對嫌犯進行偵訊時經常採用的話術，但顯然並非只在嫌犯身上才能發揮效果，眼前的律師看來也快招供了。

一如岬的預期，寶來屈服了。

「只要是不涉及保密義務的部分，我願意配合。」

「真是太感謝了。那麼，請說吧。」

「辭退辯護工作的理由不在我或津田亞季子身上，而是基於御子柴先生的強烈建議。」

「御子柴的強烈建議？」

「是啊，其實我手邊的案子太多，正忙得焦頭爛額，他願意接我的案子，對我來說也是求之不得的事。何況他非常誠心誠意地向我勸說，我也不好意思拒絕。」

「御子柴律師是否說了理由？」

「他並沒有告訴我詳情，但我看得出來他對這案子相當執著。」

岬一邊聽，一邊觀察著寶來的神色。這男人乍看之下已經屈服，但顯然並沒有將所有祕密和盤托出。岬不禁感慨，辯護能力姑且不提，這種愛說謊的性格確實很適合當律師。

「我接受了御子柴先生的建議，在取得津田亞季子的同意後，立刻便辦了交接手續。」

「津田亞季子有何反應？」

「剛開始有些驚訝，但我轉述了御子柴先生的熱誠後，她馬上就同意了。」

這部分恐怕也有些不盡不實。掌握自己命運的辯護律師中途換人，豈能夠答應得如此乾脆？除非是委託人自己的主意，否則一定會再三確認前任律師的辭退理由及後任律師的來歷。津田亞季子會如此輕易就答應換人，若不是寶來強硬要求，就是津田亞季子已對寶來的辯護能力產生了懷疑。

「御子柴律師為何如此執著於這件案子？寶來先生，你對這點有什麼看法？」

「我也是糊里糊塗……委託人的親戚裡並沒有資產家，這點我已向御子柴先生說明。」

「既然如此，你又是如何接下這個案子的？難道委託人跟你是舊識？」

「雖不中亦不遠，受害者的父親跟我有些交情。」

「喔？不是委託人，而是委託人的公公？」

「是啊，受害者的父親叫津田要藏，平日擔任社區的民生委員，每當有居民向要藏請教負債問題時，要藏就會介紹到我的事務所，由我來協助處理。這次接下這件案子，也是看在過去的情分上。」

「剛開始的時候，你跟要藏是怎麼認識的？也是透過別人介紹嗎？」

「不，是要藏看了事務所的網頁，主動跟我聯絡。那時期我還是親自……」

寶來說到一半，突然住了口。他臉上閃過一抹驚惶之色，但旋即恢復鎮定。

雖然他沒有把話說完，但他後面要接什麼話，其實很容易想像。現在他接債務清算的案子，恐怕是從接案到與金融業者交涉，全由事務員負責吧。正因為他自己整天只是坐在椅子上數錢，辯護能力才會越來越退化。岬不禁苦笑，心情就像是看見了一個口齒不靈光的相聲家。但就在這時，岬恍然大悟，明白了御子柴的手法。

御子柴一定是抓住了寶來違反無照執業規定的把柄，以此向他威脅吧。依御子柴做事不擇手段的風格，確實很有可能這麼做。站在寶來的立場，堅持繼續辯護沒有任何好處，因此他毫不猶豫地辭去了辯護的工作。

倘若事實真是如此，這又突顯了一開始的問題。到底是什麼樣的利益，令御子柴不惜恐嚇同業者也要接下這件案子？死者津田伸吾或許並無資產，但其父親會不會是個大富豪？

「津田要藏從前做的是什麼樣的工作？」

「聽說是個小學老師。」

看來剛剛的假設並不成立。能夠在退休後依然維持財富及名聲的工作，除非是在中央官廳裡當寄生蟲。

「御子柴先生說他只是個人對這件案子感興趣。這案子確實受到社會關注，但是被告完全被當成了惡婦，就算為那種人辯護，也沒辦法得到多大的宣傳效果才對。」

寶來一旦卸下代理律師職務，就變得口無遮攔了。他毫不諱言地主張沒錢又沒有宣傳效果的案子，根本沒有接的價值。一個律師能不要臉到這個地步，反倒給人一種坦蕩蕩的感覺。

相較之下，神祕兮兮的御子柴更加讓人背脊發涼。自從第一次在法庭上對決後，岬就知道御子柴是個極度理性的男人。像這樣的人，絕對不會基於一時興起而胡亂接案。何況他在偷雞摸狗之輩的世界已有了黏貫的口碑，就算名字出現在報紙的社會版上，也沒辦法增加多少名聲。

「檢方求刑十六年，判決也是十六年。說白點，這件案子是檢方的全面勝利。我檢查過了判決書，沒有任何疏漏或曲解之處。你心裡應該也很清楚，為什麼還要以量刑不當為由提起上訴？」

「那完全是委託人的意思。老實說，我心裡早就不抱希望了。」

「在交接的時候，你們是否討論過二審時的法庭策略？」

「完全沒有，御子柴先生只要我盡快提供全部審判紀錄。」

岬略一思索，便明白了。那個老謀深算的人物，當然不會對這樣的蠢材說出自己的戰術。今天岬拜訪寶來的事務所，原本是為了消除心中的疑惑，結果卻是讓自己變得更加疑神疑鬼了。唯一的收穫，是御子柴在交接工作時只要求了審判紀錄。換句話說，審判紀錄裡很可能藏著他戰術上不可或缺的關鍵要素。

看來果然有必要對審判紀錄重新進行徹底檢視。既然手上的武器相同，先察覺使用方式的人當然比較有利。

「我大致明白了，謝謝你的合作。」

岬扔下這句話，毫不理會欲言又止的寶來，走出了事務所。

◈

從會客室回到獨居房後，亞季子趕緊奔向馬桶。房間只有三張榻榻米大，馬桶就在最內側，雖然有扇屏風能遮擋大小解時的模樣，但屏風高度只到腰際而已。從門上的窗口往內看，自己在做什麼可說是一覽無遺，絲毫沒有隱私權可言。但奇妙的是，住了三個月後，對這樣的環境竟然也習慣了。

剛被關進來的時候，相當驚訝這房間竟然這麼小。後來才明白，這樣的空間已足夠一個人吃飯、睡覺及排泄了。排除了娛樂道具、裝飾及紀念物之後，一個人的生活起居全部都可以在這三張榻榻米大的空間裡解決。

小解完之後，亞季子回想起了剛剛與御子柴的對話。剛聽到更換律師的消息時，心裡相當慌亂，但實際對談之後，才發現新的律師似乎比前任的寶來律師更加可靠得多。這讓亞季子頓時鬆了口氣。

但亞季子只安心了片刻，另一股不安感旋即浮上心頭。新的律師確實看起來對刑事案件相當拿手，但他注視亞季子時的眼神，實在令亞季子心裡發毛。那肯定不是對無助者伸出援手的慈悲眼神，而是打量獵物有多少斤兩的爬蟲類眼神。

這樣的律師，竟然說辯護費用不管多少都無所謂。

這讓亞季子更加徬徨不安。

亞季子坐在榻榻米上，背靠著牆壁，陷入了沉思。自從遭逮捕並收監之後，沉思已成了亞季子的習慣。在外頭時，每天忙於家事及打零工，一天結束之後總是累得倒頭就睡。這樣的日子周而復始，根本沒有辦法好好靜下心來想事情。但是自從被關進來之後，每天多的是不知該如何打發的時間。雖然遭到束縛的感覺很不舒服，但在外頭也得遭家事及工作束縛，想想其實沒有多大差別。

那律師聲稱這麼做是為了獲取名聲。的確，這個案子已被新聞媒體炒得沸沸揚揚。媒體記者沒辦法採訪亞季子本人，當然會將目標轉向代理律師。

但是這種引起社會關注的方式，並非站在舞台上接受讚美，反倒像是在暗巷裡做壞事被發現。亞季子雖然記憶力並不好，但還清楚記得一些發生在美國的著名審判。家喻戶曉的前美式足球選手，涉嫌殺害了前任妻子；國際知名流行樂歌手，涉嫌虐待兒童。這些案子的被告在世人眼裡都是有罪的，但他們靠著雄厚財力組成優秀且高額的律師團，贏得了無罪判決。然而這些律師團並沒有成為世人眼中的英雄，反而遭人暗中唾棄，被當成見錢眼開的無德律師。自己身為被告，雖然在財力上與那些人有著天壤之別，但立場並沒有什麼不同。就算律師為自己贏得減刑，也不會受到世人讚揚。換句話說，為了獲取名聲這種說詞，其實可信度相當低。

既然如此，那個律師到底想得到什麼？

亞季子想了半天，還是想不出合理的解答。寶來律師是個心裡想什麼都會寫在臉上的單純人物，但御子柴律師剛好相反，從臉上表情完全看不出他心裡在打什麼主意。

御子柴說，什麼事情都要對他坦承以告。別開玩笑了，怎麼能對那種來歷不明的傢伙說出一切祕密。那傢伙能幫忙辯護的，也只是整件事的一小部分而已。世上沒有任何一個律師能摸清案子的全貌，並且全部幫忙辯護。

就算被判殺人罪也無所謂。坐牢一陣子，也沒什麼大不了。但無論如何，得想辦法提早出獄才行。兩個女兒都望穿秋水地等著自己回家的一天。為了照顧女兒，一定要盡可能縮短刑期。

總而言之，得讓御子柴以為自己對他全面信賴才行。為了減刑，還是得對他說出最低限度的必要內情。但絕對不能讓他知道太多，更不能讓他察覺自己有所隱瞞。御子柴就像一把過於鋒利的刀子，雖然用起來方便，卻也相當危險。

像那樣的人，只要看見自己露出一點破綻，就會緊緊咬著不放。就像一隻頑固又狡猾的貓，不停地捉弄老鼠，把老鼠的驚惶恐懼當成了最大的娛樂。

絕對不能被察覺。

絕對不能被懷疑。

御子柴說，在離開看守所之前，只有他才能幫得了自己。這句話或許是事實吧。然而一旦將他當成自己人，就會洩漏不該洩漏的祕密。所以說，不能對御子柴的每一句話都囫圇吞棗地盲從。

亞季子的腦海裡正響著警報聲。

在這看守所裡，御子柴禮司確實是亞季子的唯一同伴，卻也是唯一必須提防的敵人。

一定要謹慎小心。

一定要步步為營。

4

見了亞季子的隔天，審判紀錄送達御子柴的事務所。這樣的效率著實不差，寶來雖然是個跳樑小丑，但在公事上似乎還算守信用。

「電話全部擋掉，就說我晚點會主動聯絡。」

「訪客呢？」

「除非是稀客，否則就說我不在。」

幸好今天已沒有出庭或接見訪客的預定行程。御子柴將審判紀錄全堆上了桌子角落。

辯護的方針，是蒐集被告值得同情的事由。通常採用這個策略時，會先向被告本人詢問是否有可用的內幕消息，但這一次御子柴決定先從檢視審判紀錄下手。

理由就在於被告津田亞季子的個人特徵。她總是會若有意似無意地說出一些令人搖頭的話，恐怕很難博取裁判員的同情。因為這個緣故，將她的想法或證詞直接當作辯護的材料，或許不是明智之舉。既然如此，不如從檢方製作的調查報告書來挖掘辯護材料，才是上策。

姓　　名	津田伸吾　　　　　　　　(男)・女	出生年月日	昭和46　年　7　月　4　日
地　　址	東京都世田谷區太子堂○丁目○—○		
職　　業			
發病或受傷日期	平成23　年　5　月　5　日	初診日期	年　　月　　日
入院日期	平成　　年　　月　　日	出院日期	年　　月　　日
死亡時間	平成23　年　5　月　5　日　　上午・(下午)　9　點　00　分(推斷)		

死亡地點與類別	死亡地點類別	1醫院　2診所　3老人保健機　4助產所 5老人之家　(6)自家　7其他
	死亡地點	浴室
	上述1至5項的機構名稱	

死亡原因	I	(i)直接死因	出血性休克	發病或受傷到死亡的時間	短時間
		(ii) (i)的原因	動脈斷裂		
		(iii) (ii)的原因	頸部刺傷		
		(iv) (iii)的原因			
	II	並非直接死因但對I欄之傷病產生影響之傷病名			
	手術	(1)　無 2　有(部位及主要診斷結果　　　)		手術日期	年　月　日
	解剖	1　無 (2)　有(主要解剖結果　右頸部有三處刺傷，皆有生命反應)			

死因種類	1病死或自然死亡 意外等外因死亡(2交通事故　3跌倒、摔落　4溺水　5濃煙、火焰之傷害　6窒息　7中毒　8其他) 其他死因或不詳外因(9自殺　10他殺　(11)其他或不詳之外因)　12死因不明

外因死亡之補充事項	傷害發生時期	平成23年　5　月　5　日　　上午・(下午)　9　點　00分 1值勤中　(2)值勤時間外　3不明
	傷害發生地點種類	1住家　2工廠或建築工地　3道路 4其他(　　　　　　　　)
	傷害發生地點	東京都世田谷區太子堂○丁目○—○
	原因及狀況	動脈斷裂造成大量出血

★★★			
本次發病或受傷到接受初診前的狀況			
初診時的主要描述、診斷結果及其後狀況 治療內容 手術名稱　　　　　　手術日期　　年　月　日			
前任治療醫師或介紹醫師	有無	醫師姓名　　　醫療機構名稱　　　所在地	
告知病名的時期	對本人於(　　年　　月　　日前後)告知病名為(　　　　　　)。 對家屬於(　　年　　月　　日前後)告知病名為(　　　　　　)。		
備註(本人之特徵、體格、酒量、習性等其他事項)			
死亡診斷(驗屍)日期	平成23年5月6日		

以此證明上述事項並無訛誤。
平成　23　年　5　月　6　日
醫院或診所地　址　東京都文京區大塚四丁目○番○號
名　　稱　東京都監察醫務院
醫師姓名　河原佳祐　(河原)

東京都監察醫務院開立之驗屍報告

甲二號證

平成二十三年五月六日

雖然死因明顯為他殺，但執刀醫師將死因歸類為「11其他或不詳之外因」，多半是因為這牽扯到保險理賠的問題，因此較為慎重。這張驗屍報告，與解剖報告互有關聯，可合併為同一份報告。

死者右頸部有三處穿刺傷，傷痕極深，全都是致命傷。周圍沒有因膽怯而造成的微小傷痕，可證明確實是他殺而非自殺。

訊問筆錄

戶籍地址：福岡縣福岡市南區大橋〇丁目〇〇

居住地址：東京都世田谷區太子堂〇丁目〇—〇

職業：家庭主婦、會計事務所打工　電話（〇三—三四一八—〇〇〇〇）

姓名：津田亞季子

出生年月日：昭和五十一年三月十日（三十五歲）

前記嫌疑人於平成二十三年五月二十一日於警署內做出以下供述。訊問前已事先告知嫌疑人若無供述意願可保持緘默。

一　今年五月五日晚上九點左右，我的丈夫津田伸吾於自家浴室內死亡。針對此事，我接受了警方訊問。關於我家的家庭狀況，已在上一次訊問（平成二十三年五月二十日）都說清楚了，這一次我要說的是事發當時的狀況。

二　我的丈夫伸吾，從前是電腦軟體開發公司的開發部長，當時我們家的生活相當穩定，但自從三年前他被裁員後，他就一直沒有工作。家人除了我，還有長女美雪及次女倫子，她們都處在即將需要大筆教育學費的年紀。我好幾次勸伸吾找工作，但他自尊心太強，一直無法找到滿意的工作。後來他把自己關在房間裡，開始投資起股票，還稱自己是「當沖客」（day trader）。他把所有離職金都投入了股票中，完全沒有提供生活費給我。剛開始的時候，他似乎賺了點錢，因此心情不錯。但是那年九月發生了金融海嘯，他的損失非常慘重，原本將近八百萬的退職金，只剩下四十萬左右。

三　即使手邊沒了資金，伸吾還是不肯上職業介紹所找工作。我懇求他至少該申請雇用保險給付，但他不肯，說什麼那太丟臉。我沒有辦法，只好到住家附近的會計事務所打工。由於結婚前我曾在另一家會計事務所上班過，因此工作一下子就上手了。我在那家會計事務所裡，認識了吉脇謙一。就這樣，我一邊打工，一邊還要做家事。伸吾還是一樣，整天躲在房間裡炒股票。說是炒股票，其實他手頭也沒有錢可以買新的股票，只是在尋找時機將套牢的股票賣掉而已。除此之外，他每天做的事情就是盯著不知什麼網頁。他說自己只適合動頭腦，不適合做須流汗的勞動工作。由於他只要一出房間，我就會勸他找工作，久而久之他變得不肯踏出房門一步。這三年來，伸吾大概只走出房間兩、三次。我每天努力打工，但房貸還沒有還完，光靠打工的收入要維持家計實在是很不容易。我的存款變得越來越少，只好每天早上盯著報紙裡夾的廣告單，尋找最便宜的超市購買食材。如今回想起來，像這類日常生活上的瑣事，也是逼得我鋌而走險的原因。

四　伸吾每天只有吃飯及洗澡的時候才會走出房間。每次開口，說的都是他的股票總有一天會起死回生，每天都是漲停板。家人早就聽煩了，沒有人想理他。他自己覺得沒意思，後來就錯開了時間，不與家人一起吃飯。或許是運動不足的關係，原本身材削瘦的他，肚子越來越凸，臃腫肥胖的樣子實在很難看。另一方面，會計事務所的吉脇對我很好，經常邀我一起吃飯。他的年紀跟丈夫相同，卻是個風評極佳的會計師，將來可說是一片光明。從他的言行舉止，我看得出來他對我也有一些意思。不知從什麼時候開始，我喜歡幻想有一天跟伸吾離婚，並且跟吉脇結婚的景象。這樣的生活又過了一陣子，有一次我針對一家之主的義務跟伸吾發生口角，我忍不住脫口說出自己的身邊有個跟他年紀相同但條件更好的對象。當時我跟吉脇其實還沒有那麼深的關係，伸吾聽了之後勃然大怒，對我拳打腳踢。他說他每天都活在痛苦之中，而我卻逍遙自在地跟他人搞婚外情。但他並沒有制止我繼續打工，因為他心裡很清楚，他三餐能有飯吃全靠我的收入。從這件事之後，我跟伸吾更加疏遠了。

五

五月五日那天，伸吾一如往常來到客廳吃晚餐。那時已經接近晚上九點，兩個女兒都回房間了。因為我比較晚下班的關係，晚餐是回家路上買的冷凍食品。伸吾先針對這點對我抱怨。他說晚餐讓他等了這麼久，竟然還想以冷凍食品敷衍了事。我聽了也很生氣，我每天辛勤工作，回家還得做家事，他這個年紀老大不小卻窩在家裡不肯工作的男人，憑什麼對我發牢騷？或許是工作太累的關係，我的脾氣也變得暴躁了。我們立刻起了爭執，伸吾以餐桌上的餐盤扔我，還用力毆打我的臉。由於我力氣敵不過他，這場架一下子就結束了，但我心裡又恨又氣。如果沒有這個男人，我根本不必吃這麼多苦。如果沒有這個男人，我就可以跟吉脇過幸福快樂的日子。我越想越是憤恨不平，終於決定要將伸吾殺了。伸吾吃完晚飯後，立刻就進浴室洗澡，我也跟著走了進去。那時我手上好像拿了一把小刀，但我自己也沒有察覺。多半是我在不知不覺之中，從置物間的工具箱裡隨手抓了一樣東西吧。當我走進浴室時，伸吾正在哼歌，我聽了更加火大。我跟他說，為了讓兩人的感情重修舊好，我想替他洗背。他聽了一點也不懷疑，就這麼讓我走進浴室。我叫他轉過身，他毫無防備地轉身坐了下來。於是我舉起小刀，刺在他的脖子上。刀尖相當銳利，不費多大力氣就刺進了肉裡。我總共刺了三次，鮮血像噴泉一樣不停噴出來。雖然我身上也沾了不少血，但我早已脫光衣服，因此要將血跡洗掉一點也不困難。

六　殺死伸吾之後，我才開始感到驚慌。一旦因殺人罪而遭逮捕，就沒辦法跟吉脇一起生活了。我的第一個念頭，是得趕快處理掉眼前的屍體才行。為了保險起見，我到兩個女兒的房間各看了一眼。她們都睡得很熟，於是我決定在天亮之前一定要把這件事情解決。我想到的辦法是把屍體搬到某處扔棄。屍體的傷口已不再流血，但我擔心倘若又有血流出來，可能會被他人發現。於是我從置物間裡取出從前戶外野餐用的塑膠布，鋪在脫衣間的地板上，然後將伸吾的屍體放在上頭。接著我開始清洗被飛濺的鮮血弄髒的浴室，由於血幾乎都噴上了天花板附近，清理起來相當費時。

七　就在我清理到一半時，住在附近的公公剛好來到家中。我正拿著蓮蓬頭清洗浴室，因此沒聽見聲音。我才剛察覺脫衣間似乎有人，公公已經打開浴室的門走了進來。我從開啟的門縫，看見伸吾的屍體就擺在那裡，於是我明白自己的所作所為已經曝光了。公公臉色蒼白地看了看我，又看了看伸吾的屍體。當他確認是我殺害了伸吾後，立刻便報了警。直到警察抵達之前，我一直坐在客廳等著。

八　確實是我殺害了伸吾。但是就像我剛說的，我是因為遭伸吾毆打才會一時衝動，絕對不是事先安排下了謀殺計畫。我相信任何女人若站在跟我相同的立場，都會做出相同的事情。我這麼說或許有些殘酷，但我認為伸吾被殺完全是他自己的錯。當然，我很後悔殺死他，也對伸吾感到很抱歉，但我自己也算是受害者。

津田亞季子（簽名）指印

以上內容經本人確認無誤後簽名並蓋指印。

世田谷警署
司法員
警部補　神山康夫　蓋章

讀完整篇筆錄，印象最深的還是亞季子的自私想法。雖然她不斷強調丈夫有多麼惡劣，但對丈夫的冷漠無情，以及接近妄想的未來藍圖，都讓人無法對亞季子抱持同情心。假如這篇筆錄內容就這麼被刊登在報紙社會版面上，恐怕會引來世上絕大多數家庭主婦的反感。

天底下因無能丈夫而吃苦的妻子，多得不可勝數。夫妻吵架時遭到丈夫暴力相向的妻子，相信也不在少數。靠報紙內夾廣告單上的特價消息來購買便宜食品，更是大部分家庭主婦都在做的事情。何況每個人都想要逃離現在的不如意生活，迎接全新的人生。這樣的夢想，並非亞季子獨有。

但每個人都在咬牙忍耐著。雖然有時會發發牢騷，或是唉聲歎氣，但還是得熬過毫無變化的每一天。在這些人眼裡，津田亞季子的行徑肯定是荒謬至極。

而且不曉得是檢方的狡獪伎倆，還是神山警部補的個人手法，這篇筆錄的內容明明是亞季子敘述自身的不幸遭遇，字裡行間傳達出的訊息卻讓閱讀的人對亞季子抱持不小的疑竇。最好的例子，就是自我辯護的言論被擺在最後一段。乍看之下似乎是冷靜客觀地陳述事實，但亞季子的用字遣詞恐怕都經過微妙變換，值得同情的環節被徹底淡化，營造出令人難以苟同的形象。

除了筆錄內容，還有一個不容忽視的問題。

那就是亞季子的外貌。

稱之為中等姿色，或許還太高估了。不僅如此，還散發出歷盡滄桑的倦怠感。

世人對於這樣的被告，往往抱持幾近殘酷的嚴苛心態。即使是犯了相同的罪，面貌姣好的女人較不容易受到世人撻伐。而且這樣的傾向，女人比男人更加顯著。一審時裁判員為兩男四女，這樣的男女比例或許也對亞季子造成了不利的影響。

然而最棘手的部分，還是在於亞季子的全面認罪。就這層意義上而言，律師就算為其說破了嘴，恐怕還是白費功夫。而且檢方在浴室角落找到行凶用的小刀，上頭只檢測出了亞季子的指紋。再加上當時趕到現場並逮捕亞季子的員警證實，她臉上並無遭毆打的痕跡。換句話說，亞季子在筆錄裡聲稱因遭毆打才憤然行凶的說法，並不是事實。

御子柴拿起了第二張資料。那是屍體發現者，也就是死者父親的訊問筆錄。

訊問筆錄

地址：東京都世田谷區太子堂〇丁目〇—〇

職業：民生委員

姓名：津田要藏

出生年月日：昭和十八年三月二十五日（七十歲）

前記證人於平成二十二年五月二十二日於世田谷警署內，依自由意願做出以下供述。

一　我是太子堂區的民生委員。從前是小學教師，後來退休了，五年前開始擔任民生委員。我的妻子早已過世，如今親人只剩下伸吾及隆弘這兩個兒子。兩人雖不成材，好歹也都成家立業了。我現在跟次男一家人住在一起，日子過得算是逍遙自在。伸吾的家不是租的，是買下來的。他從前收入很高，三十出頭年紀就辦房貸買了房子。那時我家附近剛好有棟房子廉價出售，伸吾找我幫忙，說什麼「以後走到我家連湯也不會涼」，於是我幫他代墊了一部分頭期款。但是伸吾這孩子說好聽點是腦筋動得快，說難聽點是容易被時勢牽著鼻子跑。我從以前就對他這樣的性格有著很深的感慨。後來伸吾的公司經營不善，將伸吾開除了，我看他不肯花心思在找新工作上，更是加深了我對他的反感。一家之主不肯工作，生活品質當然會大打折扣，即使是外人也看得出來他的家境起了巨大變化。我看在眼裡，實在同情他的家人，因此明知不該過問，我還是常常到他家串個門子，關心一下狀況。最讓我感到不捨的，是我那一對孫女。亞季子開始在外兼差，爸爸明明在家卻不肯跟她們說話。就連這兩個年幼的女兒，也感覺得到他們夫妻間的關係已降到了冰點。原本應該是避風港的家庭，卻充滿了緊張與憎恨。但是在我看來，亞季子這個媳婦實在是了不起。她處在這樣的狀況下，不僅代替搞自閉的兒子出外工作，而且還一手打理家中的大小事。伸吾能娶到這樣的老婆，實在是他的福氣。

二　五月五日那天，伸吾家的鄰居打了電話給我。那戶人家姓齊藤，我事先拜託他們倘若聽到激烈爭吵或發現有什麼異狀，就立刻通知我。我原本打算趕去當和事佬，假如他們夫妻吵得太兇，就將一對孫女接回來住一晚。到了伸吾家，我按了門鈴，卻沒有人應門。但我看裡頭亮著燈，而且門沒上鎖，所以我就走了進去。我一邊呼喊伸吾及亞季子的名字，一邊穿過內廊，就在經過脫衣間時，我察覺門是呈現向外開啟的狀態。就在這個時候，我看見了伸吾的屍體。伸吾全身赤裸，躺在塑膠布上。我嚇得說不出話，耳中聽見另一側的浴室裡傳來蓮蓬頭的聲音。我有點擔心是家裡闖進了強盜，但我還是下意識地推開了浴室門。我在浴室裡看見了牆上的斑斑血跡，以及默默清洗的亞季子。亞季子一看見我，先是吃了一驚，但她馬上就露出放棄掙扎的沮喪表情，還叫我報警

三　我目睹浴室內的慘狀，心裡明白我最擔心的事情已經發生了。我猜多半是伸吾有錯在先，但亞季子實在沒有必要痛下殺手。我看伸吾光著身子躺在地上，心裡實在很難過，但我看過電視上的警匪片，知道什麼警察抵達前不能觸摸任何東西。於是我安撫了亞季子的情緒，陪著她等警察。

四　以上是我對警察描述發現屍體時的狀況，經確認無誤。今後若有必要，我願意繼續提供協助。

以上內容經本人確認無誤後簽名並蓋指印。

津田要藏　（簽名）指印

世田谷警署

司法員

巡查部長　高木勝也　蓋章

御子柴接著回頭審視審判紀錄。果然沒錯，前任的寶來律師根本沒有申請津田要藏出庭作證。多半是因為寶來認定亞季子會徹底否認犯案，因此沒有多花心思在以減刑為訴求的辯護上吧。真是太可惜了，明明有個對被告抱持同情態度的證人，卻不懂得好好加以利用。

不過就算要加以利用，以寶來律師的辯護能力，恐怕也發揮不了什麼效果。那場辯護的重點，在於如何抓住兩男四女共六名裁判員們的心。除了要考量戲劇效果，還得擁有反黑為白的三寸不爛之舌，這些都不是那個說話不經大腦的寶來能做到的事情。

看來有必要找時間跟這個要藏談一談才行。御子柴先將必要事項放進記憶的抽屜裡，拿起了第三張訊問筆錄。

訊問筆錄

地址：東京都世田谷區赤堤〇丁目〇—〇格蘭公寓一二二五號
職業：公認會計師
姓名：吉脇謙一
出生年月日：昭和四十六年七月十日（三十九歲）
前記證人於平成二十二年五月二十二日於世田谷警署內，依自由意願做出以下供述。

一　我從平成十八年起，在綠川會計事務所內擔任公認會計師。津田亞季子是我的同事。今天我要說明的是我與津田的關係。

二　會計事務所的業務內容，是會計及稅務相關工作。職員除了像我這樣的公認會計師之外，還有稅理師。很多人都以為要在這樣的職場工作一定需要非常高度的專業知識，但其實不需要專業知識的雜務也不少。我們的工作雖然是以財務管理為主，但只處理企業財務的專家並不多，因此我們的服務範疇相當廣，除了製作財務會計相關報表及稅務表單，有時還幫客戶代為填寫會計帳簿。譬如在製作稅務表單的業務上，有一些像分類收據的工作，只要有一點基礎知識，任何人都做得來。津田大約兩年前起在我們的事務所兼差，她的工作大部分是這一類雜務。聽說津田結婚前曾在其他會計事務所上班，因此只要稍加說明，她就知道該怎麼做了。

三　綠川會計事務所包含綠川所長在內，共三名會計師，我的工作主要是負責製作稅務表單。這個工作包含很多雜務，因此自然有不少跟津田互相配合的機會。每年接近報稅時期，工作量就會大增，有時忙到三更半夜。津田的工作雖然是兼差，但有時也會做到超過晚上六點才下班。我為了感謝她平日的辛勞，曾請她吃過幾次飯。但這單純只是同事之間的互動，我對津田並沒有特別的意思。何況我有個處於半同居狀態的女友，最近可能就會辦理結婚登記，在這種敏感的時期，我怎麼可能會去招惹一個我根本沒興趣的同事？

四　事實上，當警察找上我時，我非常錯愕。我從來沒有對津田做過任何表達好感的暗示，而且在我的記憶裡，她也沒有對我示好的舉動。老實說，在我眼裡，她就只是個「認真工作的母親」，從來不曾當成戀愛的對象。倘若津田以為我對她有意思，那完全是她想太多了。

五　以上是我對警察描述我與津田亞季子的關係，經確認無誤。今後若有必要，我願意繼續提供協助。

以上內容經本人確認無誤後簽名並蓋指印。

吉脇謙一　（簽名）　指印

世田谷警署

司法員

巡查部長　黑田杜夫　蓋章

御子柴不禁哼了一聲。最後這份筆錄，其實根本不需要。在這個案子裡，檢方原本只須要證明被告的動機及犯案手法就行了。讓局外人吉脇謙一敘述對被告的印象，並不構成改變量刑輕重的條件。

這份筆錄的最大用意，只在於醜化亞季子的形象。首先讓裁判員們聽取被告的自私想法，接著再讓裁判員們明白犯案動機的一部分只是源自於毫無根據的妄想。如此一來，裁判員們就會對受害者更加感到同情。

檢方的戰術確實發揮了效果。批判的矛頭，從被害者轉移到了被告身上。而且辯護律師完全沒有挽回局面的意圖，最後導致法官及裁判員全面採納了檢方的主張。

東京地方法院　平成二十三年（わ）第一八二五二號

判決

東京都世田谷區太子堂〇丁目〇—〇

被告人　津田亞季子

訴訟代理律師　寶來兼人

主文

判處被告十六年徒刑。

審判羈押期間可抵扣七十日。

犯罪事實

第一　本案為殺人案件。被告人的丈夫津田伸吾（當時三十九歲，以下稱「被害人」）在離職後明顯失去工作意願，夫妻之間關係惡化，兩人經過口角爭執後，被告人將被害人刺殺。

第二　關於被告人犯案動機的形成過程，辯護人主張由於夫妻感情不睦，被告人為了逃離與被害人的共同生活，才不得不下手犯案。被告人也在法庭上主張自己代替被害人維持一家生計，連日工作造成身心疲累，才會一時衝動犯下此案，歸咎其癥結還是在於被害人自甘墮落的生活態度。

但是被告人坦承犯案動機除了上述事由，還包含自己想與同事結婚的心願。被告人聲稱犯案前曾遭被害人暴力攻擊，但根據趕往現場的員警指證，被告人身上並無遭受虐待的跡象，由此可知被告人的證詞並無任何根據。綜觀以上數點，本案的犯案動機是被告人對現在生活感到厭煩，因此想逃離被害人，並且妄想與同事展開新的生活。

然而這樣的動機太過以自我為中心且未經過深思熟慮，完全沒有同情的餘地。

第三　本案的犯案手法如同法庭上的描述，被告人先對入浴中的被害人說「我幫你洗背」，使其安心而處於無防備狀態，再以事先暗藏在手中的小刀在被害人的背後頸項重刺三刀，使其失血致死。接著被告人又準備了塑膠布，打算將屍體丟棄。這樣的手法不僅殘酷且具有計畫性。被害人深信兩人雖然爭吵但已經和好，在毫不疑心的狀態下突然遭刺死，其悔恨之情令人歎息。

（中略）

第五　被告人為了丟棄屍體而準備塑膠布，而且為了消除犯案證據而清洗現場血跡，過程中正好被偶然來訪的公公撞見。倘若公公沒有來訪，被告人肯定會將屍體丟棄，這是可以合理推論的結果。這種企圖逃避罪責的犯案態度，實在是相當惡劣。

證據

（省略）

事實認定的補充說明

第一　被告人與辯護人的主張

被告人於公訴法庭上坦承殺害行為，且對於其犯案態度沒有進行任何反駁，因此不存在爭議點。

第二　被告人主張案發原因為被害人過著不肯工作的遊手好閒生活。被害人經查確實有喪失勞動意願之事實，但這並不構成被害人必須被殺害的重大理由。被害人的父親及弟弟就住在附近，應該可透過家庭會議來尋找解決途徑。被告人不肯務實地解決困境，竟犯下本案，實在是思慮不周的行為。被告人主張量刑不當，但基於以上諸點，並無足夠的根據。

第三　依據前述殺意形成過程及具體案情，被告人聲稱遭受被害人暴力攻擊以至於產生衝動行為，其可信度相當低。舉例來說，犯案所使用的小刀原本並非放置在發生爭吵的客廳內，而是在走廊旁置物間內的工具箱之中。被告人在確認被害人進了浴室後，特地走到置物間取出凶器，接著以甜言蜜語讓被害人卸下心防，在被害人轉過身時趁機將其刺殺。這樣的手法絕非一時衝動，而是在明確的殺意下執行的計畫性謀殺。被告人的每一項主張都無法成為否定其自私心態的理由，且上述案情可看出被告人懷有強烈殺意。

關於量刑

第一　檢察官針對被告人具體求處徒刑時，已根據前述諸項認定被告人罪行重大，應負起殺人罪責而無疑慮。此外，亦無值得從寬量刑之事由。

據此依刑法第一百九十九條，下達主文判決。

平成二十三年十一月十六日

東京地方法院刑事第二部

審判長　大塚俊彥

法官　角崎元

法官　岡本紀子

御子柴闔上資料，皺起眉頭凝視著天花板。

與其他案子比起來，這件案子的判決書顯得相當簡單扼要，那是因為辯護律師在審判過程中極少開口反駁，因此幾乎不存在爭議點。但是爭議點上的攻防，往往是決定審判趨勢的關鍵。換句話說，沒有爭議點就沒辦法為被告辯護。看來要顛覆一審的判決，當務之急就是從案情中找出適合切入的爭議點。

問題是該從哪個方向下手呢？御子柴整個人仰靠在椅子上，正想得入神，原本緊閉的房門竟然被打開了。

「喂，我不是說過別讓任何人進來……」

御子柴一看見走進來的人物，霎時嚇得說不出話。那竟然是個身高只有一公尺左右的小女孩。在這間排滿了法律專業書籍及檔案資料、氣氛冰冷嚴肅的辦公室裡，這恐怕是最不該出現的人物。御子柴一臉納悶地凝視小女孩，小女孩也張著一對妙目看著御子柴。

御子柴想要喝問來意，卻說不出半句話。略一思索後，御子柴明白了理由。自己活到這麼大，幾乎沒有跟那種年紀的孩童對話的經驗。

僵持了半晌，御子柴終於擠出一句：「妳從哪裡來的？」

小女孩指著門外。

「我不是這個意思。」

御子柴正有些後悔自己的口氣太嚴厲，卻看見洋子慌慌張張地跑了進來。

「啊，果然在這裡！對不起，我才接個電話，她就不見蹤影了。」

「我不是說過，別讓任何人進來嗎？」

「但您也說過除非是稀客。」

洋子竟然會如此反駁，讓御子柴感到有些意外。但洋子毫不理會御子柴的反應，蹲下身子對著小女孩說道：

「小妹妹，妳是不是迷路了？」

小女孩搖搖頭。

「妳叫什麼名字？今年幾歲？」

「津田倫子，六歲。」

「津田倫子？」

御子柴對這個名字有印象。她是委託人津田亞季子的次女，年齡也吻合。

「誰帶妳來的？」

「我一個人來的。」

倫子掏出一枚紙片。仔細一瞧，原來是御子柴的名片。

「問了很多人，終於找到了。」

名片的右下角印著御子柴法律事務所的地址。倫子似乎正是憑著這張名片，找到了這裡。此時御子柴還不曾與亞季子的親人見過面，這張名片大概是自己當初交到亞季子本人的手上，後來被送回住處，才落入倫子的手中吧。御子柴轉念一想，又吃了一驚。津田家位在太子堂區，最近的車站應該是三軒茶屋站，倘若要到位於虎之門的御子柴事務所，就算是搭地鐵也得換兩次車。

洋子似乎也想到了這一點，臉上流露著明顯的驚佩神情。

「倫子，妳能來到這裡，真是了不起。但是妳為什麼一個人跑到這種地方來？」洋子問。

「因為沒有人要帶我來。」倫子微微癟起了嘴，轉頭對著御子柴說道：「你是御子柴律師？」

「……沒錯。」

「你會幫忙媽媽？」

「沒錯。」

「倫子也來幫忙。」

「不必了。」御子柴說得斬釘截鐵。

「您怎麼這樣對小孩子說話？」洋子抱怨。

「不管是小孩子或大人，我都不需要。事務員有一個就夠了。妳快叫她回家。」

「已經六點多了。」洋子打起了官腔。「現在要她一個人回家，或許並不安全。」

「妳瘋了嗎？」御子柴忍不住從椅子上站起，但旋即學洋子蹲下，讓視線高度跟倫子一樣。

「這可不是扮家家酒，大人在工作，小孩子來攪什麼局。」

「都已經蹲下來了，何必這麼威脅她？」洋子說。

「這不是威脅，是曉以大義。」

「對這麼小的孩子曉以大義，就是一種威脅。」

「我跟你們說……」

與現場氣氛格格不入的聲音，讓御子柴及洋子都忍不住將頭轉向倫子。倫子毫不理會兩人的反應，接著說道：

「爺爺告訴我，律師的工作就是代替媽媽做所有的事情……爺爺說錯了嗎？」

御子柴的第一個反應是嗤之以鼻，但仔細想一想，律師是客戶的代理人，若以這個定義來看，倫子的說法並沒有什麼不對。而且更讓御子柴感到不甘心的是，御子柴自己也經常採用這樣的定義。

「所以說，御子柴律師就是代替媽媽的人，對不對？」

第二章

起訴人的懷疑

1

「……我是代替媽媽的人？」

御子柴忍不住反問，倫子得意洋洋地點了點頭。

「妳聽好了，妳爺爺說的是法律上的行為，不是照顧三餐或陪伴遊戲之類的日常行為。」

「太難的事情，倫子不懂。」

「混帳，我沒空陪小孩子鬧扯淡。在我還沒生氣前，快給我滾回家。」

御子柴大聲斥責，洋子趕緊打起圓場。

「您這不是已經在生氣了嗎？至少也該聯絡她的監護人。」

「什麼是監護人？」

倫子一臉疑惑地問。

「就是倫子的爸爸媽媽……」

洋子說到一半，趕緊住了口。倫子的父親已遭到殺害，母親則以嫌犯身分遭到了羈押。

「……呃，還有爺爺。」

「爺爺參加社區大會去了，今天不在家。」

「家裡沒有其他人？」

「姊姊在家，但是她身體不好，一直躺在床上。」

御子柴心想，姊姊指的應該是長女美雪吧。原來她臥病在床，這倒是第一次聽說。

「姊姊沒有到爺爺家住？」

「嗯，姊姊不喜歡爺爺。」

「老闆，得把她送回家才行。要是讓她自己回去，一旦發生意外，我們也會被追究責任。」

洋子以宛如轉嫁責任般的口氣說道。

就算倫子在回家路上發生什麼事，御子柴也不可能被追究法律責任，但是來自社會輿論的譴責恐怕是免不了的。自己平日名聲原本就不佳，實在沒必要拿石頭砸自己的腳。

「沒辦法，妳送她回家吧。」

「對不起……我今天跟人有約，方向剛好跟世田谷完全相反。」

洋子嘴上道歉，但不知道是不是御子柴的錯覺，語氣似乎帶著三分看好戲的心態。

「倫子，妳有沒有告訴姊姊，今天要來這裡？」洋子問。

「有，跟爺爺也說了。」

御子柴聽了倫子的回答，心裡不禁有些讚許。以她這年紀，做事能這麼周到，可說是相當不容易。她事先將目的地告訴姊姊及爺爺，而且那目的地還是律師事務所，姊姊及爺爺當然也比較放心。

話雖這麼說，但她的祖父竟然任憑六歲小女孩單獨前往陌生的地方，真不曉得腦袋在想什麼。

「我可先聲明，我得查些案件資料，沒時間送她回家。」

「倫子可以住在這裡。」倫子說。

御子柴一聽，心裡立刻收回「做事周到」這個讚美。

「別說蠢話了！妳既然能一個人來，就能一個人回去！」

御子柴忍不住加重了語氣。

當御子柴察覺不妙時，已經太遲了。倫子的眼眶漸漸積滿了淚水。

「啊……倫子妳乖，別哭別哭。」

洋子連忙將倫子抱住。倫子將臉埋在洋子懷裡，不停抽抽噎噎。

「您怎麼對小女孩發脾氣，真是太過份了！」

洋子似乎被激起了母性本能，語氣比平時嚴厲得多。

為什麼女人這種動物只要一扯上孩子，人格就會完全改變？

御子柴一時慌了手腳，只能愣愣地站著。

洋子摸摸倫子的頭，問道：「妳知道爺爺的手機號碼嗎？」

倫子一面哽咽，一面從口袋掏出一個小小的錢包。接著她打開錢包，取出一枚小紙片。

「這是爺爺的手機號碼。」

「哇，妳還知道要將大人的聯絡方式放在錢包裡，真是聰明的孩子。」

御子柴心裡暗罵，真正聰明的孩子不會獨自跑到這種地方來，但沒有說出口。

洋子接下紙片，立刻走向事務所的電話機。

「喂，請問是津田要藏先生嗎？你好，這裡是御子柴法律事務所，敝姓日下部。府上的倫子小妹妹，如今正在事務所裡……對……對……請不用擔心，她非常乖。」

御子柴聽著洋子的對話，總覺得洋子的語氣越來越古怪，簡直像是把自己當成了倫子的保護者。

「對，我們是無所謂……好的，沒問題……打擾了。」

御子柴想要上前制止，洋子已掛斷了電話。

「老闆，真是不好意思，津田要藏先生說他要到深夜才能回到家，能不能請您今天加完班後送倫子回去？」

「妳認為這種事情可以先斬後奏？」

「處理非常事態，只好使用非常手段。」

「什麼非常事態，這應該叫飛來橫禍。」

「既然是飛來橫禍，只能盡量將危害降至最低。」

洋子一反常態，面對御子柴的責難完全不肯屈服。御子柴不禁心想，倘若是自己平日太過蠻橫跋扈，她只是藉機報仇而已，但實在很希望她另外挑個日子。

「我要查的資料太多，今天沒辦法結束。」

「若是這樣，讓她睡在事務所裡如何？會客室的沙發可以當她的床。」

「妳這意思是要我也別回家？」

「或是您也可以帶她回府上睡覺。」

御子柴頓時一驚。光是想像那副景象，就感到毛骨悚然。

「……明天拜託妳早點來上班。」

洋子心滿意足地點點頭，接著朝倫子使了個眼色。

為什麼女人這種動物，一遇上這種事情就會立刻站在同一陣線？

洋子離開後，御子柴交給倫子一條毛毯，將她獨自留在會客室內。反正事務所裡有空調系統，她不可能著涼。總之得將她排除在視線範圍之外，才能專心閱覽文件資料。

要從審判紀錄中找出能讓津田亞季子獲得同情的要素，是一件相當困難的事。前一任的寶來律師並沒有在從寬量刑的方向上積極抗辯，造成我方提出的資料裡也沒有適合搬上檯面的好材料。相較之下，檢方提出的資料卻是洋洋灑灑，完美塑造出了惡婦形象。

日本的法庭審判向來著重書面資料。當然，這樣的風氣不見得是好事，也不見得是壞事。特別是二審以上的法庭，審理時主要是藉由書面資料，來判斷下級法庭的判決是否有違法之虞。至於當事人是否惡行重大，則多半不在考量的範圍之內。

自從採行裁判員制度後，這樣的現象是否有所改變？答案是否定的。在被告已經招供的案子裡，法院審理就跟昔日一樣著重於書面資料。另一方面，當初實施裁判員制度，是為了拉近法院判決與社會輿論之間的差距，這讓裁判員制度有著容易遭社會輿論牽著鼻子跑的特性。一旦被告在新聞媒體上被當成窮凶極惡的壞蛋，情緒反應對判決的影響往往更大於理性。

御子柴深知日本人的性格並沒有那麼理性。這不是善惡的問題，而是資質的問題。日本人有著易冷易熱的個性，不適合注重理性的近代審判制度，只適合以私刑來解決犯罪問題。這次的案件，正是最典型的例子。在這樣的環境下，亞季子在一審已令裁判員們心生反感，就算上訴到以書面資料為審理重點的二審，也很難扭轉判決。

換句話說，要讓亞季子在二審獲得減刑，必須提出足以令人深深同情亞季子的理由，或是一審中並未公開且足以影響量刑的相關新事證。

但是該從何處下手呢……？

御子柴正對著審判紀錄苦苦思索，會客室的門驀然開啟，倫子探出了頭。

「幹什麼？」

「倫子肚子餓了。」

「忍著。」

「忍不了。倫子沒有吃晚餐。」

一開始的溝通，已證明御子柴的談判技巧在倫子身上完全無法發揮效果。不，還有一個更加根本的問題，那就是御子柴不知道如何與孩童對話。

「茶水間有充飢用的泡麵，妳自己找來吃吧。」

御子柴只是隨口敷衍，倫子卻真的朝御子柴所指的方向走去。御子柴心想，這小丫頭等等一定會跑出來哭喊不知道泡麵放在哪裡，或是不知道怎麼燒熱水。沒想到等了片刻，茶水間沒有傳來任何巨大聲響。

御子柴也不理會，繼續讀起手邊的資料。不一會，倫子端了一個托盤走來。仔細一瞧，托盤裡放著兩杯泡麵，上頭正冒著熱氣。

「這是律師的份。」倫子將其中一杯泡麵擱在辦公桌的角落。

「妳自己泡的？」

御子柴忍不住問了個蠢問題。

「泡麵一下子就找到了，燒熱水也很簡單。那個大姊姊整理得很整齊。」

「妳很習慣做這樣的事情？」

「現在家裡常常只有我跟姊姊，所以要輪流煮飯。」

看來這小女孩不僅口氣像大人，連行為也像大人。

「妳以為我會吃這種鬼東西？如果肚子餓，我自己會到外頭吃飯。」

「我已經泡了，一定要吃。」

倫子如此斥責，接著將自己的泡麵放在矮桌上。

「我開動了！」

倫子先雙手合十，才拿起筷子。她的動作相當自然，並非為了在御子柴面前裝乖孩子才這麼做。

「不趕快吃，麵會糊掉。」

御子柴被這麼一催，只好跟著拿起筷子。

「律師，你沒說開動。」

御子柴已懶得答腔了。

「你是個壞孩子。」

「妳說對了。」

回想起從小生長的家庭，家人吃飯時間並不相同，因此從來不會對著餐點雙手合十，或是喊出「我開動了」之類的話。相較之下，倫子的家教比自己好得多，可見得津田亞季子在孩子的教育上比自己的母親可說是更加用心。

御子柴的心裡忽閃過一個念頭，於是問道：

「妳母親在教養上很嚴格嗎？」

「教養是什麼？」

「例如打招呼、說謝謝什麼的。」

「很平常呀。吃飯前本來就要說開動，有什麼好奇怪？」

御子柴心想，這或許有助於改善世人對亞季子的觀感，於是暗中記住了與倫子的這番對話。

兩人好一會不再交談。整個房間除了兩人吸麵條的聲音，就只有事務所前方大馬路傳來的大型車輛引擎聲。

「妳父親跟妳母親感情不好？」御子柴話一出口，登時便後悔不該對小孩子詢問這樣的問題。但倫子似乎不以為意，回答：

「我很少看他們吵架。」

「是嗎？」

「因為爸爸很少走出房間。」

這點跟亞季子的筆錄內容相符。案發不久前，伸吾閉門不出的情況變得越來越嚴重，幾乎不肯踏出房門一步。對他而言，與家人相處變得越來越痛苦，只好錯開時間不與家人一起吃飯。既然見不到面，當然也沒有發生口角的機會。倫子說很少看他們吵架，其實代表他們的關係已經惡化到形同陌生人了。

御子柴試著想像倫子住在這樣的家庭裡，每天過著什麼樣的生活。父親幾乎等同於不存在，母親每天在外工作到很晚才回家，說話對象只有姊姊美雪。家庭早已有名無實，每天能做的事情只有吃飯跟睡覺。

這跟御子柴小時候的空虛感或許有些類似。明明有家人，卻不存在於眼前；明明正在說話，卻沒有人回應；明明看著相同的東西，卻有著截然不同的心境。

驀然間，那股粗糙的觸感再度浮上心頭。不管吃什麼都食之無味，不管看什麼都視若無睹，心靈的表層彷彿變得乾燥粗糙、觸手生疼。

轉頭一瞧，倫子正默默吸著麵條。御子柴的腦海驟然冒出了五、六個疑問，但是御子柴擔心問了之後會縮短自己跟倫子之間的距離，因此一個字也沒說。

突如其來的不速之客。

熟悉地盤的外來異物。

形體雖然嬌小，存在感卻是大得驚人。

「謝謝招待！」

「妳不是很餓嗎？怎麼不把湯喝完？」
「泡麵的湯對身體不好，不能全部喝完。」
倫子再度雙手合十，接著拿起泡麵容器走進茶水間。
「好了，快去睡。」
「晚安。」
倫子說完後走回會客室。
房內只剩下御子柴。他兩三口吃完泡麵，再次讀起了審判紀錄。
湯剩了一半沒喝。

隔天清晨，洋子進事務所時，御子柴早已梳理完畢。
「倫子小妹妹還好嗎？」
御子柴默默指著茶水間。倫子正在洗臉。
「昨晚勞煩您了，等等我會送她回去。」
「不必，我送就行了。」
「咦？」
「送到津田要藏的住處，對吧？我剛好有些關於筆錄的問題想問他。」

「但是……得先讓倫子吃早餐……」

「我會在附近咖啡廳買塊麵包給她。」

「既然是這樣……」

洋子看著御子柴，表情有些許摸不著頭緒。

倫子一坐上車，馬上聒噪了起來。

「好厲害！這是進口車？」

「進口車有什麼厲害？」

「爸爸從前說過，開賓士這種進口車的都是有錢人。那時候爸爸也開賓士。」

御子柴心想，她指的是津田伸吾還在軟體公司當開發部長的時候吧。

「那輛車子現在還在嗎？」

「去年不見了。」

「開進口車的都是有錢人，這種說法不太正確。大部分開進口車的人，都只是看起來好像有錢而已。有些蠢人說這是身分、地位的象徵，但說穿了只是自我表現慾與虛榮心作祟而已。」

御子柴向來只把車子當成會移動的招牌，因此說得尖酸刻薄，但倫子聽得一頭霧水。

根據亞季子的筆錄，伸吾失去工作是在美國雷曼兄弟公司破產引發的金融海嘯之前。如此算起來，伸吾在丟了工作後仍然將賓士車留在身邊好一陣子。光從這一點，就可以知道伸吾是個典型的假性高收入者。

這些年來貧富差距越來越大，但現況其實頗為複雜，並不能完全以貧及富的兩極來劃分。有些人雖然擁有高收入，但是幾乎沒有實質資產，這個階層就是所謂的假性高收入者。這類型的人雖然所得相當高，但是存款不多，而且背負龐大的貸款。因為自詡為上流人士，總是喜歡購買超越經濟負擔能力的昂貴奢侈品，所以資產一直沒辦法增加。

這樣的美夢，會因裁員或績效獎金銳減而輕易破滅。高級轎車的維護費用，加上房貸的壓力，頓時會讓支出遠遠超越收入。但是在這個時候，當事人卻依然無法捨棄身為高收入者的尊嚴，因此將高級轎車及高級住宅緊緊抓著不放。由於沒有資產，沒辦法從正派銀行周轉現金，最後只好找上地下錢莊。一旦進入這種負面連鎖，接著當然就是每況愈下，不知不覺已是債台高築。訊問筆錄裡描述的津田伸吾，正符合這樣的形象。

津田要藏的住處，距離伸吾家不到五百公尺遠。這年頭像這樣的平房住宅已不多見，混在風格洗鍊的住宅區裡顯得格外蕭條寒酸。

按了對講機並說明來意後，要藏馬上就開了門。

「律師先生，真是非常抱歉，除了為亞季子辯護，竟然還勞煩你照顧倫子……」

根據資料上的記載，要藏已屆古稀高齡，但外表完全看不出來。雖然滿頭白髮，但髮色油亮，臉上皺紋不少，但氣色極佳。即使是隔著衣服，也看得出他擁有相當結實的肌肉。

「今天我想跟你談談辯護方針，打擾了。」

倫子二話不說便走進門內，彷彿把這裡當成了自己的家，御子柴也跟著進屋。客廳的模樣比外觀更加老舊且磨損嚴重。牆上掛了一些獎狀，但全部都已褪色，給人的印象並非榮譽而是沒落。

「這裡是隆弘……次男的家，他們夫妻都在上班。還有一個孫子，三人都要到傍晚才會回來。請坐，不必拘束。」

「首先我想確認一件事，你希望亞季子獲得減刑的心情，如今依然沒變？」

「是啊。」

「但她是殺害你兒子的兇手。」

「她也是孫女們的母親。父親已經死了，當然得讓母親盡早回到孫女們的身邊。」

「好，那我就直話直說了。要獲得減刑，也就是讓法官從寬量刑，必須找出亞季子值得同情的要素。換句話說，我們必須強調伸吾的過錯。」

「你的意思是說……要公開一審法庭上沒有提及的伸吾缺失？為了替亞季子爭取緩刑，不惜褻瀆死者？」

「這就是律師的職責所在。」

「即使違背道德也在所不惜？」

「律師的職業道德與一般社會上的道德完全不同。」

要藏正眼凝視御子柴，彷彿在評斷他的本性。

「同樣是律師，你跟寶來完全不同。」

「律師就像個人商店，有的黑有的白。」

「鄧小平說過，管他黑貓白貓，能抓老鼠的就是好貓……抱歉，將律師先生比喻為貓，實在是太失禮了。」

「無所謂。」

聽說貓只要三天就會忘了飼主的恩情，就這點而言自己跟貓可說是同類。御子柴心裡這麼想，但當然沒說出口。

「而且你還特地到我家來。寶來律師或許是太忙的關係，這陣子連電話也沒打一通。」

「他跟我希望得到的報酬種類不同。」

「你想要什麼樣的報酬？」

「簡單來說，就是宣傳效果，這樣你明白了嗎？」

要藏注視著御子柴，半晌後揚起嘴角說道：

「御子柴律師，我真是服了你。一般擁有社會地位的人，都懂得做表面功夫。既然是表面功夫，當然底下藏著另一張完全不同的面孔。大部分的人都基於本能而深知這一點，因此不會對第一次見面的陌生人吐露肺腑之言。像你這種開門見山的做法，反倒讓我更加信任你了。」

「謝謝你的恭維。」

「好吧，所有原本不想被警察知道的事，我都不隱瞞了。你想知道的是關於伸吾平日的言行舉止，對嗎？」

「最好是筆錄上沒提到的事情。」

「伸吾從小就是個懦弱的人……」

要藏以充滿無奈的口氣侃侃說道：

「說死人的壞話是很失禮的事，但我是他父親，應該不要緊吧。伸吾從小的優點大概只有學校成績優秀，除此之外既沒有領導才能，也沒有遠大的夢想。或許因為我是學校老師的關係，他以為只要維持好成績且不做壞事，就不會被我責罵。他不擅與人交際，當然沒什麼朋友，平日的興趣就是打電動。幸好他從小到大都沒有遭同學欺負，順利從大學畢了業，而且因為愛打電動的關係，進入了軟體開發公司工作。那時公司正處於發展期，伸吾的職位也跟著往上爬。但在身為父親的我眼裡，伸吾根本不具備當領導者的才幹，只適合在基層低調地開發自己喜歡的軟體。」

要藏對親生兒子的評價乍聽之下相當辛辣，但那是因為他將兒子的能耐掌握得一清二楚的緣故。

能夠站在客觀角度觀察事情的人，說出來的話往往也較為精確。要藏的這番言論讓御子柴對其證詞可信度更增添了三分信心。

「對了，御子柴律師，你對奢侈消費有什麼樣的看法？」

「這個嘛，就像胃袋吧。」

「胃袋？」

「每個人的胃袋大小都是固定的，吃得太多就會拉肚子。」

「這比喻說得真好。沒錯，套句俗諺，這叫矮子踩高蹺。硬要做逾越能力的事情，最後只是自討苦吃。伸吾就是沒有搞清楚自己有多少斤兩，錯把運氣當成了自己的實力，若依你的比喻，就是吃飽了還拿食物往嘴裡塞。本來應該縮減食量的身體，卻反而大吃大喝，結果當然是嚴重腹瀉。但他還是學不乖，滿心認為自己的胃袋沒那麼小，繼續吃個不停。」

津田伸吾的性格，一如御子柴原本的預期。

「我從前也是公務員，深深明白有很多人在組織裡待久了，無法看清自己的能耐。看別人因自己的職位而阿諛奉承，就以為那是自己的實力所帶來的成果。伸吾正是最好的例子。因此當他被公司裁員時，他氣呼呼地說要開一家賺大錢的公司讓那些人刮目相看。但他根本沒有才能，就算在組織裡也難逃裁員的命運，更不用提獨立創業。他甚至還沒真正採取行動，早在向貸款銀行提出創業計畫書的階段，他的創業美夢就破碎了。但他自尊心太強，說什麼也不肯當個上班族從基層開始。像這種對未來不再抱持具體規劃的人，多半會想靠賭博來一步登天。果不其然，伸吾也落入了這個陷阱。」

「你指的是股票買賣？」

「伸吾聲稱那是走在時代前端的資產運用方式，但說穿了不過是買低賣高的賭博。天底下沒有任何一種賭博，能簡單到讓門外漢只贏不輸。到頭來，肯定是把錢輸了個精光。但這種人絕對不會承認輸錢是因為自己能力不足，或者應該說，他們無法面對這個事實。於是他們會把心中的悶氣出在周圍的人身上，以伸吾的情況來說，倒楣的當然就是家人。倘若遷怒家人能夠轉換心情，那也就罷了，但伸吾天生膽小如鼠，反而變得更加提心吊膽，最後逐漸與家人疏遠。抱著這樣的心情繼續賭博，當然更不可能贏錢，於是就輸得更慘，陷入了惡性循環。」

「你既然這麼清楚，為何不阻止他？」

「我當然阻止過了，但他快四十歲了，只把我的話當耳邊風。由於我曾幫他出房貸頭期款，他在我面前不敢頂嘴，但回家之後，他就會找家人出氣。我罵得越凶，亞季子及一對孫女身上的傷痕就越多，到後來我也不敢多說什麼了。」

這番話引起了御子柴的注意。

「他經常做出家暴行徑？」

「弱者欺負弱者是人之常情。剛開始只是對家人大吼大叫，某一天終於動了手。尤其是對亞季子的暴力行為特別嚴重，原因就在於亞季子到外頭兼差以貼補家用。妻子出外工作，這點刺傷了伸吾的自尊心。但亞季子不工作，一家人就活不下去。伸吾無法阻止，只好對亞季子拳打腳踢。我每次上他們家，總是看見亞季子身上傷痕累累。遭警察逮捕時身上沒傷，只是湊巧而已。」

「沒有考慮過報警嗎？」

「說起來慚愧，我完全沒想到要這麼做。雖然我現在不斷批評伸吾，但他畢竟是我兒子，我還是抱著維護他的心情。何況這是家務事，總覺得報警不是妥善的做法。不只是我，就連亞季子也不希望驚動警察。」

「警察是否曾向你詢問過家暴的詳情？」

「你指的是案發後的蒐證嗎？只問了大致情況，沒有追究細節。」

警方沒有深入追查的理由很簡單，當時警方已經掌握了物證及本人的自白，根本沒有必要繼續追問細節。

「在亞季子的筆錄裡，似乎暗示了她與打工處的會計師有不尋常的關係，這點你有什麼看法？」

「我並沒有親眼見到，不方便多說什麼。無憑無據的話，說了也只是給你添麻煩。」

要藏這句話乍聽之下似乎回答得乾脆爽快，其實帶有推託的意味。他既然想幫亞季子說話，當然不願意說出對亞季子不利的事實。御子柴擔心倘若惹惱了要藏，將得不到他的協助，因此不再針對此點繼續追問。

「亞季子完全沒有過錯？」

「夫妻之間的關係，外人沒辦法看得一清二楚。但以我做公公的立場看來，她是個很棒的媳婦。我實在很後悔，當初應該多花些心思為他們排解。」

要藏突然垂下了頭。

「想起來實在慚愧，我能做的事情，只是聽亞季子訴訴苦。是我教出了那種窩囊的兒子，我卻不敢面對。對棘手的問題視而不見，是人的天性。這種逃避承擔麻煩的性格，伸吾或許是得到了我的遺傳。」

「接著請你說說發現屍體時的狀況。」

「這個在製作筆錄時，差不多都說完了。那一天，鄰居家的齊藤先生跟我聯絡，說伸吾家又傳出了爭吵聲。我原本打算如果他們一直吵個不停，就先把一對孫女接過來住。我打開門，裡頭一個人也沒有，穿過內廊時，我發現脫衣間的門是開的。往裡頭一探，就看見了伸吾的屍體，躺在塑膠布上。那時亞季子正在浴室裡默默清洗著濺在牆上的鮮血。」

「湮滅證據的意圖相當明顯？」

「就算是過失殺人，誰不會想湮滅證據？在沒有人看見的地方撿到一大筆錢，任何人都會占為己有。但是亞季子一看到我，整個人好像回過了神，還主動要我打電話報警。我想她的本性還是善良的。」

像這樣與案件的關係人交談之後，御子柴更加深信訊問筆錄只是檢方特意安排下的證據。當初只要讓裁判員們聽聽要藏的證詞，判決肯定會輕得多。但是最大的問題在於法庭上的關注焦點，很可能就是要藏不願多提的部分。

「若有必要，我會再來拜訪。」

御子柴說完這句話，轉身走向門口，倫子突然從屋內深處竄了出來。

「你要回家了？」

「該問的都問完了。」

「下次見。」

「我再也不想見到妳。」

「好過份！」

倫子噘嘴抗議，御子柴不再理她，走出了要藏的家。

接著御子柴前往了亞季子的打工處。沿著大馬路往北前進，通過世田谷小學後往左轉，再走了一會，便看見前方出現一些綜合商業大樓。御子柴的目的地，就是這些大樓其中之一。

找到了大樓後，在一樓的樓層介紹圖上一看，綠川會計事務所位於八樓。

亞季子的心儀對象吉脇謙一有著高眺的身材及修長的臉型，散發出的氣質不像是公認會計師，倒像是運動選手。

「又是津田那件事？能夠說的，我已經全部都說了……」

吉脇毫不掩飾心中的不耐煩。雖然他同意了面談，但整間辦公室寂靜又忙碌，每個人都專注於眼前的工作，沒有任何交談的聲音。會客室只是一塊以壓克力板隔開的區域，外頭的人可以將裡頭的對話聽得一清二楚，想必這也是令吉脇愁眉苦臉的原因之一。

「我是接任的律師，有些問題若不當面問個清楚，我實在放心不下。若你不想在這裡談，我們可以換個地方。」

「不用了，我沒空到外頭找地方。」

這已經是吉脇所能表達的最大譏諷，但是對御子柴當然不管用。

「既然如此，那就打擾了。」

御子柴敷衍了事地鞠了個躬，率先坐了下來。從吉脇的態度，可以明顯看出他因震懾於御子柴的律師頭銜而不敢反抗。這種人光靠名片上的頭銜來判斷初次見面者的來頭大小，可說是最容易控制及欺騙的類型。既然如此，當然要好好加以利用。

「關於你的證詞，我已讀過了筆錄。你說你跟津田亞季子只是單純的同事，沒有進一步的關係？」

「就是同事而已，哪有什麼進一步、退一步的。我雖然請她吃過幾次飯，但那只是一起走到附近餐廳吃午餐而已，不是什麼偷偷摸摸的事情。」

御子柴心想，原來筆錄中所說的一起吃飯，指的是一起吃午餐。同樣是吃飯，上班時間內跟上班時間外可說是具有完全不同的意義。

「何況每天一到傍晚，我的女朋友就會煮好晚餐等我回家。我要是跟其他女人在外面吃飯，肯定會被她剝一層皮。」

「這麼說來，你們除了一起吃飯之外，並沒有什麼特別的關係？」

「那當然，這些我早就對警察說過了。或許我這麼說很失禮，你認為我會看上像津田那樣的女人嗎？」

御子柴試著在心中將吉脇與亞季子的模樣並排在一起。一邊是精悍又充滿男人味的吉脇，一邊是相貌平凡且終日勞碌的亞季子，確實極不協調。

「那麼，津田是否曾對你主動邀約？」

「我想來想去，實在是想不出來。我不曾對她有任何非分之想，她也不曾對我表現出特別的態度。所以當警方將我列為參考證人時，我著實嚇了一跳。」

吉脇坦然承受御子柴的視線，並沒有將頭轉開。除非是特別愛說謊或是演技特別高明的人，否則當一個人在說謊時，一定有跡可循。御子柴到目前為止已見識過無數騙子，但憑御子柴的眼力，也看不出吉脇的言詞談吐有任何可疑之處。

「在我看來，津田不是一個女人，而是一個母親，你明白我的意思嗎？」

「大致可以體會。」

「休息的時候，我們有時會聊起私事。但是津田每次談的話題，都是關於她的兩個女兒，例如她的長女體弱多病，次女卻是活潑好動過了頭。她每次講的都是這些事，當然在我眼裡，她就只是一個母親。我從來不曾邀她出來約會，也不曾跟她有過任何曖昧的插曲。這樣的關係下，難道我會帶她上賓館開房間？」

「但是津田在接受訊問時表示『從他的言行舉止，我看得出來他對我也有一些意思』。針對這一點，你有什麼看法？」

「我也是一頭霧水。」

吉脇說到後來已有些動怒。

「這種沒來由的話，造成我很大的困擾。我簡直被當成了津田殺人的動機，就連我的女朋友也不斷追問我是不是跟別的女人搞婚外情。雖然我這個人有些遲鈍，但你想想，假如有個女人愛我愛到想把老公殺了，我會沒有察覺嗎？」

「但津田若與你只是普通關係，為何要報出你的名字？」

「這我怎麼知道？我猜她多半是為了保險金才將丈夫殺害，又怕法官認為她罪大惡極，才拿我當擋箭牌吧。」

吉脇這推測確實不無可能，但警方早已將死者的保險狀況查得一清二楚。根據實來提供的資料，在死者的債務清單裡列著每個月的保費金額。但理賠金額只有兩千萬圓，屬於合理範圍，而且這份保險早在伸吾尚未被裁員前便已購買。

御子柴向吉脇解釋完，吉脇癟嘴說道：

「天底下願意為兩千萬殺死丈夫的妻子多得是。說穿了就是在妻子的眼裡，丈夫的價值是否高於兩千萬。」

原來如此，這麼說也不無道理。

或許是吉脇每天與數字為伍的關係，所以連人命也習慣以金額來衡量。要不然，就是吉脇個人擁有這種特殊的價值觀。不論理由為何，吉脇這句證詞可說是相當重要。

御子柴回想津田家的房屋貸款餘額，似乎也是將近兩千萬。就算亞季子領到伸吾的死亡理賠金，光是償還房屋貸款就已所剩無幾。但換一個角度想，能夠讓礙眼的丈夫跟房貸同時消失，對某些人而言搞不好是求之不得的事情。這樣的論點，將成為檢方的有利事證。換句話說，站在為亞季子辯護的立場，一定要事先想好因應對策才行。

「你剛剛說，休息時間有時會聊到私事，那麼津田是否曾提起關於丈夫的事？」

「關於她的丈夫……？我印象中完全沒有，她提到家人時，談的總是兩個女兒。」

年紀老大不小的丈夫把自己關在房間裡，不肯與家人好好相處。這樣的事情，確實沒辦法成為與同事聊天時的愉快話題。但是站在辯護的立場，這一點卻相當有利用價值。

「相信你也知道，津田提出了上訴。若有必要，或許得麻煩你到法庭上作證。」

吉脇正要抗議，御子柴不忘先恐嚇一番：

「這是善良國民的應盡義務，你身為公認會計師，相信沒有理由拒絕吧？」

2

岬一來到世田谷警署，署長、副署長及暴行組的初田刑警立刻來到門口迎接。

這種前簇後擁的感覺實在很丟臉，岬曾要求別這麼做，這些人卻還是一意孤行。一想到這點，岬便不禁搖頭歎息。對這種只會靠卑躬屈膝來表達忠誠的人，就算說破了嘴也沒用。

「客套話就不說了，我在電話裡已說明過，我這次來拜訪是為了津田亞季子的案子。請把負責製作筆錄的同仁找來，我有話要問。」

「我就是負責人……」初田戰戰兢兢地說。

次席檢察官為了調查案情而特地前往警署，可說是特例中的特例。岬感覺得出署長等人心中正驚疑不定，但沒有多作解釋。

「津田亞季子的筆錄，有沒有錄影檔案？」

「當然，只要是採用裁判員制度的案子，全程都經過錄影、錄音存證。」

「好，立刻找出來讓我看看。」

岬一說完話，立刻邁步往署內深處走去。這種不等對方應話就採取行動的做法，能夠省略掉無謂的招呼與手續，立刻切入正題。雖然會讓對方手足無措，卻可以讓效率大幅提升。即使因此而損及自己的風評，岬也毫不在乎。只要能提升辦事效率，岬會毫不猶豫地利用各種有形與無形的權限。

將偵訊過程錄影下來的制度，已經行之有年。如今不僅是採用裁判員制度的案子，包含由檢察官獨立搜查的案子，九成以上都經過錄影存證。由於這可以證明訊問過程並沒有遭到訊問方嚴刑逼供，因此提升了證據效力，有助於法官做出有罪判決。當然嫌疑犯一旦知道訊問過程將遭到錄影，就會語帶保留，而且不敢招出共犯。岬認為這樣的做法有好有壞，雖然會造成證詞取得上的困難，卻可以減少冤枉好人的風險。

岬基於判斷被告是否犯罪的職責，對警方送檢案件的處理手法有著嚴苛的要求。先入為主的搜查行動，以及對被告的嚴刑逼供，是造成冤獄的首要誘因。倘若檢方不在警方將案件送檢時便發揮審核機能，先入為主的觀點及嚴刑逼供將形成被告所背負的十字架。身為司法體系下的一員，無論如何必須避免這種事情發生。

何況這次的對手，是曾經讓岬嚐到敗北恥辱的御子柴禮司。再次一一審視檢方提出的證據，絕對不會是白費功夫。

岬被帶往另一間房間，觀看訊問影像。由於錄影時間長達數小時，原本岬打算在聽得清楚聲音的前提下將影像播放速度稍微加快，沒想到耗費的時間比預期要少得多。

「請問是不是有什麼處理不當之處？」

初田忐忑不安地問。訊問方式本身並沒有強逼也沒有蓄意誤導，從頭到尾都是津田亞季子的自發性供述。這樣的物證就算拿到最高法庭也絲毫不用心虛，而且也沒有冤枉無辜的疑慮。

但是岬心中還是存在一抹不安。

「看起來應該沒什麼問題。訊問時你也在現場嗎？」

「是的。」

「津田亞季子的狀況如何？你們的口氣有沒有過於粗暴，或是雖然沒有說話，但以態度來恫嚇被告進行自白？」

「這個案子在員警接獲通報並趕往現場時，物證就已經確鑿了，當事人根本沒有抗辯餘地。就如同您所看到的影像，訊問過程相當順利，沒有遇上任何麻煩。」

這點光是看畫面便一目瞭然。但是岬聽初田說得信心十足，心下反而有些焦慮。就算自認為證據完美無瑕，只要被找到一個微小漏洞，原本堅不可摧的理論架構就會徹底瓦解。而這正是御子柴的拿手好戲。世上並不存在真正完美的理論，有的只是存在當事人幻想的主觀偏見。

岬忽然想到了一點，說道：

「看不順眼的丈夫、自己幻想出來的婚外情……這案子乍看之下似乎是感情糾紛，但背後難道沒有一點銅臭味？」

「銅臭味？」

「現金、貸款餘額、遺產、保險金等等……津田伸吾一死，亞季子能得到多少利益？這一點，筆錄上似乎完全沒有提及。」

「呃，那是因為殺害動機並非金錢糾紛……」

「所以筆錄裡不放？這樣的想法，實在太草率了。倘若亞季子因殺害津田伸吾而獲得金錢利益，也可以成為殺害動機的佐證材料。現在立刻將她本人，以及津田伸吾的資產及借貸狀況整理出來讓我看看。」

「請問……」

「還有，立刻把當初為被告及關係人製作筆錄的神山警部補、高木巡查部長及黑田巡查部長這三人叫過來。他們是實際製作筆錄的人，我有些細節的問題想問他們。」

初田身為現場指揮官，聽到這裡已不禁動了怒氣。他略帶慍色地瞪著岬，說道：

「請容我問個問題，為何您對這案子如此執著？一審是檢方的全面勝利，何況兇手早就坦承犯案了……」

「二審的辯護律師是御子柴禮司，你聽過這個人嗎？」

初田一聽到這名字，登時皺起眉頭。

「竟然是他？我當然知道這個人，但他不是還在住院嗎？」

「聽說一出院馬上就接下這個案子了，真是迅雷不及掩耳。」

「是津田亞季子要求換律師嗎？啊，我明白了，一定是從看守所內的流氓地痞口中聽到了御子柴的名頭。」

「不，聽說是御子柴律師透過前任律師主動向被告提議。從一開始，換律師便是御子柴的主意。」

初田一臉詫異地思索片刻，說道：

「這背後一定有鬼。津田亞季子沒辦法支付高額報酬，不會是御子柴看得上眼的顧客。」

「所以我才想要重新調查津田家的資產。搞不好有什麼隱藏資產，沒有被我們發現。話雖這麼說，但這可能性應該相當低才對。」

「何以見得？」

「如果被告從一開始就以奪取財產為目的，不可能使用這麼粗糙的犯案手法，至少會安排讓自己沒有嫌疑。」

「但這麼推論下來，難道御子柴的目的並非金錢……？」

「我就是搞不清楚這一點，今天才特地來拜訪。」

初田聽到這裡，恍然大悟地點了點頭。雖然所屬機構與立場並不相同，但御子柴禮司是兩人共同的敵人。

「我也曾經被那個該死的律師擺了好幾道。有一次，好不容易以槍砲刀劍管制法逮捕的黑道幫派老大，竟然得到緩刑判決。那種感覺就好像是釣到的大魚被人搶奪後放生了。因為這件事，部下們的士氣可不知變得有多麼低落。」

「御子柴律師拿到多少報酬？既然辯護對象是幫派老大，肯定不是小數目吧？」

「這我不清楚，但幫派老大被釋放時臉色相當難看，多半是被狠狠敲了竹槓。」

「御子柴老是幹這種生意，竟然能活到今天。」

「畢竟對那些不想蹲苦牢的傢伙來說，他就像救世主一樣。相反地，站在相對立場的人眼裡，他就像天敵一樣。當初捅他一刀的兇手，多半也是吃過他的虧吧。」

「真是個要錢不要命的守財奴。但這麼說起來，他到底為何接下這件案子，可就更讓人匪夷所思了。」

「會不會是對警察或檢察官心懷怨恨？」

「你的意思是說，他是為了藉由侮辱我們來洩恨？不，我還記得他打贏官司時的表情。那時他對我連瞧也沒瞧一眼。假如真的是為了報仇，應該會在我面前耀武揚威才對。」

岬見初田沉默不語，內心的疑惑更深了。這應該是一件相當單純的案子，不僅動機單純、一審判決單純，而且審判紀錄經過再三精讀，還是找不出檢方的主張有任何瑕疵。御子柴到底是為什麼對這個案子感興趣，又打算如何反擊？

岬想到這裡，搖了搖頭。既然想不出結論，只能優先處理此刻能做的事。在外圍護城河及內圍護城河都蓄滿水，派衛兵駐守每一道城門，接著就看對方如何進攻。

「接下辯護工作時，御子柴律師只索取了審判紀錄。我正在重新審視這份審判紀錄，但也須提防御子柴提出新的證據。我知道這會給你們警署同仁添麻煩，但畢竟是這麼難纏的對手，多花點心思總是比較安心。」

「我立刻就把製作筆錄的三人叫來。」

「相信你應該明白，最好搬出御子柴律師的名字，這樣比較容易得到辦案員警的全力協助。」

初田先是微微一笑，接著擺出立正姿勢，回答：「我明白了。」

初田離去之後，岬整個人仰靠在椅背上。就算組織內部多少有些嫌隙，只要擁有共同的敵人，就會變得團結一致。尤其是公家機關，這個現象更是明顯。不管做任何事情，同志當然是越多越好。

岬露出自嘲的笑容，再度陷入沉思。

聽完三名刑警的描述後，岬動身前往與東京地檢位在同一區內的東京高等法院。

他想要見的人物，正在共同廳舍十五樓的法官室等著他。

「岬，你來了。」

「三條法官，請原諒我突然造訪。」

法官三條護離開辦公桌，領著岬走向待客用的沙發。即使面對年紀比自己小七歲的岬，三條法官的態度還是相當客氣。但是他這個優點，卻反而讓岬經常感到惶恐不安。

「別這麼說，大學學弟來訪，我可是隨時歡迎。」

三條說得相當客氣，但言下之意是他並非讓岬以檢察官的身分進入法官室。這種一絲不苟的潔癖也是三條的優點，但同樣常常讓岬窮於應對。

在案件審理的時期，負責檢察官來到負責法官的房間，一邊閒聊一邊針對判決內容磋商協議，這就是所謂的「法庭外辯論」。這樣的行為，向來是部分法界人士大肆抨擊的對象。全日本的法官之中，每年大約會有四十人被調往法務省執勤，而其中數人會成為搜查或公訴案的負責檢察官。相反地，檢察官變成法官的例子也不少。在這樣的交流互動之下，法官與檢察官自然而然會變得親近，這也讓法庭外辯論形成常態。

但是站在辯護律師的立場，這幾乎等同於檢察官與法官互相勾結。三條法官是眾所皆知的清廉法官，當然對法庭外辯論避之唯恐不及。他故意對岬不以檢察官相稱，想必也是為了避嫌。

「今天是什麼風把你吹來了？自從你四月調到東京地檢，來跟我打過招呼之後，這是你第一次來找我。」

「關於近來的法庭趨勢，想要徵詢三條法官的高見。特別是前幾天才提出上訴的世田谷區殺夫案。」

「哎呀……」三條故意裝出誇張的驚訝表情。「你應該知道，我是負責審理這案子的法官。這可真不妙，看來我沒辦法跟你好好閒話家常了。」

「即使沒有錄音，也不願意多談嗎？」

「最值得信賴的錄音機並非擺在店裡，而是在這裡。」

三條指著自己的胸口。

「錄音機就藏在這裡頭。尤其是我的錄音機，性能特別好，經常惹得法官同事及檢察官心情煩躁。」

三條接著凝視岬的雙眼，說道：

「你應該也知道我的原則吧？正因為知道，所以才盡量不來找我，不是嗎？」

「請不用按下錄音機的開關。我想請教的事情，並非關於這個案子本身，而是三條法官對其中特定相關人士的個人看法。」

「相關人士？」

「辯護律師御子柴禮司。」

「原來是他……」三條若有深意地看著岬。「東京地檢的次席檢察官親上前線，原來是為了這個緣故。」

三條一語道破癥結點，令岬頓時啞口無言。法官跟檢察官雖然立場不同，但法界的圈子很小，次席檢察官親自負責二審辯論的消息，想必早已傳入了所有法界人士的耳裡。

「君子報仇，三年不晚……不，你並不是個會在公事上動私情的人，我想你只是不放心交給其他檢察官負責，對吧？」

「……說真的，被告剛提上訴就換律師，讓我著實嚇了一跳。而且我一直以為御子柴還在住院。」

「簡直像是從棺材裡跳出來的殭屍？」

「天底下若有那麼能言善道的殭屍，倒也稀奇。三條法官，你對這件事有何看法？」

「嗯，確實有些突兀。據說他身受重傷，一度有生命危險。他已經賺了那麼多錢，生活應該無虞才對，為什麼不躺著好好養病？一出院就接下這種案子，真不是個等閒之輩。」

「三條法官的意思是，這案子對被告較為不利？」

岬明知這問題涉及案情，還是問了出口。這是個無傷大雅的問題，岬滿心希望三條不要刻意迴避。

「這種事任何人都看得出來，何必徵求法官的意見？從過去資料及判決書來看，被告的上訴只是徒具形式而已。上訴理由是量刑不當，這點法院確實也是這麼認為。但法院的立場不是認為判得太重，而是判得太輕。」

岬鬆了口氣。三條以一般旁觀者的角度來評論此案，言下之意當然是在暗示岬，只要以這樣的角度切入話題就不違背他的原則。

「那樣的判決書應該能讓檢方心滿意足才對。兇手的自白、證物、目擊者及動機，全都備齊了，『點』與『線』也都沒有任何問題。辯護律師在二審會採用什麼樣的戰術，反倒讓我相當好奇。」

「因為辯護律師是御子柴禮司？」

「對辯護方來說，現在的局面只能以四面楚歌來形容。律師本人剛出院，而且社會輿論與裁判員都與檢方站在同一陣線。但考量這位律師的過去成績，恐怕還是不能掉以輕心。」

「看來三條法官對他的評價相當高？」

「不是對他評價高，而是覺得他這個人深不可測。」三條以戲謔的口吻說道：「我在法界見識過各式各樣的人，有人愛面子，有人愛報酬，有人愛自己心中的正義……但御子柴這男人實在太過獨特，不屬於以上任何一種。不僅如此，他的辯護手法也是獨樹一格，總是能夠一箭射穿檢方的盲點。他是個游擊戰高手，獵物一旦被他的箭射中，不僅很難將箭拔出，而且還會因箭上的毒傳遍全身而死。」

「……這我同意，我也曾死在他的箭下。」

「據說在某件案子裡，他曾經將巨大醫療儀器搬進最高法庭，這已經逾越了辯論的合理範疇，簡直就像是街頭藝人的表演。但是他的表演，卻可以說服現場的法官及裁判員，這就是他厲害的地方。」

三條對岬露出調侃的眼神。

「怎麼?當初在名古屋地檢威震八方的岬，難道已對他的游擊戰法舉白旗投降？」

「依現況來看，就算對方採游擊戰法，我也只能以正攻法應敵。不過，如今讓我百思不解的並非他的戰術，而是他接下辯護工作的理由。」

「什麼意思？」

「我想不出他接這個案子可以得到什麼好處。」

「唔，我聽說他一方面向手腳不乾淨的有錢人索求高額報酬，一方面卻又會接一些沒錢賺的公設案子，簡直像是要替自己贖罪一樣。這次的案子，我猜也是後者吧。」

「確實有這樣的例子，但是在這之前，他接的都是被告否認犯行的案子。像這樣的案子，爭辯的焦點在於被告是否有罪。然而這次不同，被告已經主動坦承犯案了。」

「律師不接沒錢賺的案子，這樣的觀點本身就有些怪怪的。如果是這樣，公設律師制度不就沒有存在意義了？」

「三條法官，難道你認為那個守財奴會為得不到好處的案子站上法庭？」

「這麼說倒也沒錯。」

三條將雙手交叉在胸前，但顯然並沒有認真思考這個問題。為了維持他的原則，看來他從頭到尾都抱著旁觀者的心態。

「你想跟我閒聊的主題，就是一個視錢如命的男人會因什麼樣的好處，而接下一件極度不利的辯護工作？」

「如果可以的話，我還想請教對付游擊戰術的訣竅。當然，我指的是在一般狀況下。」

「真難得，你竟然會向人詢問該怎麼做。」

「就算是功成名就的人，也須要借助他人的智慧，更何況我還差得遠了。」

「真是崇高的處世態度，我雖然將屆退休之年，還是該銘記在心。不過，恐怕我要辜負你的期待了。你心中的擔憂，其實不過像是卡在喉嚨的小魚刺，只要多吞些東西，一起吞下肚就行了。」

「但是……」

「不管對方參戰的動機是什麼，畢竟能夠使用的武器相當有限。就算是一場聖戰，假如拿的是竹刀竹槍，還是沒辦法對抗戰車。你須要做的事情，只是看清楚竹槍的尖端瞄準了什麼樣的地方。」

三條拉開雙手，緩緩將背部靠在椅背上。

「不管怎麼說，第一次開庭只是試試水溫而已。你可以先看對手怎麼出招，再來決定如何應對也還不遲。」

三條這番話確實有其道理，岬只能心不甘情不願地點頭同意。但是這樣的態度，當然沒有辦法逃過三條的眼睛。

「怎麼，你不滿意我這個回答？」

「不是不滿意，而是不安。你說他深不可測，這點我相當認同。正因為如此，我才感到不安。就好像幽靈一樣，人對於摸不清本質的事物，總是會感到恐懼。」

「唔……」

三條目不轉睛地看著岬。

「……我說錯了什麼嗎？」岬問。

「你今年幾歲了？」

「五十五。」

「五十五歲應該還是大有可為的年紀，難道是鰥夫當久了，腦袋跟體能都衰退了？你這樣的態度，怎麼對得起『秋霜烈日』的徽章？」

「請別取笑我了。內人雖然過世將近十年，但我的身體向來很硬朗。」

「既然如此，那應該是東京地檢的工作太繁忙，搞得你焦頭爛額了。你有沒有確實把工作分配給屬下去做？什麼事情都愛攬在身上，可不是個好主管。如果是民間企業，這種主管是第一個被裁員的對象。」

三條這番話深深刺入了岬的胸口。事實上，由於岬剛調任到東京地檢，底下值得信賴的人才還不足。對工作吹毛求疵是有才能者的通病，加上這個單位的龐大案件量，確實讓岬手邊的工作多得處理不完。

「沒有優秀的部下，就沒辦法成為叱吒風雲的名將。」

「謝謝你的忠告。」

「說起來，實在令人惋惜。」

「你指的是哪一點？」

「你那位獨生子……我記得是叫洋介吧？」

岬驟然聽見這個名字，內心驚了一下。

「有時我仍會幻想，假如他能夠進入司法界，待在你的身邊幫忙，可不知有多好。若是如此，你也不用擔心沒有人才了。」

「你太抬舉他了。那種不成材的小子，待在身邊只會礙手礙腳。」

「是嗎？最近我偶而會聽見他的名字。看來他在那個業界也逐漸闖出了一些名氣，我正感到佩服呢。」

岬心想，三條拋出這個話題，多半是想要報仇吧。自己明知道他是個討厭法庭外辯論的法官，卻半強迫地登門拜訪，所以他抬出這個最讓自己不知所措的話題來回敬。

對付這種做法，最好的選擇就是逃之夭夭。

「我該告辭了，請恕我叨擾了這麼久。」

「好說，下次一起喝一杯吧。」

三條輕輕揮手。岬行了一禮，走出法官室。

突然冒出的名字，在岬的腦海中不斷迴盪，久久揮之不去。那個愚蠢的兒子，明明考上了司法考試，前途一片光明，卻選擇走上音樂家的道路。自從他離開自己的身邊，也已過了五年。

正因為期待太大，因此遭到背叛時的滿腔怒火也是難以言喻。心愛的妻子離開了人世，唯一的親骨肉卻成了自己的敵人。

讓那個不知好歹的小子當自己的部下？三條真是愛開玩笑。

沒錯，那小子確實心思敏捷，能夠看出別人沒發現的蛛絲馬跡。倘若置身在搜查單位裡，想必亦能有一番作為。

但是三條並不知道，那沒用的飯桶小子有著不適合進入司法界的重大缺陷。

那就是他輕視法律。

他信奉音樂女神繆思，更勝於法律女神忒彌斯。

3

二審第一次開庭。

東京高等法院、東京地方法院及東京簡易法庭（刑事），都在同一座共同廳舍內。這座廳舍的東側六號館B棟，有著東京地檢交通部、東京區檢察廳，C棟有著東京家庭法院、東京簡易法庭（民事）。此外，馬路對面的二號館及三號館有著國家公安委員會、警察廳、總務省及國土交通省。這裡可說是日本司法體系的大本營，但每一棟建築物都有著冰冷死板的外觀，少了一股肅穆感。

御子柴搭電梯上了八樓。這一次的戰場，是在第八二二號法庭。

開庭三分鐘前，御子柴走進庭內，發現旁聽席已經坐滿，檢方的人也已經到了。

岬恭平檢察官朝御子柴瞥了一眼，立刻便移開視線。雖然他板起了面孔，但是對御子柴的敵對心卻宛如一根根尖刺，直接扎在御子柴的皮膚上。御子柴也依稀記得，從前這個檢察官剛調職到某地檢時，兩人曾對決過一次。當時那件案子雖然最後是由御子柴獲得壓倒性勝利，但這個檢察官的類型相當獨特，因此在御子柴心中留下了深刻的印象。這個人說好聽點是滿腔熱誠，說難聽點是容易激動。在御子柴答辯的時候，他常常因御子柴的一句話而臉色大變。若是賭撲克，恐怕早已大敗虧輸了。當然，他本人也知道自己的缺點，因此努力繃緊了臉上的肌肉。但是面對御子柴的挑釁，卻還是會輕易上鉤。

接著入庭的人，是亞季子。歷盡滄桑的表情，與當初第一次見面時如出一轍。不僅如此，臉上似乎並未化妝。御子柴不禁感到有些無奈。雖然不必對法官使美人計，但至少也該想辦法在法官心裡留下一點好印象。

眾法官終於也入庭了。書記官一聲令下，所有人都起立敬禮。身穿法官服色的三個男人之中，站在正中央的是三條護審判長。由於他面色慈和，許多被告都曾期盼他能做出寬宏大量的判決，但那其實只是外表而已，其實他是個相當冷酷的法官。御子柴事前的調查，也證實了這一點。這些年來法院判決有嚴罰化的趨勢，但早在那之前，這個法官就經常對惡行重大的被告作出相當嚴峻的判決。

御子柴一邊看著三條一邊思索，這場審判的勝敗關鍵，就在於能不能說服眼前這個男人。過去御子柴擅長使用的是顛覆檢方論點的辯護手法，因此這次的方向對御子柴而言實在有些不拿手。

「本案即將開庭，在那之前，我要問辯護人一個問題。」三條說。

「是。」

「你為什麼沒有提交開庭陳述要旨？」

「真是非常抱歉，審判長。與證人溝通花了太多時間，以致於來不及提交書面報告。請容我在此進行陳述。」

「好，請說。」

御子柴站了起來。

這就像是下達了宣戰通告。

「辯護人主張被告津田亜季子無罪，請求撤銷原判決。」

旁聽席上產生了輕微的騷動。岬瞪了御子柴一眼。

「一審無視於被告的實際狀況，對於其殺人動機僅是推測。本人將在本庭針對此點，證明被告並不具備殺人動機。」

「只是證明不具備殺人動機，也沒辦法主張被告無罪。」

「關於細節，將在辯護過程中一一說明。」

「那麼請開始吧。」

「我想申請傳喚第一名證人。」

法警領著要藏登上證人台。

「證人請先告知姓名及職業。」

「我叫津田要藏，是地方社區的民生委員。」

要藏的口氣有些緊張，不過這怪不得他。由於亞季子坦承犯案，一審時要藏並沒有被列為證人。雖然御子柴事前已跟他討論過證詞內容，但檢察官等等也會進行反方詢問，想必這讓要藏相當不安。

「你是被害人津田伸吾的父親？」

「是的。」

「你住在伸吾家附近？」

「是的，距離相當近。以我這個年紀，依然能夠徒步往返。由於伸吾的老婆在外頭工作，白天經常只有兩個孫女看家，所以我常常去串門子，關心一下她們。」

「你說只有兩個孫女看家，但伸吾也在家，不是嗎？」

「伸吾總是躲在房裡，一步也不肯外出。他既不做家事，也不做任何在家兼職的工作。只要亞季子不在，家事全由孫女們負責。」

「是誰教會她們做家事的？」

「應該都是亞季子教的。不止是家事，在我這老人家的眼裡，這對孫女可是非常有教養的。」

「這麼說來，亞季子確實盡到了身為母親的職責。那麼伸吾呢？他又教了什麼？」

「什麼也沒教。他只是整天把自己關在房間裡，面對著電腦畫面，幾乎不跟家人說話。像這樣的人，怎麼可能負起教育後代的責任？」

「這麼說來，他完全不肯工作，也不照顧小孩？」

「他是個只會吃飯的廢物。」要藏露出苦澀的表情。在法庭上說兒子的壞話，想必令他相當不忍。「他整天只想不勞而獲，不肯腳踏實地揮汗工作。嘴裡口口聲聲說什麼這是起死回生的投資，其實說穿了不過就是賭博。他是個只會作著一夜致富的美夢，把所有錢都投入不熟悉的賭博當中的大蠢蛋。」

「家人之間是否起過爭執？」

「那不是爭執，而是仲吾單方面的暴力行為。不止是亞季子，就連孫女們也常常遭到毒打。」

「能不能說得具體一點？」

「剛開始的時候，他只是對著家人破口大罵……但是自從亞季子開始在外兼差後，他就出現了暴力行徑。或許是他覺得自尊心受損吧。賞巴掌成了家常便飯，有時還會以拳頭毆打臉部。每次我到他們家，亞季子臉上多半都有遭毆打的傷痕。」

「很嚴重的傷嗎？」

「瘀血發黑，應該是打得相當狠。」

「是否嚴重到可能擔心自己的性命安危？」

「審判長！」岬立即舉手。「這是刻意誤導。被告是否擔心性命安危，只是證人自己的臆測。」

「只要有明顯的外傷，就能推斷暴力的嚴重程度，這項證詞可以成為判斷的依據。」

三條朝御子柴點點頭，說道：

「抗議駁回。辯護人，請繼續。」

「證人，你剛剛說連女兒們也常常遭到父親的毒打，能具體形容一下嚴重程度嗎？」

「小孫女倫子才剛滿六歲，有次我看她臉上破了皮，問她為什麼，她說是伸吾捏傷的。」

「捏到破皮，肯定是相當用力吧。」

「大孫女美雪更慘，被打得嘴脣都流血了。」

「你沒有報警？」

「一來是不希望家醜外揚，二來是亞季子要我別這麼做。她哭著跟我說，不希望讓丈夫變成罪犯。既然她都這麼說了，我也沒有立場干涉。我只能央求住在隔壁的齊藤先生，隨時幫我注意伸吾家的動靜。」

「伸吾的暴力行為越來越嚴重，甚至危害女兒們的安全，被告是否曾保護女兒？」

要藏正要回答，岬卻搶著說道：

「抗議！審判長，辯護人問這問題並非有憑有據的事實，而是證人的主觀印象。」

御子柴朝岬瞥了一眼，內心暗自竊笑。要藏早在製作筆錄時便提及伸吾的暴力行徑，只是轄區員警在蒐證時沒有對此點深入調查而已。對岬來說，就像是一顆不曾發現的未爆彈突然爆炸了。

「抗議成立。辯護人，請針對事實發問。」

「好的，那麼請容我單就事實加以陳述。根據剛剛的證詞，可以得知被害人的暴力行徑不僅越來越頻繁，而且還波及到兩個年幼的女兒。如果任憑事態繼續惡化，不僅是自己，就連女兒們也有性命之憂。被告雖然平日忙於工作，但在孩子的教育上卻也相當用心，身為母親無可指責之處。不僅如此，而且每一天的工作讓被告身心俱疲，也影響了判斷力。就算犯下殺人罪行，那也很可能並非起因於被告的自私想法及對丈夫的厭惡，而是基於保護自身及女兒正當防衛。我相信世界上任何一名母親都有理由做出這樣的行為，不應該為此而受到懲罰。」

御子柴振振有詞地說完這番話，坐了下來，要藏此時輕吁了一口氣。

「審判長，我想進行反方詢問。」

「請。」

岬緩緩起身，宛如正在做著撲向獵物前的準備動作。

「你說被告及女兒們經常遭受被害人暴力相向，這是事實嗎？」

「是事實，完全就像我剛剛說的。」

「抱歉，請容我換個方式發問。你也說過你經常出入被害人的家，那麼請問你是否曾親眼目睹被害人對被告及女兒們施暴？」

該死！御子柴在心中如此咒罵。岬企圖弱化證詞的效力。

「我沒親眼看過她們被毆打……但亞季子她們不可能說這種謊，也沒這個必要……」

「證人，你只要回答我的問題就行了。我再問一次，你是否曾目擊被害人對家人施暴的場面？」

「伸吾在我面前不敢放肆，絕對不會當著我的面……」

「請你只就事實回答。看見了，還是沒看見？」

「……沒看見過。」

御子柴立刻反擊。

「審判長，檢方這個問題是強詞奪理。就算被害人家暴的頻率再高，剛好撞見的機率還是趨近於零。」

「不，證人說他常常出入被害人的家。既然家暴行為頻繁發生，一次都沒看到反而不合乎常理。」

「檢察官，你知道前年總共發生多少交通事故嗎？」

「……你想說什麼？」

「前年全國交通事故共有七十二萬五千七百七十三件，平均每四十三秒就發生一件交通事故。檢察官，請問你前年是否曾目擊發生交通事故的瞬間？」

「你這才是強詞奪理。每個縣市發生交通事故的機率都不同，何況……」

「辯護人跟檢察官，請問現在的議題與本案有直接關係嗎？」壇上的三條審判長啼笑皆非地制止兩人。「要談機率的話題，請到庭外去談。」

「對不起。」

「將剛剛檢方的問題從紀錄中刪除。」

御子柴裝模作樣地道了歉，迅速就坐。剛剛的爭辯，御子柴自己也知道相當愚蠢，但御子柴的真正目的只是要中斷岬的發問，讓要藏獲得喘息的機會。這一招顯然發揮了效果，要藏看起來已恢復鎮定。

岬咳嗽一聲，接著問道：

「那麼，證人，你在事發當時碰見被告正在處理被害人的屍體，請問那時候被告及兩名女兒身上是否有新的傷痕？」

「那個時候？」

「對，不是過去，而是那個時候。」

御子柴心裡暗叫一聲不妙。

「不，那時候她們身上似乎沒有新的傷痕。」

「我想也是。趕往現場的員警及鑑識人員，也證實被告及兩名女兒身上沒有不久前才受的外傷。由此可知，辯護人聲稱被告殺人是基於正當防衛的主張並非事實。既然在案發前一刻沒有遭受暴力攻擊，何來正當防衛之說？」

「抗議！審判長，檢方對正當防衛的定義太狹隘了。就算不是正在遭受攻擊時的反射性防衛舉動，只要是在長期性暴力現象下採取的反抗行動，都應該可以視為正當防衛。」

「辯護人，如果你要主張此點，就必須針對正當防衛成立要件中的急迫性侵害進行舉證，你做得到嗎？」

御子柴頓時啞口無言。

正當防衛的要件是指：

（情況要件）

1　急迫性的侵害

2　該侵害非正當行為

3　防衛自己或他人權利

（行為要件）

1　不得已必須為之的防衛

2 具有防衛意圖

三條審判長所說的意思，就是要證實伸吾的侵害行為確實具有急迫性。當然，是否具有急迫性，並非受侵害者亞季子的主觀認定，而是必須站在客觀的立場來判斷。而且如果因受侵害而反過來積極採取加害行為，那麼很有可能形成防衛過當。以本案來看，伸吾的暴力行為用的是雙手，亞季子的防衛行為卻使用了小刀，而且防衛的地點，是伸吾處於無防備狀態的浴室。在這樣的狀況下，堅持正常防衛的主張或許反而是自打巴掌。

此刻還是先避開鋒頭為妙。

「目前還沒有足夠的證據，請容我延到下次開庭時。」

「好吧。檢方是否還有其他問題？」

「那麼，我再問一點　證人，你在抵達案發現場時，被告正在處理屍體，對吧？」

「對，但是因為被我撞見，亞季子立刻就放棄了……」

「放棄了什麼？」

「呃……」

「放棄丟棄屍體、湮滅證據的念頭，對吧？」

「唔……」

「請給我明確的答案，不要支支吾吾。」

「審判長，檢方這是在強迫證人發言！」御子柴提出抗議。

「這不是強迫，而是確認。當時被告特地將塑膠布鋪在脫衣間，而且正在清洗浴室內的血跡。證人，你認為如果你沒有剛好走進被害人的家，被告會不會繼續完成湮滅證據的行為？」

不行！這問題絕對不能回答！

「檢方不應該以假設性的問題來詢問證人！」御子柴搶著說。

「證人，你覺得呢？」

「應該會繼續做下去吧……但是隱蔽惡行是每個人……」

「夠了，不必再說了。」

岬打斷了要藏的話，不給他機會繼續解釋。御子柴再度在心裡咒罵了一聲。這次御子柴讓要藏站上證人台，主要目的是加強伸吾的負面形象，讓法官相對認為亞季子情有可原。為了達到效果，才將重點放在一審時沒有深入追究的家暴行為。任何人對他人的印象，都是藉由第三者所形成。御子柴原本預期只要讓被害人的父親說出同情亞季子的證詞，一定能打動法官的心。但是岬看穿了這個計謀，故意讓要藏親口說出亞季子湮滅證據的行為，藉以抵銷其值得同情之處。

該死。御子柴在心裡暗罵。剛剛這一局，是檢方佔上風。

「審判長，我想申請傳喚下一名證人。」

接著站上證人台的是吉脇。就跟剛剛的要藏一樣，對法庭的不熟悉讓他的表情因緊張而僵硬。當然，熟悉法庭的一般民眾可說是少之又少。

「證人請先告知姓名及職業。」

「吉脇謙一，綠川會計事務所的公認會計師。」

「你是被告的同事？」

「是的。」

「你讀過一審的判決書嗎？」

「沒有，我只聽說了判決結果，但沒有詳細讀過判決書……」

「在判決書裡，寫著被告對你的愛慕之情是犯案動機之一。請問被告是否曾向你吐露過心聲？」

「完全沒有。」吉脇搖頭說道。「我與津田私下聊天，話題多半是她的女兒，完全不曾牽扯到個人感情。我們雖然一起吃過幾次飯，但都是趁工作空檔的休息時間出去吃個午餐，這時閒聊的話題也多半是對工作上的抱怨。」

「這麼說來，被告完全沒有對你示好的舉動？不過，會不會只是你沒有察覺？」

「又不是中學生，假如有個人愛我愛到想把丈夫殺了，我一定會察覺。」

「被告是否曾提及關於丈夫的事？」
「這個嘛……在我的記憶裡完全沒有。」
「證人，你認為自己的記憶力好不好？」
吉脇苦笑著回答：
「若是記憶力不好，恐怕難以勝任公認會計師的工作。」
「這麼說來，我們可以認定被告幾乎不曾提起關於丈夫的事？」
「是啊，若是曾聊過，我應該會記得。但我真的連她丈夫的年齡、工作都一概不知。」
「但你不覺得很奇怪嗎？一個連平常閒聊都不太提私事的人，怎麼會為了跟你在一起而殺害丈夫？」
「沒錯，我也覺得莫名其妙。」
「你有沒有想過，這動機可能是假的？」
「審判長！這是蓄意誤導！」
「抗議成立。辯護人，請謹慎選擇你的問題。」
岬立即抗議，但這早在御子柴的預期之內。
據說這個案子的訊問過程皆已錄影存證。不僅嫌疑犯聽到要錄影會緊張，就連負責訊問的人員聽到要錄影也會不安。只要有任何強迫自白或誤導詢問的跡象，都會被記錄下來，當然必須比以往更加謹慎小心。

簡單來說，任何以防止冤案為目標的制度，都是以檢方及警方的失職為前提。檢警雙方在這種氣氛下製作筆錄，肯定是心有不甘。倘若這麼製作出來的筆錄，依然遭懷疑有冤案的可能，檢警雙方當然會義憤填膺。換句話說，御子柴刻意想要惹惱檢察官，使其失去冷靜，才比較容易對付。

「好，那麼我換個問題。證人，你是否認為自己不可能是被告殺害丈夫的動機？」

「沒錯，當然。」

「審判長，我想以檢方提出的甲七號證當成佐證。」

旁聽席上的人開始交頭接耳。

岬臉色鐵青。

「世田谷警署在接獲津田要藏的通報後，便派員警趕往現場。隨後，鑑識課人員對現場進行了蒐證，甲七號證就是當時所有鑑識資料的一覽表。雖然蒐證重點是浴室，但是除此之外，只要是被害人與被告有可能觸摸的東西，鑑識人員全部都沒有放過。就連一根頭髮或一顆蟲屎，也逃不過鑑識人員的灿眼。這種縝密嚴謹的態度，令人不禁對犯罪搜查的信念大感佩服。」

御子柴故意裝模作樣地朝岬微微鞠躬，岬的臉色登時變得極為難看。平常御子柴不會刻意做這種事，但對於這次的檢察官，像這樣的挑釁動作最能發揮效果。

「值得注意第三張表格，這上頭列出廚房垃圾桶內的所有垃圾。不，嚴格來說，垃圾桶內有個超市的塑膠袋，垃圾都是放在塑膠袋內。想必是打算等袋子裝滿了，就連袋子一起丟掉。裡頭有揉成一團的面紙、橡皮筋、泡麵及冷凍食品的容器及包裝袋、包含案發當天在內的四天份報紙內夾廣告單、牛奶紙盒、頭髮、麵包屑、橡皮擦屑、萵苣梗、洋蔥皮、香蕉皮、裝食物用的塑膠容器、飛蟲的屍骸，以及……保險套的盒子。」

御子柴舉起手中的表格微微搖晃。

「這個保險套盒子，跟四天份報紙內夾廣告單出現在同一個垃圾桶裡，意味著一直到案發不久前，被告與伸吾還維持著夫妻關係。再對照剛剛證人吉脇的證詞，可知被告不僅與伸吾維持正常夫妻關係，而且對吉脇不曾有過任何具體的示愛舉動。在這樣的客觀狀況下，被告怎麼可能會刻意安排殺害丈夫的計畫？根據上述理由，辯護人再次重申被告殺害伸吾只是衝動性的正當防衛。」

這番論點就像是自敵人看不見的死角揮出一記上鉤拳，而且顯然發揮了效果。三條審判長露出猶豫不決的神情，岬檢察官更是皺著眉頭對御子柴怒目相視。

但敵人立即展開了反擊。

「審判長，我想進行反方詢問。」

「請。」

岬站了起來，正眼凝視御子柴。那模樣簡直就像是打算與對手拚個你死我活的拳擊手。

「真是異想天開的論點，我相當驚訝……看來辯護人尚未結婚，對夫妻關係不甚瞭解。」

御子柴不禁暗自佩服。原本以為敵人會急忙揮出反擊拳，但身經百戰的岬沒有這麼做，而是好整以暇地利用輕快的刺拳逗弄挑釁。

「在神聖的法庭談及猥褻話題，實在有違本意……但我必須強調，夫妻相處是否和睦，與房事的有無並沒有嚴密的關聯性。有些夫妻只把那檔子事當成了辦公事，也有些夫妻光是牽手就能達到心靈交契的效果。」

旁聽席上有人輕輕笑了出來。

「何況站在謀殺的角度來看，我們也可以解釋為被告為了讓被害人卸下心防，故意與其發生性行為。在動物界中，母螳螂也會在交尾結束後立即殺死公螳螂……抱歉，我這比喻或許有些失當了。」

御子柴沒料到對方會以這樣的論點來反擊，內心暗暗叫苦。

「此外，辯護人說被告對證人吉脇沒有筆錄中所描述的戀愛感情，這點也令人難以苟同。看來辯護人對於男女之間的微妙關係，完全摸不著頭緒。戀愛感情不見得會以行動表現出來，例如過去流行過『柏拉圖式愛情』這種說法，只是近年來較為少見而已。不僅如此，這也可以解釋為被告的自作多情。換句話說，證人吉脇的一些無心言語或舉止，都在被告的心中被延伸解釋。若以這點來看，與近年來形成社會問題的跟蹤狂案件有著相同特徵。」

岬朝被告席瞥了一眼，發現亞季子只是垂頭喪氣地坐著，沒有任何反應。

「問題在於不管是自作多情還是會錯意，只要本人深信不疑，就足以構成殺害丈夫的動機。從辯護人一連串論點聽來，他似乎想要證明被告並不具有殺意，但根據實在太過薄弱。」

御子柴聽著岬的侃侃發言，對其反駁能力不禁有些驚服。御子柴的部分主張確實有些牽強，這點御子柴也有自知之明，但岬竟然可以針對其中的問題點一一舉出精確辛辣的反證，實在不是省油的燈。對於御子柴擅長的游擊戰術，岬不僅沉著應對，而且成功給予御子柴迎頭痛擊。看來第一次交手時的慘敗經驗，已讓岬學到了教訓，為了不重蹈覆轍而徹底改變了應戰策略。

岬就像一隻懂得從錯誤中學習的老狐狸。藉由增加武器及戰術，讓自己的狡猾更上一層樓。像這樣的對手，可說是最令人頭痛。

事實上，光是觀察法官及旁聽席眾人在岬發言時的反應，就知道他們聽得相當認真。他們的表情不像是在思索一段辯論，倒像是陶醉在一曲音樂之中，這就是岬的論點已徹底打動他們的最佳證明。

「就如同剛剛被告的公公證詞，被告為了殺害丈夫，持著小刀闖進了浴室。在浴室裡，被害人不僅手無寸鐵，甚至連衣服也沒穿。被告接著利用花言巧語讓被害人轉過身，以小刀在被害人的脖子上連刺三刀。請注意，不是一刀，而是連刺了三刀。如此狡詐且辣狠的做法，實在很難讓人相信只是出於一時衝動。不僅如此，被告接著從置物間取出了塑膠布。公公看到時，屍體正放置在塑膠布上，可见得被告想要湮滅證據的意圖相當明顯。倘若被告在犯案之後立即報警自首，或許還可說是一時衝動而鑄下大錯，但她企圖丟棄屍體，我們當然可以合理認定這是一場謀殺。被害人是她長年生活在一起的伴侶，如今她嫌對方礙事，就像處理垃圾一樣想要將對方殺害後丟棄，這絕對是自私且不可原諒的行徑。老實說，站在檢察官的立場，一審判決十六年徒刑還嫌太輕了。希望審判長做出公正的裁斷，千萬別被辯護人似是而非的主張誤導了。」

岬振振有詞地說完後，坐回檢察官的座位上。這番話說得慷慨激昂，倘若不是在法院這種講求秩序的地方，旁聽席上恐怕會響起拍手聲。

簡直把自己當成了維護社會公理的正義使者。然而岬檢察官雖然擺出這樣的姿態，卻不惹人討厭，或許是因為他擁有這樣的人格特質。何況如今社會正趨向嚴刑峻罰，像岬這樣的人正適合當引領這股風潮的尖兵。

然而御子柴不禁冷笑。

嚴刑峻罰的趨勢並非在法理上經過研議與認同，只是反映出了民眾對於凶惡犯罪層出不窮的徬徨不安。包含死刑的存廢問題，立法機關並沒有進行徹底討論，歷代法務大臣的立場也各有不同。不等時機成熟就實施的裁判員制度，更是讓問題雪上加霜。裁判員制度帶進法庭的並不是理性的價值觀，而是不理性的情緒反應。嚴刑峻罰化的目的並非遏止兇惡犯罪，只是基於報復心態。

但既然情緒反應擁有足以顛覆判決的力量，己方就還有勝算。

「審判長，我接著想對被告進行提問。」

「請。」

亞季子慢吞吞地站了起來。這種遲緩的動作，看在審判長眼裡不知有何感想。但御子柴如今已對亞季子的演技不敢再抱持任何期待。

「首先，我想向被告詢問一件事。在案發的那段時期，妳跟丈夫是否會行房？」

「有的。」

「那是單方面的要求，過程類似強暴嗎？」

「不，是你情我願。」

「這麼說來，妳的丈夫雖然曾對妳施暴，夫妻間仍然有著想要重修舊好的氣氛？」

「是的。」

御子柴點點頭。到目前為止的問答，早已與亞季子練習過。

「但他一直躲在房間裡，我很難有機會跟他溝通。」

「關於同事吉脇，妳怎麼對丈夫介紹？」

「我說公司有個年紀跟他一樣的公認會計師，是個前程似錦的優秀人物……」

「接著妳就被打了？」

「是的。」

「妳沒有提及自己心中的愛慕之情？」

「是的，我想那就是男人的忌妒。」

御子柴心中忽閃過一抹不安。亞季子最後這句話，並不在事先排練過的問答之中。

「忌妒？」

「男人也會互相忌妒，但不是忌妒長相，而是忌妒學歷或收入。津田沒有工作，所以忌妒心比別人更強。他總是瞧不起擁有工作且收入穩定的人，因為若不這麼說服自己，他就會感到害怕，擔心自己被貼上失敗的標籤。」

御子柴察覺亞季子的口氣有些不對勁，趕緊改口說道：

「事發當天，妳在下班後拖著疲倦的身子回到家中。女兒們早已吃過她們自己煮的晚餐，回到房間休息了，但妳還是必須為閉門不出的丈夫準備晚餐。妳為丈夫加熱了買來的冷凍食品，卻遭到丈夫毆打及責罵……以上的描述是否有錯？」

「沒有。」

「但根據後來到家中的津田要藏及員警證詞，妳當時臉上並沒有遭毆打的痕跡，這又是為什麼？」

「我在接受訊問時說錯了，他不是打我的臉，而是打我的肚子。我痛得蹲在地上，他又踢了我好幾腳。」

「那時妳心裡有什麼想法？」

「繼續這麼下去，總有一天我會被殺。」

「小刀是在哪裡拿的？根據筆錄，這把小刀原本放在置物間的工具箱裡。」

「後來仔細想想，才發現我記錯了。小刀原本放在廚房，可能是女兒們為了打開零食或冷凍食品的袋子，而拿來用了。」

很好，完全按照預定計畫。比起從置物間取出兇器，還是兇器剛好就在手邊，不知不覺拿了起來，聽起來較像是一時衝動的犯案。

「後來我就像失了魂一樣，連我自己也記不清楚到底發生什麼事。我只記得我好怕他、好怕他……當我回過神來，他已經渾身是血地倒在我面前。」

「接下來呢？」

「那時津田已經沒了呼吸，我仔細一看，不僅是整間浴室，連我身上也沾滿了鮮血。女兒們都已經熟睡了，於是我以蓮蓬頭將身體洗乾淨。由於不能將津田的屍體就這麼放著不管，所以我走到置物間，想找找看有沒有什麼東西能夠墊在下面。」

「不能就這麼放著不管，是什麼意思？」

「不將屍體移開，我沒辦法打掃。」

亞季子這句話再次引發庭內一陣騷動。但眾人之中，唯獨岬察覺了御子柴的意圖。他一臉驚愕地瞪著御子柴。

「這麼說來，妳不曾想過要將屍體丟棄？」

「是的，我那時早已嚇得六神無主，只想趕快將被鮮血弄髒的浴室清洗乾淨。既然要清洗，就必須先將津田的屍體移到塑膠布上。就在我努力刷著牆壁時，公公開門走了進來……」

「接著妳恢復了冷靜？」

「是的。」

「好，我的問題問完了。審判長，正如你所聽見的，被告清洗浴室及準備塑膠布，並非為了湮滅證據。她只是因自己的行為而嚇傻了，想要靠著清掃這個日常行為來恢復精神的平衡。我相信對一個從不曾犯罪的善良百姓來說，這是很正常的反應之一。所以說，被告既沒有殺意，也沒有湮滅證據的邪惡念頭。」

三條審判長一聽，不禁皺起了眉頭。御子柴這番話到底是道出了真相，還是扭曲了事實？由於這牽扯到每個人心理狀態不同，想必很難下定論。

但這正是御子柴的用意。如今世人對亞季子的觀感早已僵化，要將其推翻，就必須將世人對案件的認知徹底摧毀後重新塑造。要達到這個目的，只能採用稍微牽強的主張。

「辯護人，對被告的提問結束了嗎？」

「結束了。」

「檢方有沒有問題要問？」

「有的。」岬第三次起身。

他上下打量站著不動的亞季子。眼神雖然稱不上恫嚇，但已讓亞季子嚇得縮起了身子。

「從妳剛剛的證詞聽來……妳的女兒們相當乖巧。」

「是的……」

「妳不在家的時候，她們會自己準備晚餐？」

「是的，較小的女兒雖然才六歲，也會自己處理速食或冷凍食品。」

「那可真了不起。妳的這項證詞，可以在鑑識報告中得到印證。剛剛辯護人也曾提及，垃圾桶裡有泡麵及冷凍食品的容器及袋子。上面檢測出了妳的一對女兒的指紋，可見得這是她們丟棄的東西。她們似乎處理得相當習慣，能夠不靠剪刀或小刀，僅以雙手將袋口撕開，取出裡頭的食物。換句話說……她們在廚房根本不需要小刀。既然是用不著的東西，卻放在伸手可及的位置，這不是很古怪嗎？」

竟然來這一招……御子柴心中除了焦躁，還有幾分驚訝。沒想到檢察官的事前準備如此周到。除非曾經將鑑識資料再三詳讀，否則不可能說出這樣的反駁。

「另外，我還有個關於行兇當下情況的問題……根據妳剛剛的證詞，妳似乎是因遭到受害人暴力攻擊，因此心生恐懼，在不知不覺之中拿起小刀……我這麼解釋是否正確？」

「是的。」

「被害人進了浴室，妳說要幫他洗背，也脫光衣服走進浴室，對嗎？」

「是的。」

「當時妳一直把小刀握在手裡？」

「是的。」

「案發當天是五月五日，妳穿的衣服是T恤及牛仔褲，沒錯吧？」

「既然是五月……多半沒錯吧。」

「嗯，首先趕到現場的員警，也是如此描述妳當時的服裝。但這麼一來，有一點我實在想不通。妳因激動得失去理智而拿起小刀，與浴室內的被害人交談後，妳脫光衣服走進浴室。那麼我請問妳，當妳在脫衣服時，小刀在哪裡？」

又被將了一軍。

御子柴忍不住暗自咂嘴。

「T恤及牛仔褲，都很難以單手脫下。不管手上拿著什麼，若不先放在一邊，實在很難順利脫下衣褲。若配合妳剛剛的證詞，妳像失了魂一樣走向脫衣間，像失了魂一樣欺騙被害人，像失了魂一樣脫下衣褲，像失了魂一樣先把刀子擱在一旁，等到脫光衣服之後再像失了魂一樣重新拿起刀子衝進浴室……這不是很荒謬嗎？」

岬凝視亞季子的雙眸，亞季子低下了頭，不敢與岬四目相交。

「不僅如此，被告聲稱在犯案前曾遭受攻擊，這點也相當可疑。雖然先前呈交的搜查報告裡並未提及，但轄區員警趕到現場時，由於被告處於情緒不安定的狀態，所以曾由女警為其執行了身體檢查。雖然並沒有脫光全身衣服，但已可以確定腹部及背上並沒有遭受暴力攻擊的痕跡。」

該死！御子柴在心裡又罵了一聲。這些傢伙原來還瞞了這種事情沒說。

警察沒說也就罷了，竟然連亞季子自己也沒提。

「由此可知警署製作的筆錄內容，有一些部分不符事實。被告在犯案前一刻遭被害人家暴這一點，並沒有任何證據可以證明。如此說來，被告是在沒有遭受被害人暴力攻擊的前提下，走到放置工具的合理位置取出小刀，利用甜言蜜語誆騙被害人並闖入浴室。她事先將衣服脫光，也是因為早已預期鮮血會沾在身上。」

岬說得振振有詞，絲毫沒有停頓，可見得細節早已經過再三確認。

「換句話說，這個案子並非衝動性的正當防衛結果，而是一樁徹頭徹尾的謀殺。何況被害人是個無生活能力的弱者，這樣的惡行絕對不值得原諒。以上，反方詢問結束。」

岬做了簡單的總結後坐了下來。

三條露出認同的神情，旁聽席上的眾人也各自露出大勢底定的神情。

「辯護人，是否還有想要陳述的論點？」

「有是有，但準備尚不充足。」

「那麼，下一回開庭是兩星期後的十點，沒問題嗎？」

御子柴跟著岬一起點頭同意，內心卻詛咒著法庭上所有人，其中當然包含亞季子。

就這樣，二審的第一回合在岬的壓倒性獲勝下結束。

4

御子柴自法院回到事務所，才發現小小的暴君正在等著自己。

「律師，你回來了！」

御子柴一看見倫子，心裡不由得叫苦連天。剛剛才在法庭吃了岬的苦頭，這時又遇上棘手人物，簡直是屋漏偏逢連夜雨。

「我應該跟妳說過，我不想再見到妳。」

「對不起，她又跑來了。」

洋子站在倫子背後，愧疚地縮起了身子。

「嘿嘿，我很厲害吧？今天我沒跟任何人問路呢。」

「我這裡什麼時候變成托兒所了？」

「您上法院去了，事務所只有我一個人，沒辦法送她回家……」洋子說。

「既然如此，現在立刻將她送回去。」

「我今天得加班。明天之前，我得將所有顧問費用的請款明細整理好，一起送出去才行。」

「妳又來幹什麼？」

御子柴故意以相同的高度狠狠地瞪了倫子一眼，但倫子只是嘟起了嘴，一點也不害怕。或許是讓她住過一晚的關係，她已經習慣御子柴的態度了。現在要像上次一樣將她罵哭，恐怕已不是件易事。

「媽媽的審判應該結束了，所以我來這裡等。」

「距離結束還久得很，今天才第一次開庭而已。」

「贏了嗎？」

御子柴完全不想回答這個問題，只是說道：

「我會將這孩子送回去。」

「咦……您願意送她回去？」

「我一點也不願意，但讓她留在這裡，我沒辦法工作。反正我想到案發現場看一看，順便將她載回去。」

洋子再度露出愧疚的神情，御子柴不再理會，帶著倫子走向停車場。一打開車門鎖，倫子立刻跳上了副駕駛座，簡直把那裡當成了她的專用座位。

「誰准妳隨便上車的？」

「對不起。」

倫子雖然很有禮貌地道了歉，臉上卻帶著笑意。御子柴不禁心想，對牛彈琴大概就是這種感覺吧。

透過這場審判，御子柴得知了一件事，那就是倫子那種宛如小大人一般的說話口吻，肯定是受了家庭環境的影響。

雙親經常互相謾罵的家庭，或是經濟並不寬裕且沒有時間陪伴小孩的單親家庭，通常小孩子都會特別能幹。父母的無能，反而會激發孩子的自立精神，倫子正是最典型的例子。

「現在還是跟姊姊過著兩個人的生活？」

「嬸嬸有時會來家裡住。」

「妳們兩姊妹為何不搬過去算了？」

「姊姊一直躺在床上，而且嬸嬸家太擠了。」

這對姊妹短時間之內獨自生活不成問題，但總不能一直這麼下去。在母親亞季子被釋放之前，要藏勢必得照顧她們的生活起居。倫子口中所說的嬸嬸家太擠，指的應該是姊妹也搬過去的情況吧。

「媽媽還好嗎？」

「沒什麼變化。」

由於御子柴根本沒看過亞季子精神奕奕的模樣，因此只能這麼回答。倫子凝視前方一會，忽然像是想起了什麼，轉頭問御子柴：

「能贏嗎？」
「若得不到妳媽媽的協助，就會輸。」
「協助，是什麼意思？」
「至少別對我說謊。」
「倫子從來沒有對你說謊。」
「妳老實沒有用，重點是妳媽媽。」
「媽媽對你說謊？」
「有沒有說謊，我不知道，但妳媽媽應該瞞了我什麼。」
在辯論的過程中，這個問題便經常浮現在御子柴的腦海。但不管再怎麼審視筆錄，或是與本人直接交談，還是無法找出亞季子到底隱瞞了什麼。
既然接下辯護工作，就會全力以赴，這是御子柴少數的美德之一。但在摸不透當事人心思的狀況下，恐怕只能像無頭蒼蠅一樣亂鑽。到底亞季子的腦袋裡在想著什麼？她在隱瞞著什麼？
車子駛進了世田谷區的靜謐住宅區，朝著事先查好的津田家地址前進。這一帶新房子不少，再加上有著完善的社區規劃，因此氣氛相當和諧安祥。津田家就位於這個區域的角落，雖然外牆顏色依然鮮艷明亮，但寬敞的停車格裡一片空蕩，在知道內情的御子柴眼中更增添了三分寂寥與蕭瑟。這一家人雖然住在高級地段，卻是夫妻之間口角不斷，而且經濟陷入了困境。外表看起來奢華氣派，內在卻窮途潦倒。

御子柴正要按門鈴，倫子已從口袋掏出鑰匙開了門。

一走進屋，一股甜香驟然竄入鼻內。凡是有小孩的家庭，都會飄著這種獨特的乳臭味，但不知為何，這股味道並沒有帶給御子柴任何不快感。

「我回來了！倫子回來了！」

屋內沒有回應，倫子拉著御子柴的手走上二樓。

一登上樓梯頂端，狹窄走道的左側有一間房間，右側有兩間房間。房門上各自吊著「美雪」「倫子」「媽媽」等吊牌。

「姊姊，有客人，可以進去嗎？」

「等等……」

房門內傳出模糊不清的應答聲。

過了一會，房門打開了。

「我是美雪。」

眼前的少女留著一頭長髮，身穿睡衣，肩上披了一件針織外套。即使隔著衣服，也看得出來體態相當纖瘦。年僅十三歲，應該還是中學生。五官相當清秀，是個美人胚子，與母親完全不同。只要稍加打扮，就算說是高中生，也不會有人懷疑。

「對不起，我穿成這樣……」

「妳生病了？」

「自那天起，身體一直不太舒服……」

她所說的「那天」多半是伸吾遭殺害的日子吧。十三歲少女得知父親被母親殺死，身體出現異常也不是什麼奇怪的事。

「我是御子柴，是妳母親的辯護人。我想看看樓下的房間，不曉得方不方便？」

「好的。倫子，幫他帶路。」

「ＯＫ。」

「那我先進去了……」

美雪以虛弱的聲音說完，便關起了房門。

「她病得很重嗎？」御子柴問道。

倫子搖頭回答：

「只是嚇得不敢出門而已。醫生說這是……呃，精神性……的問題，真是膽小的姊姊。」

「爸爸被媽媽殺了，妳不害怕嗎？」

御子柴這句話一問出口，心裡登時大感後悔，但倫子顯得一點也不在意。

「倫子不怕，因為媽媽不可能做那種事。」

這就叫做信者得救吧。御子柴不禁苦笑。相信的力量會讓人變得盲目，相反地，猜疑心會讓人變得敏銳。世界的本質過於殘酷，知道得太多只會讓自己變得不幸。就這層意義來說，宗教老愛打的「相信才能得到幸福」的口號或許確實是真理。既然這世界的悲慘令人不忍卒睹，只好一輩子龜縮在「神」及「理想」創造的童話世界。

御子柴回到一樓。廚房正面朝著屋內，與客廳空間互相對望。客廳足足有十五張榻榻米寬，內廊的另一側還有一間房間，接著就是浴室及廁所。御子柴回想著搜查報告中的現場平面圖，重新確認位置及距離。

最令御子柴印象深刻的一點，就是考量了幼童安全的內部裝潢。

桌角、椅角及其他所有家具的邊角，都經過圓弧加工設計。不僅如此，包含剪刀在內所有尖銳物品，全都集中在電視櫃抽屜裡的整理盒內，這想必也是為了避免倫子受到傷害。

冰箱的門上以磁鐵貼滿了便條紙，除此之外，牆壁上也到處貼著學校課表之類的紙張。客廳桌子附近散落著倫子的玩具及美雪的髮圈、髮夾。沙發上方的牆壁則貼著笨拙的肖像畫，多半是出自倫子之手。

整體而言，屋內有著相當濃厚的家庭味。雜亂之中，帶了三分冷清感。

但這樣的景象卻讓御子柴感到相當自在。明明是第一次來到陌生地方，心中竟然有著些許懷念。對於屋內的凌亂，御子柴完全不介意。在這個空間裡，充塞著親子之間的關愛之情。

御子柴終於想了起來。

自己當年出生的那個家，不也是這副模樣嗎？

上面有雙親，下面有差了三歲的妹妹。客廳雖然比這裡小了一點，但氣氛相當類似。即使家人用餐時間完全不同，只要成員結構相同，家中景象也會大同小異？

還記得那個時期，每天御子柴回到家，母親及妹妹總是正在看電視。那是個氣氛和睦的家庭，御子柴卻不肯融入其中。那時候的御子柴，總認為自己與眼前這些人完全不同。雖然外貌相似，內在卻是天差地遠。御子柴認為自己比這些人更加高等多。

如今回想起來，當時的自己實在太愚蠢了。沒錯，家人們與自己可說是天差地遠，但是天與地的定義卻完全顛倒。跟他們比起來，當時的自己簡直就像是潛藏在地底深淵的原生動物。

……算了，現在並不是感歎往事的時候。

御子柴搖搖頭，重新打起了精神。踏進廚房裡，環顧四周擺設。微波爐的旁邊，擺著一台手動式的切削機。這種調理器具相當受不擅長拿菜刀的家庭主婦歡迎，據說能夠切割絕大部分的食材。御子柴心想，亞季子購入這樣的器具，多半是方便女兒們自行調理晚餐吧。但朝流理台下方的收納櫃一瞧，裡頭一把菜刀也沒有，御子柴又推測或許亞季子自己也是切削機的愛用者。

接著御子柴走向脫衣間。從廚房到脫衣間的動線幾乎完全不用轉彎，這或許也可以成為亞季子在廚房拿了小刀後筆直衝向脫衣間的佐證。

脫衣間相當寬敞，要在這裡鋪一塊塑膠布，並將伸吾的屍體放在上頭，並不是難事。

接著御子柴打開了浴室的門。由於距離兇案已過了半年，浴室在警方鑑識後早已被洗得一乾二淨，沒有留下一點血跡。但御子柴依然能聞出空氣中的腥臭鮮血味。每次來到這樣的地方，殘留於鼻子深處的記憶就會被喚醒。

御子柴凝視浴缸，在心中模擬著亞季子的犯案過程。

亞季子聲稱要幫伸吾洗背，慢慢走了過來。伸吾完全沒有懷疑，甚至沒有回頭看一眼。毫無防備的後頸，就這麼暴露在危險之中。亞季子以手中的小刀，狠狠地刺在伸吾的頸子上。

一刀、兩刀、三刀。

根據驗屍報告的記載，刀尖精確地切斷了頸動脈。每一次拔出刀子，鮮血就會大量噴出，染紅了亞季子的臉孔及雙手。電視或電影裡出現類似的畫面時，鮮血都是呈放射狀以猛烈的速度向外散射，但事實上並不會那麼誇張，頂多只像是從極細的水管裡斷斷續續地向外噴出。但是只要距離靠得夠近，當然還是很可能濺在臉上。

伸吾終於斷了氣。亞季子全身沾滿鮮血，卻一點也不驚惶。鮮血及油脂讓她感到全身滑膩，但她只是抱著卸妝的心情，將這些汙漬從身上洗去。接著她穿上衣服，從後門走向置物間，取出裡頭的塑膠布。她回到浴室，將伸吾的屍體搬移到脫衣間，然後開始以蓮蓬頭清洗被鮮血弄髒的浴室牆壁……

御子柴輕輕咂了個嘴。檢方所推測的這套犯案過程，並沒有明顯的瑕疵。甚至可以說，在實際勘察現場狀況後，更認為岬檢察官的推論相當接近事實。御子柴走出脫衣間，來到內廊。這裡還有一間房間，與客廳正面相對。御子柴心想，這裡多半就是伸吾的房間吧。

一踏入房門，鼻子登時聞到一股酸臭味。這房間內的氣味，與客廳的甜香味道可說是完全不同。

靠牆的書桌上，擺著一台桌上型電腦及數支原子筆。牆上橫向並排著三張流程圖表格，多半是伸吾熱衷於炒股票時所用之物吧。電腦旁擺著金融四季報，裡頭夾著拆信刀。除此之外還有一些公司資料，以及一本沒有什麼實質意義的股票投資入門書。

津田伸吾多半認為這種程度的資料就足夠了吧。自認為比他人聰明的蠢材，手邊的工具往往是如此敷衍了事。這種人鄙視經驗及謹慎作風，只會大言不慚地說直覺與膽識才是通往成功的法門。他們嘲笑步步為營的研究及腳踏實地的努力，認為那是失敗者才會做的事。但是到頭來，他們能賺得的利潤恐怕連支付資料的費用都不夠。

與桌上工具的寒酸情況相比，桌子底下可說是亂成了一團。到處是紙片、漫畫、雜誌、零散的剪報、零食袋子、泡麵容器、印表機墨水匣、空白光碟片、綁在一起的纜線、脫了沒收的衣物。散落在垃圾桶旁邊的垃圾，幾乎將垃圾桶淹沒了一半。這還是警方鑑識人員採集毛髮及細小灰塵後的狀態，伸吾生前的房間恐怕還要淩亂得多。

御子柴終於明白惡臭的來源。食物及昆蟲屍骸的腐臭，與為了掩蓋臭氣而噴灑的芳香劑味道，交雜出一種難以形容的詭異臭味。

在這個房間裡，不存在目標與秩序。

擁有目標者的房間，才會形成秩序；一間有秩序的房間，就能看得出目標。房間的主人顯然陷入迷惘、憤慨、錯亂與停滯。這房間的模樣，就是津田伸吾內心世界的最佳寫照。

「有沒有看出了什麼？」

倫子的聲音讓御子柴回過了神。

「看出了妳爸爸平常離妳們很遠。」

「他說這是工作的房間，任何人都不能進來。」

伸吾的房間雖然在相同的屋簷下，卻是完全獨立的空間。不，或許該稱為隔離。房間的距離感，正是伸吾的內心世界與家人之間的距離感。

在這樣的家庭裡發生凶殺案，似乎一點也不令人意外。

但是另一方面，御子柴心中還是存在著一些難以釋懷的疙瘩，只是御子柴自己也說不出個所以然來……

「律師，你怎麼了？」

「妳別多話。」

總覺得似乎有些不對勁。就好像一幅拼圖裡，有一塊拼錯了位置。

那到底是什麼？

究竟是什麼？

驀然間，一道光芒閃過御子柴的腦海。

原來如此，這就是難以釋懷的原因。

御子柴回到客廳，沿著原本的路線重新走了一次。最後他打開亞季子的房間，確認一件事情後，終於心滿意足地點了點頭。

「律師，你到底怎麼了？」

御子柴見倫子正摟著自己的腰際，於是蹲了下來，對倫子問道：

「最近家裡有誰看了醫生？」

「只有姊姊。」

「沒有其他人？」

「沒有了。」

御子柴不禁有些擔心，是自己想太多了。

掏出手機，撥了電話給事務所的洋子。

「是我。」

「老闆，怎麼了？」

「抱歉，有件工作要請妳明天一大早優先完成。」

「明天一大早要寄送顧問客戶的請款明細。」

「那個晚一點再處理也沒關係，妳先幫我申請津田亞季子的戶籍抄本附票[6]。」

「只要附票……？」

「對，我想確認她的遷居履歷。妳聽清楚了，這件工作優先執行。」

隔天早上，御子柴一到事務所，洋子早已將資料準備妥當。

「我辦好了。」

雖然洋子這名事務員經常對雇主投以責難眼神，但工作迅速且確實，光是這點就有雇用的價值。

6 日本的「戶籍抄本」類似「戶籍謄本」，但上頭只列出個人的資料。「附票」則是記錄個人所有遷居履歷的文件。

　　御子柴一看附票，津田亞季子曾經從出生地搬遷至神戶市，在那裡居住到十八歲才又搬遷到東京。十八歲時的搬遷，多半是為了就職吧。其後因結婚而搬過一次家，後來又搬一次，才住進現在的房子。光是看這些紀錄，就能大致想像出亞季子一生的軌跡。搬到現在住址的時期，剛好與次女倫子出生的時期重疊，顯然因為家庭成員變多，因此從原本的出租公寓搬到了現在的獨棟住宅。

　　御子柴注視著附票上的某個地址。昨天想通的隱情，或許與這個地點有著極大的關聯。

「我馬上要出差。」

「……馬上？」

　　洋子歎了一口氣。但這個雇主的我行我素早已成了家常便飯，事務員不管心中再怎麼無奈，還是沒有置喙的餘地

「這段期間，妳自己找工作做，若遇上無法解決的事情就聯絡我。」

「請問到哪裡出差？」

「神戶。不過，或許還得跑一趟她的出生地，目前無法確定何時能回來。」

　　御子柴丟下這幾句話，立刻動手收拾行李。洋子似乎還有問題想問，但她看雇主默默做著旅行的準備，只能再次無奈歎息。

第三章

守護人的懊惱

1

「津田亞季子，有訪客。」

亞季子聽見刑務官的聲音，轉過了上半身。

「妳的家人來看妳。」

一問之下，原來是公公及倫子來了。亞季子心裡抱著想見又不想見的矛盾念頭，身體卻自然而然地跟著刑務官走了出去。

自獨居房通過冷冷清清的走廊，一進入會客室，便看見要藏及倫子已坐在壓克力板的另一側。自從被移送到東京看守所後，這是亞季子第一次見到倫子，內心不由得百感交集。

對一個階下囚來說，身為母親的感情反而是種折磨。亞季子不禁對將倫子帶來的要藏產生了些許埋怨之意。

倫子一看見亞季子，幾乎將整張臉貼在壓克力板上。

「媽媽！」

久違的女兒呼喚聲，讓亞季子的心情劇烈起伏。亞季子強自鎮定，坐了下來。

「亞季子，妳好像瘦了些？」

要藏面露憂色。亞季子忍不住垂下了頭，並非不想被看見沒化妝的臉，而是不想被看見過於憔悴的表情。

「因為這裡的餐點熱量不高……請問美雪怎麼沒來？」

「她還是一樣躲在房間裡。不過三餐很正常，妳不用擔心她的健康。」

「倫子每天都做飯給她吃。」倫子說。

倫子只會處理能以微波爐加熱的食物，但總比什麼都沒吃要好得多。

「有沒有欠缺什麼東西？聽說不能直接送來，但能在商店購買。」要藏問。

比起食物，亞季子更需要的是替換用的內衣褲。不過亞季子早已自行掏腰包買齊了，何況總不能拜託公公幫忙買那種東西。

「我什麼也不缺。公公，你能幫我照顧美雪與倫子，我已經很感激了。」

「啊！照顧姊姊的人是倫子！」倫子癟嘴抗議。

明明是平凡無奇的對話，因為中間隔了一層壓克力板，彷彿變得一點也不真實了。

「關於新任的御子柴律師……」

亞季子一聽到要藏說出這個名字，登時繃緊了神經。

「他跟之前的律師完全不同，不僅親自登門拜訪，而且相當熱心。亞季子，妳是怎麼找到這個律師的？」

「不是我找到的。這是前任的寶來律師與御子柴律師之間的協議……我只是在申請書上簽名而已。」

「怎麼，原來不是妳靠門路找來的？」

「我完全不認識他。」

要藏聽到亞季子這麼回答，狐疑地皺起眉頭。

「可以肯定的一點，是他接這件案子並非為了錢。妳跟我能夠支付的律師費用，他絕對不會看在眼裡。我曾問他到底想得到什麼，他的回答是宣傳效果。」

「是啊，他也這麼跟我說。」

「但我總覺得沒這麼單純。雖說報章雜誌及電視新聞曾有一陣子大肆報導這個案子，但是一審判決之後又發生不少其他的重大案件，現在新聞媒體早就把妳的案子遺忘了。他在這種時候接下辯護人工作，哪能獲得多大的宣傳效果？」

經要藏這麼一說，亞季子也不禁沉吟了起來。當初在會客室看見的第一印象，如今依然深深留在腦海裡。光從眼神就看得出來，御子柴是個固執且城府極深的人物。像這樣的人，絕不會基於慈悲心腸或奉獻精神而做事，背後肯定有什麼其他意圖。

「除了律師費用之外，他還跟妳要求了什麼？」

「沒有什麼具體的要求……不過他曾說過，我可以對刑警或檢察官說謊，但絕對不能對他隱瞞任何事。」

「如果他接下辯護工作的理由真的是為了宣傳，要達到這個目的只有一個辦法，那就是讓妳勝訴。」

要藏以老成持重的雙眸凝視亞季子。「如今局勢對我們相當不利，只要他能讓我們在二審中反敗為勝，社會大眾就會重新開始關注這件案子。如此一來，或許就能達到他所說的宣傳效果。」

「反敗為勝……」

「而且不能只是降低刑度而已。如果他想要獲得宣傳效果，就必須設法讓妳獲判無罪。」

無罪……

聽起來像是一句玩笑話，要藏的眼神卻是異常認真。亞季子深知公公向來不是個喜歡說大話的人。

「公公，你這麼相信那位律師？」

「我幹了這麼久的教師，收穫並不算多，倒是靠著與教育委員會、工會及家長會那些人交涉，練就了看人的眼力。亞季子，我看得出來，那個御子柴是個相當厲害的律師。品格高低姑且不談，至少身為律師的能力應該是值得信賴的。」

「倫子也相信御子柴律師！」

倫子喜孜孜地說道。

「倫子，妳為什麼相信他？」

「因為他從來不把我當小孩子看待，也不對我說謊。」

倫子這番話，讓亞季子心中一震。

雖然倫子的年紀還小，想法卻相當成熟，而且跟任何人只要交談過一次，就能立刻摸清楚對方的人格特質。這種對人性的敏銳觀察力，或許是來自要藏的隔代遺傳。

公公及女兒都說御子柴是個值得信賴的律師，這反而讓亞季子更加提高了警戒心。理由很簡單，雖然三人都承認御子柴相當優秀，但要藏及倫子不必隱瞞任何事情，因此能對御子柴寄予全面性的信賴。相較之下，亞季子反而為了掩蓋某個祕密而終日戰戰兢兢，生怕遭御子柴看穿。

智慧就像一把雙面刃，越鋒利越有可能傷害自己。御子柴的智慧對自己而言到底是騎士之劍還是死神之鐮，目前還難下定論。

「媽媽。」

「嗯？」

「御子柴律師是好人。」

「是不是好人或許很難評斷，但目前我們除了仰靠他之外別無辦法。亞季子，我們就相信他看看吧。」

「是……」

亞季子無奈地點頭同意。要藏見了亞季子的反應，不僅沒有感到安心，反而納悶地問道：

「亞季子，妳是不是有什麼事情瞞著我？」

「不，沒那回事。」

「妳似乎對御子柴律師相當提防，是不是心裡有什麼不能讓我或律師知道的事？」

要藏的犀利視線射在亞季子身上，彷彿要將亞季子的心思看穿。亞季子趕緊低下頭，心裡為這個公公的敏銳直覺捏了一把冷汗。回想起來，從當初剛跟伸吾結婚時便是如此。公公並沒有一起生活，卻往往一針見血地道出了伸吾的行徑。當然，他是伸吾的父親，理應對伸吾相當瞭解，但其敏銳洞察力早已逾越了一般父親對兒子的理解。就算再怎麼板起撲克面孔，要對這個公公隱瞞心事都不容易。

不能讓御子柴知道的祕密，當然也不能讓公公知道。這是個不能對任何人洩漏的祕密。

「啊，對了。御子柴律師也說過一樣的話。他說媽媽好像有事情瞞著他。」倫子說。

唉，對這個律師果然不能掉以輕心。不過是一次會客及一次法庭上的相處，心思就被他看破了。

「公公，你會這麼認為，只是因為我跟御子柴律師還不熟，絕對不是有事相瞞。」

「那就好。」

「御子柴律師曾經來家裡呢。」倫子說。

「來家裡？」

「他送倫子回來，順便跟姊姊打了招呼，還在家裡繞了好幾圈。」

亞季子心中猛然湧起一陣不安。原本應該是法庭上唯一幫手的律師，如今竟然變得比警察還難纏。

「他看了家裡後，說了些什麼？」

「他說爸爸離我們很遠。」

「還有呢？」

「倫子跟他說，爸爸的房間是工作的地方，所以別人不能進去。」

「你們沒有說其他的話？」

「嗯，他還叫事務所的洋子，幫他拿什麼戶籍什麼票的。」

「戶籍……」

沒想到御子柴竟然正在打探自己的過去。

但是這次的案子，跟自己的過去並沒有直接的關聯性。御子柴到底為何要這麼做？

亞季子曾聽人說過，戶籍資料原則上只有本人及家人才能申請，但有個例外，那就是律師。

一想到御子柴將會取得自己的戶籍資料，亞季子就感到一顆心七上八下，偏偏自己沒有辦法加以阻止。

「總之在二審判決前還有一些時間，讓我們堅持到最後吧。好好照顧身體，千萬不要累垮了。我會盡量找時間來看妳。」

「謝謝公公。」

亞季子深深鞠躬。

名義上雖是一家人，但亞季子對要藏而言是殺害兒子的兇手。原本應該有著深仇大恨，要藏卻反而對亞季子這麼照顧，令亞季子不禁心懷感激。

「媽媽，妳不用擔心。倫子跟爺爺跟御子柴律師都會幫妳。」

會客時間即將結束的前一刻，倫子將雙手手掌貼在板上說道。

比起倫子的話，那一對小小的手掌更在亞季子心中留下了深刻印象。

向兩人道別並回到獨居房後，御子柴正在調查自己的戶籍一事依然在腦海揮之不去。關於這件案子，自己不僅經過反覆推敲，而且也已經自白。多虧了負責刑警及檢察官反覆詢問相同問題之故，如今自己已經能夠依著時間順序將案子的細節描述得一清二楚。像這樣鉅細靡遺的陳述，就是自己在法庭上的武器。

然而那個名叫御子柴禮司的男人，卻將矛頭對準了自己完全沒有預期到的方向。就好像一頭獵犬，能夠嗅出凡人無法察覺的獨特氣味。

但是這頭獵犬的鼻子，到底聞到了什麼？

亞季子忍受著難以釋懷的不安感，將背靠在房間的牆壁上。過去亞季子完全沒有想到，自己必須如此懼怕為自己辯護的人。

亞季子左思右想，還是想不出這次的案子跟自己的過去經歷有任何關聯。但既然御子柴看準了這個方向，可見得其中一定有著什麼連亞季子自己也沒有察覺的線索。

反正能思考的時間多得是。

亞季子決定緩緩回溯自己的記憶。

當然，這只包含自己還能清楚想得起來的畫面與聲音。

埋藏在記憶最深處的回憶，是一個紅色的後揹書包。這麼說來，這是自己上小學後的回憶。至於更早以前的回憶，則完全想不起來了。就好像有一道漆黑的高牆，遮蔽了自己的思緒。或許這就是記憶力的極限吧。

長大後聽大人轉述，亞季子才知道自己出生於福岡市。為了報名求職考試而申請的居民證上，也清楚寫著籍貫是福岡。但是亞季子本人完全沒有關於福岡的回憶。

「這裡就是我們的新家。」

母親牽著亞季子的小手，走進了一間公寓。父親正在裡頭整理著搬家的行李。

公寓隔間除了廚房及客廳外，還有兩間起居室及三間房間。雖然起居室都只有六張榻榻米大，整個家算不上非常寬敞，但對雙親及年幼的亞季子來說已綽綽有餘。

「我們要在新家開始全新的生活了。」

母親的神情就像是剛從束縛中解脫。光從母親的態度，便隱約可以得知之前的生活對一家人來說並不快樂。

亞季子的心中同樣有著豁然開朗的感覺。雖然沒有從前的記憶，但一踏進新家，心情就好像是脫下了一件沉重的外套。

「希望妳早點交到新朋友。」

原本正在拆行李的父親，忽然停下手邊的動作，將手放在亞季子的頭頂上，以粗大的手指抓了抓亞季子的頭髮。那種感覺相當舒服。

母親口中所說的新生活，並不止是一種比喻而已。嶄新的工作環境，正在等著他們。父親成了連鎖餐廳的店長，母親則跟從前一樣，做著安親班老師的工作。

「這陣子妳得忍耐點，一個人看家。爸爸媽媽在習慣新工作前，可能都會很忙。」

「嗯。」

父親滿懷歉意地對亞季子說，亞季子雖然心中不安，也只能乖乖答應。由於不想被看見悲傷的表情，亞季子一直低著頭。

父母每天都是一大早就出門，很晚才回來。母親得到晚上八點多才會到家，父親更是經常在亞季子睡著之後才到家。亞季子每天放學之後，得在家裡忍受孤獨將近四小時。

若說不寂寞，那是騙人的。由於剛轉學，沒有任何朋友，附近也沒有熟識的街坊鄰居。不僅如此，每個人都說著亞季子不熟悉的關西腔調，更是讓亞季子感覺遭到了孤立，彷彿一個人置身在陌生的異鄉國度。

除此之外，亞季子心中也抱持著一股失落感。似乎過去一直有個人陪在自己的身邊，而如今那個人卻不見了。亞季子不知道那個人是誰，甚至想不起那個人的姓名以及與自己的關係，但亞季子可以肯定，那個人確實曾經存在過。即使挖出心中最古老的記憶，也找不到關於這個人的事，亞季子只能任憑不安在內心持續滋長。

孤立感與失落感，讓亞季子的不安變得更加嚴重。每天亞季子一放學回到家，總是會將門上的兩道鎖確實鎖上。在母親回來之前的四小時，亞季子總是靜靜躲著不敢發出聲音，甚至連電視也不敢開。在這段時間裡，亞季子會閱讀父親買給自己的書本，沉浸在幻想的世界裡。因為若不這麼做，可能會害怕得泣不成聲。亞季子不能哭，因為對亞季子而言，在母親回來前忍著不哭是自己的義務。雙親也是逼不得已，才會舉家搬到新的環境。這點雙親雖然沒有明言，但是光從家裡的氣氛便感覺得出來。而且從雙親臉上表情，也看得出來他們並非懷抱滿心希望踏入新的職場。既然父母都在忍耐，自己當然也不能耍任性。

新家位在神戶市長田區。鄰近車站的大街上有著許多風格洗鍊的商店，往來的路人也穿得相當體面。而且或許是因為靠近港口的關係，路上有不少外國人。

「真漂亮的城市。」

母親興奮地說道。亞季子雖然年幼，卻聽得出母親只是想讓自己開心。或許是經常與安親班兒童及其父母親交談的關係，口音已經染上了一點關西腔調。

「跟之前住的地方完全不同，媽媽好喜歡這裡。亞季子，妳呢？」

亞季子被這麼一問，一時不知該如何應答。對於城市很漂亮這點，亞季子亦有同感，因此點了點頭。

「太好了。以後我們星期天常來港邊玩，也帶妳爸爸一起來。」

母親不等亞季子回應，自顧自地又說道：

「下次三個人一起去剛剛看到的公園也不錯，或是到那家漂亮的餐廳吃飯。對了，媽媽好想去一次港灣人工島呢！而且這裡距離大阪很近，一定有很多便宜又好吃的美食。我們一定要盡情地玩，每天過得開開心心，這樣就能把痛苦跟悲傷的事情全忘了。」母親說到一半，聲音已斷斷續續。「說……說真的，我們遇到了那麼悲傷的事情，接下來的日子一定全是好事，不然可不公平呢。」

亞季子聽了母親這番話，心情也跟著變得激動。

搬家前果然發生事情。雖然亞季子不記得那到底是什麼事，但可以肯定那件事足以將一家人從故鄉趕到遙遠的神戶。不僅如此，那件事足以徹底瓦解母親身為全能守護者的形象。

驀然間，不安彷彿張著黑色翅膀從天而降。原本以為無所不能的母親，竟然是如此懦弱。保護自己的外殼，竟然是如此脆弱。這一切宛如可怕的噩夢，卻是阻擋在亞季子面前的現實。

亞季子忍不住哭了起來。壓抑的情緒終於潰堤，灼熱的淚滴不斷湧出。在母親面前哭泣的懊悔與自責，更是讓眼淚停不下來。

「亞季……」

母親既沒有試圖安撫亞季子的情緒，也沒有動怒。她只是將亞季子緊緊抱在懷裡，不讓哽咽聲傳出去。

往來的路人，皆對兩人投以好奇的目光。兩人就這麼縮著身子蹲在路旁好一陣子。

四月，亞季子升上了四年級。

「爸爸相信亞季子一定能馬上交到很多新朋友。」

父親每天忙著新店鋪的工作，沒有時間陪伴亞季子，甚至沒辦法體會亞季子的心情，只會說些敷衍了事的安慰。

亞季子相當後悔。雖然搬來時已接近三年級的尾聲，還是應該趁著三年級還沒結束前交一些朋友才對。剛換班級的初期，人際關係還是以前一學年的交友圈為核心，亞季子根本無法融入班上同學的圈子裡。

同樣是小學四年級，男孩跟女孩的心智年齡差距相當大。男孩依舊天真無邪，女孩卻出現第二性徵，基於本能而察覺自己的脆弱，並且為了保護自己而開始區分敵我、搞小團體。

組成小團體的規則相當單純。只要是外貌出眾、成績優秀或是擁有上流家世的女孩，都是每個小團體爭相挖角的對象。反過來說，假如沒有上述任何一項優點，就容易遭到排擠。而沒有加入任何小團體的人，往往就會變成壞孩子霸凌的對象。

亞季子的容貌及成績都屬於中等，而且父母都在工作，沒辦法引起各個小團體的興趣。而且亞季子還不習慣關西腔，因此平日變得沉默寡言。

轉眼之間，亞季子已遭到孤立。

孩童由於涉世不深，因此想法更加單純，做法卻也更加殘酷。沒有加入任何小團體的亞季子，一直沒辦法交到推心置腹的好朋友。然而事後想想，那已經算是最和平的狀態了。亞季子雖然沒有加入任何團體，但是有時還是會跟同學閒聊，而且也沒有遭受欺負。大家只是對她不感興趣而已。

但是進入第二學期後，情況出現明顯的變化。

從這個時期開始，不論男孩或女孩的小團體都出現了領導者。女孩人數最多的那個小團體的領導者，叫麻理香。

麻理香在班上的成績總是前三名，而且五官宛如洋娃娃一般清秀端正。由於她有著穩重斯文的個性，老師們也對她相當器重。資優生這個字眼，彷彿就是為了她這種人而存在。

然而麻理香總是不停尋找著獵物。凡是容貌比她差、家境比她家窮困，或是讓她看不順眼的女孩，一旦被她挑上，就會遭到徹底欺凌、侮辱與謾罵。她這麼做，彷彿是為了維持精神上的和諧。第一學期，有個女孩被她欺負得不敢上學，這讓麻理香維持了好一陣子的愉快心情。

朋美是她所挑上的下一個獵物。內向、不起眼的朋美，在資優生麻理香的眼裡，簡直是最有趣的玩具。

亞季子察覺麻理香等人的態度，內心相當煎熬。因為朋美對亞季子而言雖然稱不上知交閨友，卻是少數談得來的同學之一。

至少該警告她盡量跟麻理香那群人保持距離……亞季子心裡才剛拘定主意，麻理香等人已擋在她的面前。

「亞季子，我看妳平常總是一個人，要不要加入我們的團體？」

亞季子一點也不想加入，但怕拒絕會惹惱麻理香，只好輕輕點頭。

「好，那我給妳一個入會測試。」

「入會測試？」

「很簡單，只要捉弄一下朋美就行了。」

「可是……」

「怎麼，妳拒絕？」

如果妳敢拒絕，妳就是下一個獵物。

麻理香的眼神如此警告著。在這個班上，沒有人願意保護亞季子。不知不覺，亞季子的腋下已沾滿了不舒服的汗水。

亞季子依著麻理香的吩咐，提著半桶汗水走向音樂教室。麻理香的兩名跟班守在一旁，防止亞季子逃走。一如預期，朋美正在音樂教室裡。待在教室時毫不起眼的朋美，在音樂教室卻能夠綻放光芒。朋美從五歲就開始學習鋼琴，即使是亞季子，也聽得出她的琴技相當高明。

然而朋美的高明琴技，卻成了惹惱麻理香的導火線。麻理香也學過鋼琴，但彈鋼琴這種事講究的是天分。麻理香並非無法原諒有人比自己優秀，而是無法原諒那個人偏偏是朋美。麻理香想欺凌朋美，卻又不想弄髒雙手的做法，這也相當符合她的性格。

朋美正在彈的曲子相當有名，連亞季子也知道曲名。

蕭邦的第二號夜想曲。

開頭的樂句在經過修飾下不斷重複，令人留下深刻印象。這旋律實在太過悅耳，令亞季子忍不住放慢了腳步。

清晨的乾爽涼風輕輕拂過。聽著不斷變化的四小節樂句，就好像置身在溫暖羊水之中一般舒適。

亞季子終於完全停下了腳步。

驀然間，心中湧起了對失去之物的追思。雖然亞季子想不起那到底是什麼，胸口卻感到彷彿壓了一塊大石般難受。

旋律聲不斷起伏，有時柔和有時劇烈。

「幹什麼？快走！」

負責監視的跟班之一催促，但亞季子的一雙腿宛如遭石膏固定一般動彈不得。夜想曲所醞釀出的哀愁與悔恨之情，奪走了四肢的自由。

下一瞬間，亞季子想通了一件事。

絕對不能任憑朋美遭她們欺侮。自己無論如何都要保護朋美。

現在應該立刻轉頭將兩個跟班趕走，並且警告麻理香不能再找朋美的麻煩。

但是就在這時，亞季子突然被人從背後推了一把。

「叫妳快走，聽不懂嗎？」

亞季子腳下一個踉蹌，束縛全身的咒術彷彿被解開了。對了，現在自己可是被麻理香控制在掌心。要是不聽她們的話，不僅在學校裡再也沒有棲身之所，恐怕還會被她們欺負得慘不忍睹。

身體的動作，開始違背內心的想法。亞季子以跌跌撞撞的步伐繼續往前進。

音樂教室有兩個入口。依照計畫，負責監視的兩個跟班由前門進入，亞季子則走向後門。

「朋美，今天也這麼認真練習？」

兩人向朋美攀談，亞季子趁著朋美的注意力被轉移時悄悄從背後靠近。

住手！亞季子的內心在吶喊著。

但亞季子的雙手彷彿不再屬於自己，繼續捧著水桶前進。

下一瞬間，亞季子閉起了眼睛。

眼睛雖然看不見，但她知道桶內的汙水已經準確地落在目標身上。

亞季子畏畏怯怯地睜開雙眼，看見自頭頂以下完全淋濕的朋美背影。不僅是衣服，就連鋼琴上也正不斷滑落水滴。

亞季子將空水桶扔了出去，轉身拔腿狂奔。背後好像有人追趕上來，但亞季子不管三七二十一地往前跑，一次也沒有回頭。

直到奔回教室，亞季子才停下腳步。教室裡，麻理香似乎已聽了兩個跟班的回報，正笑得樂不可支。

一股黑色的濁流在亞季子的內心深處翻騰、激盪。

麻理香確實可惡，但亞季子真正恨的人是自己。為什麼沒有保護朋美，反而對她做出這種事？

亞季子不禁潸然落淚。小涼的觸感沿著臉頰往下延伸。過去亞季子從未流過這麼不舒服的淚水。強烈的悔恨與自責，讓亞季子一心只想從世界上消失。

朋美那天一直到放學都沒有回教室。一打聽之下，原來鋼琴因進水而無法使用，朋美因而遭受了老師的責罰。兩天後，朋美終於來上學了，卻變得鬱鬱寡歡。音樂教室裡沒了鋼琴，讓朋美的存在感變得更加稀薄了。

但存在感變得稀薄，只是對班上同學們而言。在亞季子的心中，朋美所佔的份量卻是越來越大。

朋美成了亞季子心中的罪惡感。每一次看見她，亞季子就會再次想起自己的醜陋與卑微。與朋美待在同一間教室的時間，對亞季子而言無疑是一種折磨。

朋美即使遭奪走了存在價值，即使每天受盡麻理香等人的捉弄，依然每天到學校上課，彷彿將上學當成了唯一的抵抗手段。但是在這樣的結果下，最痛苦的人恐怕是亞季子。上了五年級之後，由於分班的關係，亞季子看見朋美的機會變少了。但是在亞季子心中，這件事早已成為難以撫平的巨大傷痕。

從那一天起，亞季子再也無法平心靜氣地聆聽蕭邦的第二號夜想曲。

升學時，亞季子選擇了商業高中，並考上了簿記執照。畢業後，亞季子立刻在東京找了一份會計事務所的工作。雙親都勸她上大學，但基於經濟因素，倘若要上大學的話，只能選擇本地的大學就讀。然而對亞季子來說，這是個充滿了自我厭惡及對朋美的罪惡感的城市，亞季子一心只想盡快逃離。只要是神戶以外的大都市都一樣，選擇東京並沒有什麼特別的理由。

在神戶住了將近十年，早已習慣關西腔，如今搬到東京，又得重新適應腔調的問題。東京有著來自全國各地的外地人，這些人絕大部分都努力想要學會東京的標準腔調，唯獨關西人不買帳。因為這個緣故，關西人在東京經常引人反感。亞季子不想再嚐到遭孤立的滋味，因此很努力地矯正自己的腔調。這也有助於走出過去的陰霾，讓亞季子獲得心靈的平靜。

在東京，即使是街坊鄰居也極少互相干涉，這對亞季子而言可說是如魚得水。這裡沒有能保護自己的人，也沒有自己須要保護的人。只要管好自己，不須額外背負任何沉重負擔。不僅如此，而且繁華中帶著雜亂的街景也很合自己的喜好。

工作上也相當順遂。只要徹底做好公認會計師的協助工作，抱著不求有功但求無過的心態，就可以得到合理的報酬。凡事保持低調，就不會惹人在背後閒言閒語。雖然少了風光燦爛的要素，卻可以得到亞季子長年來心中最渴望的平靜生活。

但這樣的日子並不長。

平成七年一月十七日。

上班前偶然看見的電視畫面，讓亞季子看得目瞪口呆。自己的第二個故鄉，竟然化成了一片斷垣殘壁。

這是一場發生在通勤尖峰時段前的大地震。亞季子目睹震度七所帶來的莫大災害，一時天旋地轉。

亞季子慌忙與老家聯繫，但電話打了又打，就是打不通。向公司報告情況後，亞季子得到了數天假期，但交通網絡完全斷絕，根本無法靠近震災地點。唯一情報來源，只有電視上的新聞。隨著時間一分一秒經過，新聞報導的損害程度也越來越嚴重。

亞季子不停轉台，想要找找看有沒有哪一台的新聞拍到老家附近的景象。但映入眼簾的慘況，只能以滿目瘡痍來形容，簡直就像是遭原子彈攻擊一般。亞季子甚至無法判斷，畫面中的地點原本是不是自己熟悉的街景。

化為灰燼的建築物、肝腸寸斷般的馬路、傾倒崩塌的高架道路、被紅色火焰及黑色濃煙遮蔽陽光的天空……自己的老家、自己的雙親就在那宛如地獄的環境中。一想到這點，亞季子便焦急得幾乎快要精神錯亂。

電視上的播報員以壓抑了感情的聲調，淡淡地述說著傷亡及行蹤不明的人數。亞季子聽著那不斷增加的數字，除了滿心祈禱其中並不包含自己的雙親，也想通了一件事。其實這世上一直存在著須保護的對象，那就是近年來健康每況愈下的雙親。但遙遠的距離，讓亞季子學會假裝遺忘。

惡夢重現了。亞季子認為自己再一次拋棄了應該守護的對象。

經過一整晚的輾轉難眠後，隔天東海道新幹線終於恢復了大阪以東路段的通車。大阪到神戶只有六十公里左右，就算靠雙腳也能走得到，何況還可以想辦法弄一輛腳踏車。

總而言之，離老家越近越好。就在亞季子下定決心並開始整理行李時，手機響了起來。

亞季子趕忙開啟了手機的液晶螢幕。

「……喂？」

一聽到母親的聲音，亞季子心中同時充塞著安心與後悔。

「媽媽！妳平安無事，真是太好了！」

「家被震垮了，我剛好在外頭……」電話另一頭的母親說沒兩句話，已開始啜泣。「我一直想打電話給妳，但電話不通……」

「爸爸呢？他也沒事吧？」

電話另一頭頓時無聲無息。

亞季子感覺背脊竄起一股涼意。

「妳……妳爸爸的店在一樓……我趕去的時候，他已經……」

亞季子幾乎不敢相信這是事實。

父親死了。

母親的聲音彷彿變得極為遙遠。

全身的力氣都消失殆盡

亞季子回過神來，發現自己坐倒在地上，以單手支撐著上半身。

數天後，亞季子陪著暫時住在避難中心的母親一起確認了父親的遺體。店鋪所在的建築物原本就相當老舊，地震一震，一樓的店鋪就被壓垮了。父親的屍首早已不成人形，只能勉強靠著衣物來辨別身分。在這種極度混亂的狀況下，喪葬業者全力配合，為過世者舉辦了一場共同葬禮。

但亞季子的心情並沒有因此恢復平靜。一股難以抹滅的情緒在亞季子的胸口不斷激盪，對時間的感覺也變得遲鈍了。

為什麼當初沒有跟父母住在一起？

為什麼只想著自己一個人過舒適安祥的日子？

離鄉在外而逃過一劫的好運，變成了壓在背上的沉重罪惡感。

亞季子對著匆促製成的佛壇合十膜拜。就在這時，周圍除了啜泣聲及歎息聲，竟隱約響起了鋼琴聲。

是那首曲子。

亞季子絕對不會忘了這個旋律。蕭邦的第二號夜想曲。

亞季子立刻轉頭朝聲音傳來的方向望去。亞季子看見了那個人，就站在一排排棺木的另一頭。

那個女人，跟自己一樣正對著棺木雙手合十。雖然已過了十年歲月，但是自己絕對不會認錯。

那是朋美。

夜想曲的音樂聲，正不斷從一台擱置在棺木上的錄放音機傳出。亞季子無法判斷，這蕭邦第二號夜想曲是朋美特別喜歡，還是躺在棺木裡長眠的家人特別喜歡。

不過，亞季子並不在乎這些。不論答案為何，肯定的是，這是一首亞季子難以承受的曲子。

這是妳的復仇嗎？

亞季子忍不住想張口叫喊，最後沒發出半點聲音。想要朝朋美走近，兩腿卻不聽使喚。

蕭邦的旋律像一把刀子，插入靈魂最脆弱的部分。平緩的四小節樂句，就像是一面不夠鋒利的刀刃，不斷在感情上割磨。

亞季子再也按捺不住，拔腿奔出喪葬會場。亞季子的臉上掛著眼淚、鼻水與恐懼，但並沒有特別引人側目。因為聚集在會場外的每個死者家屬，臉上都有類似的表情。

葬禮結束後，亞季子與母親討論接下來的生活，最後還是決定不住在一起。母親的生活據點在神戶，亞季子的生活據點在東京，假如住在一起，勢必其中一方得放棄原本經營的一切。

「妳不用擔心媽媽的事。」

母親露出堅強的微笑。

「媽媽可以先搬進臨時住宅。何況只有媽媽一個人，維持生計並不難。」

亞季子知道母親在逞強。母親將不肯離去的亞季子拉到大阪，硬推上新幹線的車廂。

「我沒有保護爸爸……」亞季子低聲呢喃。「我應該待在他身邊才對……但我一個人逃了……」

「妳這孩子，在說什麼傻話？」母親將臉湊了過來。「總有一天，妳會遇上真正要妳保護的人。到了那時候，千萬別忘了妳現在的心情。」

亞季子回到東京，抱著膝蓋坐在房間裡，突然開始對一個人的生活感到恐懼。

原來自由的代價，是孤獨。

原來保護的另一面，是束縛。

一年後，亞季子的生活出現了轉機。

當時正值收支結算的時期，在亞季子上班的會計事務所擔任顧問的某家軟體開發公司，寫信來詢問關於稅務表單的填寫方式。亞季子負責向對方說明，但以電子郵件及電話溝通半天，還是沒辦法說得清楚。亞季子於是決定跟對方的負責人見上一面。

那個人就是津田伸吾。伸吾一隻眼睛似乎帶有斜視的症狀，使得他的眼神乍看之下有些疑神疑鬼，這在亞季子心中留下深刻的印象。伸吾的西裝並不稱頭，長相也稱不上英姿挺拔。

亞季子的說明從一開始就遇上了挫折。原本以為對方既然任職於軟體公司，對數字應該相當在行才對，沒想到這樣的預期完全是高估對方。亞季子被迫從會計及簿記的基本概念開始講起。不過伸吾畢竟腦筋不錯，經過亞季子一番解釋，終於融會貫通了。

最令亞季子感到意外的是伸吾恍然大悟後的神情。那種神清氣爽的表情，簡直就像是從妖魔的附身中清醒過來。

「與妳見上一面果然是正確的決定。原本似懂非懂的地方，全部都搞清楚了。妳的說明真是淺顯易懂。」

伸吾笑起來就像是個天真少年。

「對不起，我的個性從以前就是不找出答案不肯罷休。在解決問題之前，還會臭著一張臉。因為這個緣故，我經常被公司以外的人討厭。」

「我很喜歡。」亞季子話一出口，慌忙接著解釋：「明明不懂卻笑著裝懂，是相當失禮的行為。直到完全明白才肯善罷甘休，才是最有誠意的態度。」

伸吾一聽，吃驚地望著亞季子，說道：

「我好久沒聽到這麼有道理的信念了。」

亞季子登時面紅耳赤。這根本不是信念，只是安撫眼前這個男人才隨口說出來。
「下次如果又遇上不懂的地方，能不能再向妳請教？」
「咦？」
「每次遇上不同的人，都要讓對方重新適應我的脾氣，實在很麻煩……或許我這麼說有些自以為是，但我覺得我們很合得來。」
這是工作上的請求，亞季子沒有理由拒絕，於是爽快地答應了。從這天之後，伸吾果然經常將亞季子約出來見面。
雙方都不是俊男美女，卻互相吸引。兩人見面的地點逐漸從公司變成咖啡廳，談話內容也逐漸從稅務知識變成天南地北的閒聊。
經過兩年的交往，亞季子與伸吾結婚了。
當時亞季子才二十一歲，同事們一得知消息，都說似乎太早了點。不過，母親的反應卻有所不同。
「是嗎？恭喜妳，真是太好了。」
「媽媽，妳不認為太早了？」
「我跟妳爸爸也是二十多歲就結婚了。而且妳還是應該早點組織家庭比較好。我猜妳已經漸漸覺得一個人生活很痛苦，對吧？」

果然什麼事都瞞不過母親的眼睛。亞季子的內心想法，全被母親看穿了。雖然亞季子也覺得現在結婚有些太早，但這些年的獨居生活已讓亞季子感到寂寞難耐。這種想要與某個人相依為命、想要與某個人形成親密關係的心情，勝過了獨居生活的無拘無束。

在伸吾的建議下，亞季子辭去了工作。光靠伸吾的收入，兩個人還是可以生活得很好。伸吾任職的公司業績蒸蒸日上，而且伸吾的升遷也比他人快。跟同年齡的上班族相比之下，伸吾的年所得高出許多。

兩人在八王子市租了一間中古公寓，開始了新婚生活。剛開始的時候，伸吾原本希望住在六本木的高級公寓裡，但亞季子持反對意見。

「為什麼不行？這種程度的房租，以我的收入要負擔完全不是問題。」

「不行，必須趁現在多存一點錢，不能從現在就住這麼貴的地方。」

「就算多養一個小孩，也花不了多少錢，我們應該更加享受夫妻的相處時間才對。至於孩子的養育費，等生了孩子再來想也不遲。」

「到那時候才想，可就太遲了。我跟你說，童裝因為沒辦法大量生產，經常比大人的衣服還貴呢。」

「話是這麼說沒錯，但總不會那麼快就懷孕吧。」

伸吾的預期完全落了空。隔年，長女美雪出生了。

夫妻兩人住起現在的住家很寬敞，但加了一個女兒後就顯得狹窄了。不僅要騰出空間放置嬰兒床及嬰兒衣物，而且考量到嬰兒可能會夜啼，必須給美雪一個單獨的房間。

就在這個時期，伸吾晉升為開發部的課長，雖然收入增加了，但加班時間也變長了。每天回到家裡總是三更半夜，疲累不堪的臉孔一聽到美雪的哭聲就會皺成一團。

伸吾的態度，讓亞季子察覺丈夫不像自己這麼喜歡小孩。但是現在的生活，已讓亞季子十分滿足。至少這裡有著自己必須守護的人，有著重要的心靈依靠。每當亞季子抱起襁褓裡的美雪，心中就會湧起一股身為母親的責任感。亞季子告訴自己，無論發生什麼事，都必須保護美雪不受任何危害。

亞季子認為自己過去沒有拯救應該救的人。這樣的悔恨之情，轉變為對美雪的溺愛。亞季子對這點心知肚明，卻沒有辦法克制自己。亞季子甚至開始覺得，保護弱者就是自己的存在價值。隨著每天白天與美雪單獨相處，這樣的觀念變得更加強烈。

由於平日工作勞累的關係，伸吾一到假日總是躺在床上呼呼大睡，與家人相處、閒聊的時間自然也變少了。但亞季子了並不介意，一來亞季子已漸漸明白伸吾原本就有著對家人不太關心的性格，二來亞季子認為父親忙著在外頭工作而疏忽家庭很正常。事實上，亞季子小時候也幾乎沒有父親陪伴在身旁的記憶。何況亞季子的記憶只能回溯到小學四年級左右，因此亞季子認為伸吾只要從美雪到了那個年紀再加倍付出關心就行了。

距離泡沫經濟崩盤，已過了十多年，日本經濟彷彿走在漫長的黑暗隧道之中。但伸吾的公司採取將銷售通路擴展至東南亞的策略，成功地創造出可觀的獲利。在相關企業如雨後春筍般出現卻又紛紛倒閉的局勢下，伸吾任職的公司可說是一枝獨秀。

然而好景不常，由於人事成本及原物料價格低廉的關係，各企業已紛紛將零件生產轉移至中國，軟體開發轉移至印度。然而伸吾的公司高層主管並沒有積極尋求出路，因為過去在國內競爭中獲得勝利的經驗，已奪走了他們的警戒心。

伸吾本身只負責軟體開發工作，對於這些水面下的變化當然一無所知。從表面上看來，津田家的未來可說是光明燦爛。

就在這個時期，次女倫子誕生了。一家四口住在現在的家，畢竟已顯得過於擁擠。此時伸吾剛好從父親要藏口中得知，世田谷區有一塊地要便宜出售。似乎是因為繼承土地的人付不出遺產稅，與其遭到拍賣不如自己先廉價求售。

世田谷區有著許多高級住宅區。在這裡擁有一棟透天厝，是許多人的夢想。伸吾也是其中之一，他一聽到這消息，馬上決定要將這塊地買下來。由於這裡距離老家很近，要藏答應幫伸吾支付頭期款。父親的援助加上伸吾自己的存款，湊一湊共兩千萬圓。請業者估價後，距離包含建築費用在內的合計金額還差了四千五百萬圓，但伸吾拍胸脯保證能負擔得起這筆龐大的房貸。

「老公，我們真的還得完嗎？包含寬限期在內，總共要還三十五年，等到還完時，你都七十歲了。」亞季子問。

「別擔心，六十五歲就能領到退休金，到時候再一口氣還完就行了。」

「假如把退休金都拿去繳房貸，我們要怎麼過活？」

「妳真傻，我可沒說六十五歲就要在家裡享清福。我會另外再找份工作，雖然收入會比現在少一些，還是夠讓我們夫妻過好日子。」

伸吾的樂觀想法讓亞季子感到錯愕又恐懼。由於亞季子的父親原本經營加盟餐廳，因此深知房貸額度過高時的壓力多麼可怕。近年來的經濟情勢，早已不適合辦理三十五年房貸。就連日本銀行，也無法預測三十五年後的景氣是好是壞。

然而伸吾滿心以為自己能支領薪水及獎金直到退休。不僅如此，他還深信退休後一定能找到其他工作。這年頭多少上班族丟掉飯碗，多少公司倒閉後連員工離職金都發不出來，還有多少高齡求職者對著職業介紹所的窗口搖頭歎息。但在伸吾的眼裡，這些社會現象彷彿都不存在。

但是亞季子不管提出再多隱憂，也會被伸吾以毫無根據的想法一一駁斥。討論到最後，亞季子明白一件事。原來伸吾想要的不是一個讓一家四口安心生活的住家，而是「世田谷區透天厝」這個上流人士的身分象徵。既然從一開始的訴求就不同，自己就算說破嘴也是對牛彈琴。

到頭來，伸吾還是一意孤行地買下土地、蓋了新家。伸吾及美雪相當興奮，但是懷抱第二個女兒的亞季子心中卻只有不安。

搬到新家第三年的春天，伸吾的公司因連續兩年赤字而遭銀行接管。銀行做的事情，就跟莎士比亞喜劇《威尼斯商人》中的高利貸商人夏洛克沒什麼兩樣。但是銀行對公司的要求並不是割下一磅接近心臟的肉，而是裁掉三分之一的員工。

伸吾的名字，也在這張裁員名單上。伸吾的自尊心深受打擊，離開公司前與負責人事的同事大吵一架。數個月後，伸吾只領到了相當於一年份薪水的離職金。

原本一帆風順的津田家，突然遇上了暴風雨。身為船長的伸吾，絲毫沒有在驚濤駭浪中繼續航行的技術與經驗，有的只是過多的自我表現慾及毫無根據的自信。一個連手上羅盤都已損毀的船長，當然沒辦法在海上順利航行。

沒錯，一切的悲劇都是從那一刻開始。

2

如今，御子柴手裡握著津田亞季子的戶籍抄本附票及媽媽手冊。戶籍抄本附票上依時間順序記錄著亞季子的遷居履歷，媽媽手冊上則記載著懷孕期間的就診紀錄。假如亞季子曾前往婦產科以外的科別看診，也很可能選擇同一家醫院，或是鄰近的醫院。

御子柴靠著這兩份資料，想要探尋亞季子的過去。足以成為轉機的線索，應該就藏在亞季子的人生經歷中某處。唯有找出這個線索，才能夠顛覆原判決。

雖然曾向倫子確認過，但基於保險起見，御子柴還是將亞季子目前的住家附近，也就是世田谷太子堂區方圓一公里之內的醫院都查了一遍。結果一無所獲。從津田一家人在這裡蓋了獨棟住宅的二〇〇五年到現在，津田亞季子總共五件就診紀錄，但每一件都是在案發的四個月前便已治療完畢。值得注意的是，這五件就診紀錄的科別都是整形外科。不過，這並非御子柴原本想要追查的就診紀錄。

然而在追查的過程中，御子柴對一件事深有感觸，那就是醫療機構對個資保護法極度重視，以致於造成調查上的困難。

只要是須要保存個人資料的商業行為，都適用個資保護法。尤其是醫療機關多涉及重要的個人隱私，因此在資料的管理上也相當神經質。

御子柴雖然是亞季子的法定代理人，光靠打電話也往往得不到善意回應。就算對方手上根本沒有御子柴想要得到的資料，也不會輕易告知此點。御子柴總是得親自跑一趟診所櫃台，並且出示委任狀，才能開始談正事。每當這種時候，御子柴總是極度羨慕警察的身分。

接著御子柴前往津田一家人曾經居住過的八王子市。根據媽媽手冊上的記載，美雪及倫子出生的醫院是八王子醫療中心。連續兩次都在同一家醫院生產，可見得對這家醫院寄予相當大的信賴。

在櫃台說明來意並出示選任申請書的副本後，御子柴立刻被請入了會客室。雖然效果不如警察，但是律師頭銜同樣有助於加快對方的通報速度。

大約五分鐘後，出現一名婦產科醫師。年紀約莫四十歲左右，自稱姓紅林。短短的頭髮梳理得平貼在腦後，一看就知道是深受病患喜愛的醫師。

御子柴立刻出示津田亞季子的照片及姓名，但紅林並無明顯反應。

「完全不記得了……她最後一次就診是什麼時候？」紅林問。

「六年前。」

「已經過了六年……病歷表恐怕也銷毀了。我去找找看，你稍坐一下。」

紅林走出會客室，不一會捧了一本資料夾走進來。

「找到病歷表了。」

紅林一說完，立刻翻開資料夾。

「比起名字跟照片，還是看病歷表比較容易想起來。津田亞季子、津田亞季子……啊，有了。」

紅林讀完了該頁病歷表後抬頭說道：

「我想起來了，她第一胎跟第二胎都是由我負責接生的。請問你想查的是什麼？」

「從初診到分娩的期間，她有沒有什麼異常狀況？」

「異常狀況？」

「就是跟其他孕婦明顯不同的特徵。」

紅林低頭看著病歷表，思索片刻後說道：

「啊，對了，她似乎對麻醉相當在意。」

「麻醉？」

「是啊，動手術前必須打麻醉針，但她似乎很不放心，或許是個很怕痛的人吧。我想起來了，第二次生產也是這樣。」

「還有嗎？」

御子柴繼續追問，紅林搖了搖頭。御子柴不死心，又問了其他科別的就診紀錄，還是沒有斬獲。

「你是津田女士的律師……請問她做了什麼事？」

紅林似乎不知道亞季子的案子。多半是看了新聞，卻沒有想起她是誰吧。御子柴簡單說明了案情，紅林皺眉說道：

「那可真是……」

紅林沒有繼續說下去，不知是過於吃驚還是過於悲傷。他闔上資料夾，輕輕歎了口氣。

「聊著聊著，我又想起了一些事。美雪出生的時候，她先生跟她公公，還有大老遠從神戶趕來的母親全都來看她，一群人擠在狹小的單人產房裡。沒想到感情那麼好的夫妻，竟然落得這種下場……」

自己曾經接生的孕婦，竟然變成法庭上的被告，不曉得是什麼樣的心情？這或許牽扯到紅林的職業道德，但此時的御子柴絲毫不感興趣。

「我真同情她的一對女兒。」

御子柴望著紅林，心裡不禁有些意外。原來紅林同情的不是亞季子，而是女兒。年紀尚輕的醫師一臉沉重地對御子柴說：

「這或許是我跟其他醫生的不同處。比起母親，我更擔心孩子們的將來。我相信津田女士的女兒們此刻一定很不好受。」

御子柴的腦海立即浮現了倫子的臉。那孩子雖然在自己面前表現出豪放不羈的個性，但顯然只是小孩子打腫臉充胖子而已。當然，這種事情沒有必要一一告知紅林。

御子柴離開八王子醫療中心後，將半徑十公里內所有查得到的醫院診所都走了一遍。由於須確認的只有包含特定科別的醫院，因此數量並不多，但每一間都必須親自到櫃台詢問，還是相當費時。

直到最後，八王子市內還是沒有任何收穫。這裡的醫院並沒有御子柴想要尋找的線索。不過這早在原本的預期之中，因此御子柴並不失望。

接著御子柴前往了東京都內的江戶川區。

江戶川區新堀一丁目。這裡有著亞季子單身時期所居住的公寓。或者應該說，曾經存在著。當御子柴來到此地時，已找不到該公寓，取而代之是一座月租式停車場。一問附近鄰居，原來公寓太過老舊，屋主乾脆改建為停車場了。從亞季子當初居住的時期算起，已過了十六年，屋主做出這樣的決定也很合理。與其不經思索地重建一棟出租公寓，不如改成停車場，既能節省建築成本，也能省下管理費。

依然無法將亞季子完全看透的御子柴，試著站在停車場的正中央。與從前的亞季子站在相同的位置，或許就能擁有相同的想法。御子柴難得做出這種一時興起的舉動。或許是同樣身為殺人犯，御子柴對亞季子抱有一種親切感的關係。

就在這時，颳起了一陣風。

不是拂在皮膚上，而是拂在心裡。

自從少年時期殺了人之後，胸中便經常吹起像這樣的風。彷彿來自荒野的風，足以奪走所有體溫的風。這陣風從來沒有停歇的一天。難道這就是與亞季子的內心產生共鳴的結果？御子柴趕緊搖了搖腦袋。

不習慣的事情，還是不應該隨便嘗試。最適合自己的作法，並不是試圖與委託人擁有相同的心境，而是藉由犀利的理論徹底瓦解對手的主張。

御子柴轉身離開了公寓遺址。下一個前往的地點，是保險工會的事務所。

亞季子在結婚之前，曾在千代田區內的瀧本會計事務所工作了四年時間。這間會計事務所從當年便有相當大的規模，共七名公認會計師及二十多名員工，而且加入了稅務會計監察事務所健康保險工會。在這次的調查行動中，這一點發揮了極大的功效。

只要公司加入健康保險工會，當職員前往醫院就診時，工會就會收到醫院寄發的診療費用明細。工會據此經過審核後，會發給該職員醫療費用通知書及保險給付決定通知書。這些文件上除了醫療費用細目，還記載了接受診療的機構名稱，在御子柴的調查行動上可說是幫了大忙。亞季子不管接受任何醫療行為，照理說都會透過健康保險。何況稅務會計監察事務所健康保險的保險費率為百分之七・二，本人負擔金額更是只有一半，為百分之三・六，可說是相當划算的保險。

御子柴走到工會櫃台掏出名片，負責人員立即捧了一疊資料走了過來。御子柴已事先向他們索取亞季子的四年份保險給付決定通知書，這次他們相當配合。

「其實你不必特地過來，我們可以郵寄這些資料。」

負責人員多半是一聽到律師要親自前來，趕緊拋下其他工作，優先將資料找了出來吧。他的口氣之中，其實帶著三分不滿。

「馬上就要開庭了，時間相當寶貴。」

御子柴也不忘酸了對方一記。

倘若交由對方以郵寄方式處理，不知要浪費多少天。在另外一件案子上，御子柴曾向保險工會索取相同的資料，對方直到兩星期後才寄來。這讓御子柴學了個乖。畢竟保險工會是公益法人，要讓他們在每天的例行公事中優先處理自己的請求，多少得使用一點強硬的手段。

負責人員似乎還想說話，御子柴隨口丟下一句「謝謝」便不再理會他，專心讀起四年份的資料。亞季子似乎相當健康，四年內只就診了四次，而且都是在同一家醫院。御子柴心想，自己運氣真不錯，省下了不少時間。

江戶川堀部內科診所　依名稱來看，應該是在亞季子單身時期所住的公寓附近。

智慧型手機一查，只找到一家同名診所，果然離亞季子當初住的公寓只有數百公尺遠。最大的問題，還是在於病歷表是否依然留存著，以及是否找得到當初負責治療的醫師。既然是私人診所，或許頗有希望。

然而到現場一看，御子柴心中的不安登時大增。名稱雖然像私人診所，實際上卻有著一整棟三層樓建築的規模。御子柴一看招牌，這才恍然大悟。「內科」的字眼之下，還寫著許多其他科別，多半是老字號的內科診所擴大了規模卻沒有變更診所名稱吧。

向櫃台女服務員說明來意後，得到的第一句話卻是：

「真是非常抱歉，敝診所在治療結束的六年後就會銷毀病歷資料……」

用字遣詞雖然客氣，但眼神說著：既然不是來看病就請你離開。

「既然如此，有沒有從那時就在這裡服務的醫師？」

「非常抱歉，敝診所過去是由前任所長一個人執業，十年前由新所長繼承後，所有職員都換過了。」

「都換過了？那前任所長呢？」

「過世了。」

御子柴輕輕咂了個嘴。如此一來，亞季子十九歲之後的紀錄已無從查起。

果然不出所料，相隔年代越久，能找到的資料就越少。如今唯一的寄託只剩下十九歲前的紀錄，但年代距離更加遙遠，希望可說是相當渺茫。

但抱怨也無濟於事。御子柴原本就知道，這調查工作就像大海撈針，而且這根針或許一開始就不存在。御子柴早就抱持著一兩天內難有收獲的覺悟。

御子柴回到位於四谷的公寓一趟，接著又趕往東京車站，跳上了新幹線列車。時間已是晚上七點多，任何地方的醫療機構多半都已經關門歇業。假如明天一大清早就要四處拜訪醫院，最好今晚能住在當地。

雖然是臨時買到的車票，但綠色車廂[7]內空空盪盪，既沒有大聲喧嘩的幼童，也沒有上班族。御子柴終於有時間好好靜下來思考接下來的策略。

在大海裡摸索一根不知道是否存在的針，這種行為幾乎可說是一種賭博。但是這根針絕對擁有下注的價值，因為它可以徹底翻轉法庭上的局勢。

第二次開庭，就在十天之後。在開庭之前，若能找到御子柴心中預期的證據當然很好，但假如徒勞無功，就得重新擬定其他策略。光是想到這一點，御子柴就忍不住皺起眉頭。雖說可以向亞季子本人詢問，或者強迫她接受檢查，但既然她連辯護人也刻意隱瞞，恐怕不會輕易點頭配合。假如在被告不同意的情況下提出證據，很可能不被採用。

岬檢察官的臉孔偏偏又在此時浮現，讓御子柴的眉心皺紋更深了。上一次開庭雖然徹底敗北，但失敗的原因在於自己太低估岬的能耐。

經驗法則是實務家的最大武器。就算缺乏專注力與判斷力，只要運用過去累積的經驗，還是可以讓問題迎刃而解。何況岬除了經驗法則，還擁有學習能力及不肯服輸的鬥爭心。藉由熟讀搜查報告所發出的一波波攻勢，讓他看起來就像一頭故意讓獵物精疲力竭再撲殺的猛虎。

過去御子柴曾與形形色色的檢察官交手，但是像岬這樣的人物，還是第一次遇上。一般來說，不論是再老練的檢察官，只要輸給御子柴一次，不是就此對御子柴避而遠之，就是因太過急躁而自取滅亡。但是岬卻懂得分析失敗的原因，甚至還反過來利用失敗的經驗，誘使御子柴大意輕敵。

經過第一次開庭，敵人已經明白了御子柴的戰術。御子柴心想，假如自己是檢察官，接下來一定會針對辯護人無法提出有力論證的點繼續窮追猛打。那個點，就是御子柴無法證明急迫性的侵害，以主張亞季子的行為屬於正當防衛。御子柴當初提出正當防衛的主張，只是為了證明亞季子並不帶有殺意，沒想到反而將自己逼上了絕境。

御子柴越想越擔憂。

不知不覺，已陷入負面的無窮迴圈。御子柴知道繼續想，也想不出什麼有用的結論。

7 日本新幹線的綠色車廂為高級車廂，票價較一般車票昂貴。

御子柴決定停止思考。一旦關閉思考迴路的運作，不論受到外界任何刺激，都不會有所反應，直到自己願意重新開始思考為止。這是御子柴在醫療少年院裡學來的技巧。最令人感到諷刺的是，在苦窯裡學到的事情往往比在外頭學到的事情有用得多。

隔天清晨，御子柴在飯店吃完早餐，立刻趕往目標地點。

神戶市長田區公所。在尋找醫院之前，當然得要先對當年的狀況有所瞭解。

亞季子曾在這裡從九歲住到高中畢業，但就在她搬往東京的隔年，神戶發生大地震，災情相當慘重。據說完全震毀或燒毀的建築物相當多，連地形也改變了。因此當務之急，就是比較當年跟現在的差異。

「我想比較地震前的地圖與現在的地圖。」

服務窗口的女職員一聽到御子柴這句話，登時露出困擾的表情。

「抱歉，我們這裡沒有那麼舊的地圖……」

「沒有？這也是重要的震災資料，怎麼會沒有？」

「請稍等一下。」

依容貌來看，女職員的年紀差不多才二十出頭，多半對整個區公所的內部狀況並未全盤瞭解。她以內線電話詢問好一會，終於露出鬆一口氣的神情，抬頭說道：

「三樓的重建課有地震前跟地震後的 Zenrin 牌地圖。」

區公所裡面竟然只有市售的地圖，御子柴不禁有些哭笑不得。原本御子柴以為地震受創地點的區公所一定會投注心力於比較災前與災後的街道差異，並製作出詳細的比對資料。

來到三樓後，確實找到了新地圖與舊地圖。當年亞季子的居住地點為長田區小宮山三丁目二—二。攤開地震發生的前一年，也就是平成六年的地圖一看，確實在名為「光榮長田」的公寓二樓找到了亞季子的姓氏。前方道路相當狹窄，而且微微彎曲。兩旁多是狹小的住宅、公寓及皮革工廠。

御子柴的雙眼開始以亞季子的公寓為圓心，搜尋半徑五公里內的所有醫院。草壁醫院、長田第二醫院、日坂小兒科診所、井上內科診所……遠離住宅密集區域後，逐漸開始有醫院名稱映入眼簾。其中某一間，很可能就是亞季子曾經就診的醫院。問題是現在有多少間還在開業？

接著御子柴翻開現在的地圖，找出小宮山三丁目。

一時之間，御子柴以為自己搞錯了。

急忙確認角落的地區名稱，確實是小宮山三丁目沒錯。御子柴看看舊地圖，又看看新地圖，不禁對其變化之大咋舌不已。

狹窄而彎曲的道路完全消失了，取而代之的是縱橫交錯的寬廣直線道路。住宅每一棟都排列得整整齊齊，由於少了公寓式的住宅，空間相對顯得寬敞許多。標記工廠符號的建築物變少了，公園及公共建築卻變多了。

這簡直是以復興為名的都市重整。一般情況下，大規模都市重整往往會遭遇居民反對，協商遷移的過程曠日費時且耗費財力。但是嚴重的地震卻解決了這個問題。建築物、土地、道路都震成了碎片，也省下了拆除及搬移的費用，接下來就可以完全依照設計圖加以重建。

御子柴試著在新地圖上尋找舊地圖上看到的醫院。但是相應位置及周邊卻完全找不到相同的醫院名稱。

「有沒有什麼資料庫可以查出地震前的醫院搬到哪裡去了？」

御子柴向窗口內的職員詢問，職員一臉歉意地含糊說道：

「我們並沒有為各戶的搬遷情況建立資料庫，有不少是一整家都過世了……」

御子柴接著又問震災相關資料的統一存放地點，職員將御子柴帶到了七樓的震災資料室。御子柴雖然搖頭歎息，還是跟著上了七樓。一看到地震損害區域的航空鳥瞰圖，御子柴幾乎徹底絕望。

那簡直是一片焦土。俯瞰的照片裡，沒有任何一樣東西保持著原本的形狀。御子柴不死心，拿出舊地圖的影本互相比對。在舊地圖上找到的那些醫院，全在地震中被夷為平地。

這些醫院的規模全都是私人診所，而且應該大部分兼具住家性質。地震發生於凌晨五點四十六分五十二秒，睡在診所裡的醫師們應該都被震垮的建築物活埋了。新地圖上完全沒有舊地圖上的醫院名稱，更暗示著原本的地主無一倖存。

御子柴的臉色越來越難看。

雖然早已明白越舊的資料越難得手，但如此全面性的證據破壞還是超出了原本的預期。資訊的傳遞媒介是人及文書檔案。但芮氏規模七．三級的超級強震，同時摧毀兩者。繼續待在這裡，也沒有任何意義。御子柴做出這個判斷後，離開了長田區公所。如今唯一可能查到線索的地點，僅剩亞季子一家搬移到神戶市之前的居住地，也就是九州。

御子柴在JR新神戶站搭上了開往博多的新幹線列車。車程兩小時二十六分，抵達時應該才剛過中午而已。

就算去了九州，也是希望渺茫。亞季子一家人住在福岡市，可是超過二十五年前的事了。十六年前住在東京都江戶川區的時期，找不到任何證人；住在神戶市的時期，甚至連住處也消失了。再繼續往前回溯，能找到證據的機率可說是微乎其微。

焦躁、疲勞與失望沉重地壓在御子柴的肩頭。若是其他律師，此刻恐怕已開始胃痛了。

若是其他案子，或許御子柴的反應也會有些不同吧。這種走投無路的感覺，有時對自己而言反而是種享受。在過去的案子中，御子柴也曾遇到多次類似的狀況，但每次都能鑽出彷彿只有螞蟻才能通過的細孔，最後終於讓檢方的堤防徹底崩潰。焦躁與疲勞，甚至可以當成迎接勝利的徵兆。

但這次的情況不同。越是咬牙苦撐，越感覺終點遙不可及，完全沒有勝利的希望。

下午一點二十分，抵達了JR博多車站。御子柴接著轉搭鹿兒島本線前往市中心。目的地是亞季子的出生地福岡市南區大橋。那裡有著塵封了四分之一個世紀的過去。

亞季子的老家，變成了電信公司的服務處。附近看起來像是商業區，放眼望去，對面及周邊都是商店及餐飲業。

有了神戶的經驗，御子柴早已找來從前與現在的地圖影本，確認了社區的變遷情形。社區名稱在亞季子出生後變更過一次，其後便一直沿用至今。從前原本是隨處可見田地的無指定用途區域，後來成功招攬大型電器製造商在附近蓋工廠，因而開始蓬勃發展。

比較兩份地圖可以發現，包含亞季子的家在內，幾乎所有一般住宅都消失了。舊地圖上整頁找不到一間醫院，新地圖上卻有五間。然而除此之外，靠地圖已無法獲得任何訊息。

御子柴接著前往派出所，從警察口中問出了更有利的消息。商店街的郊區，住著一名姓高峰的老人，今年已八十六歲，曾是該社區的里長。就跟所有老人一樣，他把從前的事情記得比現在的事情還清楚。

這對御子柴來說可是求之不得的好消息。

高峰獨自居住在老舊木造房屋裡。雖說是獨居，但不時有街坊鄰居或親朋好友來串門子。比起實際年齡，外表看起來精神矍鑠，說起話來也流暢自然。

「亞季子的事，我記得很清楚，他們一家人感情很好。世田谷的殺夫案，我在電視上看到了，但我沒想到兇手竟然是當年那個亞季子……她的人生真是悲慘。關於從前那件案子，你應該也知道吧？」

「我知道，在她九歲之前，全家一直住在這裡。」

「全都是那件案子的關係。真是太可憐了……一家人明明是受害者，卻遭到附近鄰居及新聞媒體的毀謗中傷。」

高峰的聲調漸漸拔高。

「即使是在這附近一帶，這狀況也不例外。人這種生物，一旦躲在暗處，言行舉止就會變得狠毒又蠻橫。明明是遭遇不幸的家庭，卻有人詢問他們現在的心情，還有人責罵他們只是想博取同情。聽說她家裡電話響個不停，屋外到處被貼了標語。家人無法忍受他人的好奇目光，連買東西也得選在晚上偷偷摸摸出門。」

御子柴默默點頭，心裡只當這是老生常談。幸災樂禍是人的本性。假如獵物近在咫尺，任誰都會按捺不住。

「但最可憐的還是亞季子。案件發生之後，她每天害怕發抖，連上學也得父母跟在身邊。原本她是個開朗的孩子，但從那件事之後，她不再展顏歡笑。」

「關於亞季子……請問你記不記得當年是否有固定幫她看診的醫師？」

「醫師?唔，好像有。以她那時的年紀遭遇那樣的悲劇，肯定是需要醫療協助的。」

御子柴心中的天線當然不會錯失這個訊息。

找到了。

終於有了眉目。

「請問你知道那位醫師的姓名嗎？」

「豈止知道，簡直熟得很……當年溝端是這附近唯一的醫師，不管男女老少，全是他的病患。」

「這位溝端醫師如今在哪裡？最近的住宅地圖上，找不到他的住處。」

「溝端在年號進入平成後就搬家了。如果我沒記錯的話，他不再看診，帶著妻子搬去跟兒子一起住了。現在不曉得在哪裡……真糟糕，一聊起舊事，種種回憶就浮上心頭。要老人聊舊事，實在太殘酷了。」

老人揮了揮手，彷彿要拂散眼前的濃霧。

「當時亞季子的病名是什麼？」

「這我就不清楚了。她父母沒告訴我，我也沒刻意打探消息。保持距離才是禮儀之道。」

御子柴心裡哼了一聲。這樣的處世原則確實是一種美德，卻會造成犯罪搜查上的障礙。不論何時何地，祕密永遠只能靠好奇心與惡意才能挖出。

「有沒有辦法與這位溝端醫師取得聯繫？」

「你說得可輕鬆，溝端的年紀比我還大，誰知道現在是不是還活著。」

「溝端醫師的證詞，將改變亞季子的命運。」

御子柴這話一出口，高峰登時臉色大變。

「這麼重要？」

「比你想像重要得多。」

「但我真的聯絡不上溝端。」

「就算要花些時間，也沒關係。」

御子柴將臉湊了過去。御子柴心知肚明，自己看似刻薄的臉孔，配上斬釘截鐵的語氣，能夠產生十足的恫嚇效果。這個老人既然當過里長，只要加以說服，應該會願意幫忙找人才對。

「審判還沒結束，趕得及在最後一次開庭前找到他就有勝算。反過來說，過了最後一次開庭就沒希望了。高峰先生，你應該明白我的意思。亞季子的死活，掌握在你的手裡。」

老人的喉頭發出咕嚕聲響。

3

二審第二次開庭。

岬在開庭十分鐘前進入了八二二號號法庭。此時別說是法官，就連辯護人及被告也還沒入席。坐在空蕩蕩的法庭內，不知為何思緒變得特別清晰。傳說宮本武藏在巖流島決鬥時靠著遲到獲得壓倒性勝利，但以打官司來看，結果卻往往相反。唯有準備周到、知己知彼且以逸待勞的一方，才能處於優勢。

就在旁聽席差不多坐滿的時候，御子柴出現了。岬以眼角餘光朝對方側臉輕輕一掠，御子柴還是一樣板著撲克面孔，完全看不出心中盤算。不管是從前成功讓被告獲得減刑的案子，或是上次屈居劣勢的開庭，這個男人臉上永遠是這一號表情。不，甚至是在辯論的過程中，他的五官也沒有絲毫變化。

法庭之上，理性永遠優於感性。在量刑時絕對不能流於感情用事，這是無庸置疑的前提，但是在面對凶惡犯罪者或桀傲不遜的被告時，不少檢察官還是會基於正義感而導致語氣變得嚴厲。岬正是典型的人物。在從前的那件案子中，岬正是因這個缺點而遭御子柴趁虛而入，終於吃了敗仗。這次岬決定盡可能不露出任何表情，但跟御子柴比起來畢竟還有相當大的差距。

岬甚至不禁懷疑，御子柴這個人到底有沒有感情？實在很難想像，那張看似刻薄的臉孔會有露出激動神情的一天，更別說是開懷的笑容。不僅如此，而且不知道為什麼，岬只要看到御子柴那張臉，內心就會相當不舒服。到底是什麼讓自己坐立難安呢？岬思索片刻，終於找到了理由。

是賭博。不管是賭撲克牌也好，賭麻將也罷。每當看見御子柴，就彷彿像是被迫參加一場必須藉由對手表情來猜測想法的遊戲。原本法庭上攻防的重點應該是層層堆疊的證據與理論，御子柴卻玩起了虛張聲勢或危言聳聽的心理戰把戲。這就是讓岬如坐針氈的原因。

亞季子終於入席，接著是三條率領的眾法官。庭上所有人同時起立。

「現在開庭！」

三條一等所有人坐下，旋即轉頭問御子柴：

「辯護人，延續上次的議題，你主張被告為正當防衛，還說在今天開庭前能夠證明成立要件中的急迫性之侵害這一項，請問你準備好了嗎？」

岬暗自竊笑。三條這個人也真壞心，竟然將上次開庭時御子柴隨口搪塞的一句話牢牢記在心裡。或許三條的目的，是想要在御子柴還沒進入狀況前，先殺殺他的銳氣。

但御子柴面不改色地承受著三條的視線。

「為了證明此點，我提出辯四號證物。由於這是開庭前一刻才準備好的證物，因此來不及提前呈交。」

法警將御子柴帶來的Ａ４尺寸紙張放在法官席及岬的面前。

這傢伙又玩這種奇襲戰術。岬不耐煩地低頭望向手中的辯四號證物。

那是津田亞季子及倫子的病歷表影本。

「這是被告的家人在案發前的醫療紀錄。她們母女都接受了在該區開業的友井醫師診療。」

亞季子露出詫異的神情。顯然御子柴在提出這份證物前，並沒有告知她。

「診療期間為平成二十一年十月至二十三年一月，前後大約一年三個月的時間。請各位注意這上頭的日期及診療內容。正如各位所見，被告共有五次診療紀錄，次女倫子有兩次。診療內容都是外傷醫治，雖然受傷位置涵蓋臉頰、肩膀、腰間、小腿等各部位，但受傷類型是清一色的撞擊傷。我想在此根據這份證物，對被告提出詢問。」

「請。」

御子柴轉身面對亞季子。亞季子嚇得縮起了身子。

岬看見這一幕，心下登時大感狐疑。難道連委託人，也將御子柴當成了敵人？

「這前後多達七次的外傷，長則三星期痊癒，短則五天痊癒，受傷類型全都是會留下瘀青的撞擊傷。請問被告，這都是被害人伸吾的暴力行為所造成的結果嗎？」

「……是的。」

原來如此，御子柴想以這樣的方式來證明。

岬心中已有了底。

「這些撞擊傷有的只傷及皮肉，有的卻損及筋骨。三星期才能痊癒的傷，已不能算是小傷了。以最單純的方式來計算，平均每兩個月，妳們就會遭受一次暴力攻擊。」

御子柴重新轉頭面對三條。

「這已經算是恆常性的暴力行為了。在上一次開庭時，檢方說被告在案發前一刻並沒有遭受暴力攻擊，因此否定了急迫性的侵害，但是被告與孩子們長期處在這種恆常性的暴力行為下，內心一定隨時充滿了恐懼。」

「審判長！」岬迅速舉手。「辯護人企圖將推測扭曲為事實。」

「這不是推測。任何暴力行為，都會在身心留下嚴重創傷。除非完全消除記憶，否則這個記憶就會化為恐懼。」

「辯護人，請繼續。」三條審判長說。

「既然隨時處在恐懼之中，就算在前一刻並沒有遭受暴力攻擊，被告為了保護自己及孩子而起身反抗被害人，還是符合急迫性之侵害的要件。被告使用了小刀，這點的確是事實，但是反過來想，假如被告赤手空拳與被害人對峙，難道能贏得了被害人嗎？被告是一名弱女子，使用武器只是不得已的決定。」

「審判長！」

「檢察官，請說。」

「辯護人如今的言論，只是刻意誤導。」岬舉起病歷表影本，展開反擊。「根據病歷表上的記載，最後一次就診是一月十二日。但是本案發生在五月五日，距離被告最後一次遭受攻擊已過了四個月。辯護人說被告隨時處在恐懼之中，但既然中間有四個月的空窗期，這論點是否能成立實在有待商榷。因此我認為辯護人主張這是具備急迫性之侵害要件的正當防衛，只是在強詞奪理而已。」

岬一邊反駁，一邊觀察御子柴的神情。果然不出所料，御子柴依然一臉泰然自若的神情。不知他只是在咬牙苦撐，還是這種程度的反駁早在他的預期之中？

四個月的空窗期是否仍對被告造成威脅，恐怕無法以單純的「是」或「否」來下結論。亞季子的情況是否符合正當防衛中的急迫性之侵害要件，主要還是在於站在客觀立場上如何判斷的問題。不過就岬看來，自己的反駁至少成功抵銷了御子柴的論點力道。

「辯護人是否還有其他意見？」

「沒有了。」

此時御子柴假如針對這個議題繼續糾纏不清，反而會造成負面效果。御子柴避開鋒頭，可說是相當明智的決定。這種當機立斷的決策能力，令岬不禁大感佩服。攻勢收放自如，確實值得讚賞，但不知守勢能不能同樣有優異表現？

岬舉手說道：

「審判長，我想申請傳喚檢方的證人。」

「請。」

這是事前早已提出申請的證人，辯護方一定也知道，但岬認為自己採取正攻法，就算先被對方識破也無妨。

不一會，法警領著一名男人走進庭內。

男人看起來有些駝背，或許只是姿勢不良的關係。由表情看來，似乎並不特別緊張。年紀不到四十歲，長得就像平凡無奇的上班族，但上班族怎麼會習慣法庭的氣氛，這點反而透著一股邪門。若非事先知道男人的身分，就連岬也會認為這個人並非良善之輩。

當初岬要求世田谷警署清查津田伸吾的借貸狀況，意外地查到了這個男人的公司。

岬對著男人說道：

「證人請先告知姓名及職業。」

「我叫青柳俊彥，任職於金融公司『東京Mortgage』。」

「什麼樣的金融公司？」

「不動產及證券的擔保融資。」

「既然是擔保融資，每位客戶的融資金額應該都不小吧？」

「是啊，平均一個帳戶的融資金額是三千萬圓。」

「目前審理中的本案被害人，與你是什麼關係？」

「津田伸吾先生是我負責的客戶。」

「這麼說來，他曾向你們公司借錢？請問他借了多少？」

「津田先生的融資金額為六千萬圓。」

青柳回答得絲毫不帶感情，庭內氣氛卻越來越緊張。御子柴的眉毛似乎微微挑起。

被害人欠下六千萬的負債，這肯定能成為檢方的有利武器。

「六千萬？被害人在二年前就離職沒有工作，怎麼能借這麼多錢？」

「他本人聲稱自己是『當沖型股票投資人』，並非沒有工作。而且他辦理的是證券投資貸款，只要提出擔保品，個人收入多寡並不重要。」

青柳明知岬是檢察官，說起話來卻絲毫沒有顧忌。

雖然從以前就有「信貸看人、物貸看物」的俗諺，但聽了青柳這番言論，岬開始覺得俗諺也不可靠了。不論是何種類型的借貸，都應該以借貸方有能力償還的額度為限，這才是貸款業的正確心態。然而近年來的金融機構，包含銀行在內，都有著對償還能力的審核過於寬鬆的傾向。自從貸金業法改訂之後，有資格貸款的人變少了，但諷刺的是審核寬鬆的現象卻更加惡化了。擔保融資不再有金額上限的限制，也是主要原因之一。簡單來說就是僧多粥少，形成互相爭奪的局面。

「能不能請你解釋一下何謂證券投資貸款？」

岬當然不是不懂，只是想在法庭上公開津田家不為人知的祕密，才故意問了這個問題。

「首先，客戶必須提供證券作為擔保。假設擔保價值為一千萬圓，審查額度以八成計算，就是八百萬圓，客戶最高可以貸到五倍，也就是四千萬圓。這筆融資只能用在證券投資上，而且購買的證券也必須提出作為擔保品。當這些證券的價格上升時，只要脫手賣掉，價差就是客戶所得到的利潤。」

「簡單來說，客戶買下的股票也必須當擔保品，貸款公司可以高枕無憂，而客戶也能以實際資金的五倍投入市場，賺取五倍的利潤……我這麼解釋，對嗎？」

「沒錯。」

「但是就我所知，被害人在股票投資上虧損嚴重，手中的股票都被套牢了。在這種情況下，公司要討回這六千萬，應該很困難吧？」

「沒這回事，提供為擔保的證券還是有可能回漲。」

青柳將一般上班族也無力償還的龐大資金，借貸給收入極不穩定的股票投資者，但他非但沒有引以為恥，還擺出一副滿不在乎的神情。這種厚顏無恥的態度，令注重倫理道德的岬看得怒火中燒。

「但是當擔保品的評估金額低於融資金額時，就不可能全額回收這筆錢，不是嗎？」

「不，津田先生還有不動產。」

「請你詳細解釋。」

「津田先生與我們簽訂契約，是在平成二十年四月，該年九月，就發生了雷曼兄弟公司破產引起的金融海嘯。津田先生手上股票的評估金額大幅下跌，因此必須提出追加擔保。」

「追加擔保是什麼意思？」

「簡單來說就是提高擔保價值，以符合融資餘額的比例。若不能提出追加擔保，就必須降低融資餘額，讓兩者維持平衡。」

「被害人選擇的做法是什麼？」

「津田先生除了股票投資之外，沒有其他收入來源。不過，幸好他名下擁有不動產。當時他的融資餘額為六千萬圓，實質擔保價值只剩下一千四百七十七萬圓，價差為四千五百二十三萬圓。津田先生抵押了名下的不動產之後，某種程度上縮小了差距。」

「只是某種程度上？」

「住家不動產由於房屋貸款擁有優先抵押權，再抵押給我們公司，就成了二胎抵押。然而依當時不動產實質價格計算，扣掉房貸餘額後只剩下一千五百萬圓的價值。換句話說，就算將津田先生的證券及不動產全部賣掉，也還剩下三千多萬的融資餘額，這就成了無擔保品的融資。」

「三千多萬的無擔保融資，這金額可不小，你們要如何回收？」

「只能請客戶一點一點償還了。最重要的證券都被套牢，不能說賣就賣，解危的不動產也不見得能以實質價格迅速脫手賣出。」

「你身為負責人，是否曾向津田伸吾催促？」

「那當然，我透過書信、電話及電子郵件，好幾次嘗試與他聯絡。」

「後來呢？聯絡上了嗎？」

「一直聯絡不上。不論書信或電子郵件，都得不到回應，打電話也沒人接。我按捺不住，還曾親自登門拜訪，但他躲在房間裡不出來，我也拿他沒轍。」

「既然見不到他的面，接著你怎麼處理？」

「只能請他太太幫忙傳話。他太太並不是保證人，我不能向她追討。」

「不是保證人，所以不能追討。但是關於貸款的事，應該已向被告說明過了吧？」

「是的，她曾說津田先生也向她說過欠下大筆債務的事。」

「當她知道你的來意時，有什麼反應？」

「就跟一般的妻子一樣，既無奈又抱歉……」
「審判長！」御子柴打斷了青柳的話。「檢方企圖魚目混珠，把證人的印象當成事實。」
「這不是印象。從證人的證詞，可以看出被告對丈夫的負債抱持何種心態。他是與本案無關的第三者，他的觀察應該不帶先入為主的想法。」岬說。
「抗議駁回。檢方請繼續。」
「證人，你登門催促還款時，被告對你說了些什麼？」
「她的應對也跟一般妻子大同小異。我丈夫是個沒用的男人，給你們添麻煩了，我很想幫他還錢，可是我也是靠打工維持生計，房貸也尚未還完，生活相當窮困。我會好好勸我丈夫，請你們再寬限一段時間……差不多就是這樣吧。」
「謝謝你，可以了。」
岬結束了對青柳的提問，轉頭對三條審判長說：
「審判長，接著我想對被告提問。」
岬偷偷以眼角餘光望向御子柴。雖然表情依舊毫無變化，但視線顯然正警戒著岬的一舉一動。看來御子柴已在一瞬間察覺了岬的意圖。
你就盡量焦急吧。岬暗自竊笑。
藉由上次的開庭辯論，岬已掌握了御子柴的辯護方針。御子柴想要強調被害人津田伸吾的惡行惡狀，使亞季子的殺意具有相對的合理性。但是既然御子柴想要讓被害人扮黑臉，檢方當然也可以反過來加以利用。

「請。」三條審判長說。

岬轉頭正眼面對被告席上的亞季子。亞季子一直垂首不願正視岬的臉，但岬並不在意。

「被告，請回答我的問題。證人剛剛說的那些話，是否屬實？」

「……都是事實。」

「丈夫債台高築，連房子也被拿去辦理二胎貸款，業者每天上門討債。對於丈夫，以及對於這樣的生活，妳有什麼樣的想法？」

亞季子低頭不答。

「假如丈夫只是窩囊加上不肯花時間陪伴家人，那也罷了，但是他將住家拿去抵押貸款，還把一家人的日常生活搞得一團亂，簡直就是個燙手山芋。上次開庭時，辯護人也說過，被告是一個相當盡責的母親。因此對被告來說，丈夫成了有可能毀掉孩子們一生的禍害。被告，我這麼說是否正確，請妳回答我。」

岬雖然口頭上要求亞季子回答，但心裡認為亞季子就算保持緘默也無妨。反正只要能證明被告還有其他將被害人視為眼中釘的理由就行了。

果然不出所料，御子柴跳出來攪局了。

「審判長，檢方的詢問完全是刻意誤導。這是以非黑即白的二分法來強迫被告做出選擇。」

「抗議成立。檢察官請改變詢問方式。」

岬正想要應一句「我的提問到此結束」，沒想到亞季子竟然開口了。

「……我受夠了。」

微弱的說話聲讓岬回過了頭。亞季子不知何時已將臉微微抬了起來。

「我受夠他這個人了。雖然還不到憎恨的地步，但每天一想到龐大的債務，就忍不住想要逃走。而且就算討債的人上門，丈夫還是龜縮在房間裡，每次都是我開門應付。丈夫在房裡明明聽見了我們的對話聲，卻說什麼也不肯出來。」

岬內心暗自叫好。

這女人簡直是自掘墳墓。

「這麼說來，被告對被害人相當氣憤？」

「任何妻子遇上這種情況，都會感到氣憤。」

岬轉頭瞥了御子柴一眼。那張撲克面孔終於帶了三分苦澀。那就像是原本以為不會爆炸的炸彈竟然爆炸了。在那張面具底下，肯定有著徬徨不安的表情。

「我的提問到此結束。」

由庭內氣氛可感覺得出來，目前局面是檢方獲得壓倒性優勢。檢方什麼也不必做，被告就會把自己逼上絕境。對於求刑的一方來說，這樣的被告可說是求之不得。
此時御子柴緩緩舉手。
「審判長，我想對證人進行反方詢問。」
「請。」
當御子柴起身時，臉色已恢復了鎮定。岬心想，這傢伙真是難纏的對手。
「證人，請問你做這行多久了？」
「超過十年以上了。」
「這麼說來，你應該負責過形形色色的客戶？」
「那當然，每位客戶的性格都不相同，應對方式也是天差地遠。」
「根據剛剛被告的證詞，每次你登門催促還款，總是由被告開門應對，這點是否屬實？」
「是啊，一點也沒錯。自從陷入擔保品不足的情況後，我就經常上門拜訪，但從來沒有見到津田先生。」
「你登門拜訪的時間是固定的嗎？」
「不，我還得跑其他案子，不見得相同的時間都有空。何況津田先生的案子相當特殊，他每天隨時都在家裡，從早上九點到晚上九點都可以前往拜訪。」
「但是被告白天得打工，並不在家裡，怎麼能夠每次都由她開門應對？」

「啊，倒也不是……」

原本對答如流的青柳，突然支支吾吾起來。

「不是什麼？開門應答的人不見得都是被告？」

御子柴步步進逼，似乎充滿了自信。

「倒也不是每一次。有時我不到傍晚就前往拜訪，津田太太還沒回來。」

「遇上這種情況，都是由誰應門？」

「他們的……大女兒。」

青柳的語氣彷彿正壓抑著情緒。原本在法庭上也從容不迫的神情，如今卻出現一絲遲疑。

岬突然感到些許不安。青柳只是負責登門討債的討債機器，心中到底在遲疑些什麼？

「這種時候，他們的大女兒會開門對我說，爸爸不在家。但是津田先生的房間明明亮著燈光，大女兒明明知道我察覺了燈光，還是只能對我低頭道歉，要我離開……」

青柳說到後來嗓音竟微微顫抖。討債機器終於脫下了冷酷無情的面具。

「你當時有什麼感受？」

「我相當氣憤。或許對客人說這種話相當失禮，但我覺得那傢伙簡直不是人。」

「為什麼氣憤？」

「他竟然拿孩子當債主上門時的擋箭牌。我自己也有孩子，更覺得他這種做法實在太卑劣了。」

「卑劣？」

「有時就是會遇上這種客人。明明夫妻都在家，卻故意要年幼的孩子開門或接電話。負責催討的人也有良心，見孩子一口咬定父母不在，總不可能強迫孩子把父母叫出來，何況目的是催討金錢。對方正是看準了這一點，才派孩子出馬。這……這是為人父母應該做的事嗎？」

法庭上一片寧靜。

「那個津田伸吾正是這樣的人。我沒機會跟他交談，但這讓我深信他是個齷齪卑鄙的傢伙。」

「我的提問到此結束。」

被將了一軍。

岬在心中咒罵。

御子柴這個男人真是太可怕了。他今天在法庭上第一次看見青柳這個男人，卻瞬間判斷出青柳的性格，並且成功地削弱了剛剛岬加諸在亞季子身上的形象。青柳是站在與被告對立的債權人立場，說出來的證詞當然也更具說服力。或許是御子柴有熟人從事討債業務，因此曾聽過欠債者拿孩子當盾牌的手法吧。但即使如此，他能夠如此迅速發動反擊，還是令人咋舌。這到底是來自於天賦異稟，還是司法研修時期曾接受某人的特別指導？

總而言之，對這男人果然不能掉以輕心。

岬慌忙舉手。

「審判長！」

「檢察官，請說。」

岬望著壇上的三條，內心卻注意著視線邊緣的御子柴。從那張側臉上，依然看不出任何感情變化。

「剛剛證人提及被害人的人格特質，但這在本案中能否成為反證的材料，實在令人懷疑。剛剛這段話，不但無法證明辯護人在進入二審時主張的動機不存在，反而成了說明動機存在的佐證。」

岬見三條輕輕點頭，彷彿吃了一顆定心丸，接著說道：

「證詞中描述的被害人形象，確實不是個好丈夫或好父親，但這反而強調了被告謀殺被害人的動機。而且相信大家應該都能認同，沒有生活能力及不肯對家人付出關心，並不代表應該被殺害。」

岬清澈的聲音迴盪在法庭上。

「被告的處境確實有令人同情之處，但全國各警察署及政府機構，都設有關於家庭暴力的諮詢窗口。就算被告真的遭暴力對待，也應該藉由這個方式來解決問題。假如把這當成正當防衛的理由，那麼世上多得數不清的施暴丈夫都成了應該被殺害的對象。辯護人一直以各種手法來論證被告的殺人動機，但這些手法都無法為被告的不明智犯行提出合理的解釋。我相信法庭所審判的並非動機，而是行為本身。」

一旦焦點被模糊，就應該回歸基本法理。

雖說具有多年法官經歷的三條應該不會犯這種基本錯誤，但為了提防御子柴再度發動奇襲，還是應該先拉出一道防守線。

三條審判長似乎理解了岬的用意，自壇上低頭望向御子柴問道：

「辯護人，你能提出其他證據嗎？」

岬心裡再度大聲叫好。

若以卡片遊戲來比喻，三條這句話就像是下了最後通告。現出你手上的所有王牌，否則遊戲就會結束。

御子柴聽在耳裡，竟然絲毫不為所動。他悄然起身說道：

「下次開庭時會提出。」

就在這一瞬間，岬發現三條的表情有些僵硬。不，自己臉上恐怕也有著相同表情吧。

御子柴是否還盤算著什麼詭計？或者只是虛張聲勢？不論真相為何，這種不見棺材不掉淚的作風令岬忍不住想要搖頭歎息。

但岬旋即將這些想法拋諸腦後。這場審判一直是對檢方有利，御子柴的反擊雖然高明，但也只能處於挨打的局面。而且御子柴的論點可說是破綻百出，勝負幾乎已成定局。

「那麼，下一回開庭是兩星期後，閉庭。」

走出法庭時，已接近中午，岬直接走向了地下餐廳。東京高等法院的地下室有三間餐廳，分別是第一食堂、蕎麥麵店及「Darlington Hall」。其中第一食堂由於價格低廉，不僅是法院相關人士，就連其他廳舍的公務員也常常到這裡用餐。

今天餐券販賣機前竟然一個人都沒有，可說是相當稀奇的事情。岬於是買了E定食的餐券，但走進食堂一瞧，岬立時後悔了。原來餐券販賣機前空無一人，是因為裡頭早已坐滿人。

岬環顧左右，終於發現牆邊還有一個空位。岬立刻快步走過去，但馬上又後悔了一次。

空位的對面坐著一個人，正是御子柴。

雖然法律並不禁止負責同一案子的檢察官與律師同桌吃飯，但畢竟氣氛尷尬。

岬急著想轉身，卻偶然與御子柴四目相交。

既然對上了眼，如果轉身離開，或許會被認為是逃走。岬迫於無奈，只好走向空座位。

「我能坐這裡嗎？」

岬問了一聲，這是身為後來者的禮節。御子柴沒有說話，只是輕輕點頭。

岬於是在御子柴正前方坐下。仔細一看，御子柴吃的是生魚片定食，這讓岬改變了心意。既然有這樣的機會，與其在尷尬的氣氛下各自吃飯，不如好好探一探御子柴這個男人的底細。

「第一食堂的生魚片定食？我聽說你日子過得挺闊綽，沒想到吃得這麼簡樸。」

御子柴朝岬瞥了一眼，說道：

「我等等在地院還有其他案子。」

言下之意當然是沒有時間到外頭吃飯。

「原來如此，真是生意興隆。」

「彼此彼此，你也不差。」

「哼，我們跟律師不同，並非論件計酬。」

「總比閒得發慌好。」

「你想說的是讓公務員一閒下來就沒好事，對吧？」

「你愛怎麼想都行。」

御子柴低聲回應，繼續動起了筷子。他的表情完全稱不上品嚐食物，只是單純做著咀嚼的動作。

「這裡的生魚片定食向來評價不錯，但你好像不太滿意？」

「味道一點也不重要，反正拉出來都一樣。」
「別在這裡說這種話。」
岬忍不住往左右看了兩眼。這實在不是適合在用餐時說出的台詞。
原本以為這只是御子柴的黑色幽默，但御子柴的反應相當平淡，似乎並非抱持開玩笑的心態。
「連吃個飯也可以臭著一張臉？你的生活裡難道一點滋潤都沒有？」
「滋潤？」
「跟親人聚在一起，一邊聊著生活瑣事一邊吃飯。像這樣的用餐時光，就是生活的滋潤。」
「跟親人聚在一起，也不見得能發揮滋潤的效果。津田一家人不正是最好的例子嗎？」
「這個嘛……」
岬支吾不答。至少從筆錄上看來，津田家這數年之間根本沒有天倫之樂可言。
「就算沒有你說的滋潤，飯也得照吃，孩子也照樣長大。」
「你指的是津田家的女兒？」
「父親被殺了，母親因謀殺而遭逮捕，家裡只剩一對姊妹。即使如此，她們還是好好地過著日子。俗話說孤兒也會長大人，真是至理名言。」
「你見過了那對姊妹？」

「見過了。」

「你跟她們說了些什麼？」

「你應該知道律師有保密義務。」

難道他與那對姊妹的對話裡也包含著新證據？岬心中有些好奇，但明白絕對無法從這個男人口中套出任何訊息。

事到如今，岬不由得對轄區員警的初步搜查行動太過草率而大感無奈。被告的公公是目擊證人，做筆錄是理所當然的事，但員警竟然沒有順便向兩個女兒打探是否有重要訊息。雖說事發當時她們都睡了，無法提出有效證詞，但就這樣置之不理，實在太過潦草行事。

「聽你的口氣，你好像也是在沒有滋潤的環境下長大？」

岬突然對御子柴的人生經歷產生了興趣，故意切入話題。

御子柴沒有答話，岬原本以為他默認了，但半晌之後，御子柴突然抬頭問道：

「你不也是半斤八兩？」

「什麼意思？」

「我聽說你的妻子很早就過世了，唯一的獨生子這幾年音訊全無，何況你似乎沒有情人，這樣的生活能有什麼滋潤可言？」

剎那之間，岬感覺全身血液都衝上了腦門，趕緊強自鎮定。

這男人真不是省油的燈，連這種時候也不忘打起心理戰。剛剛的反擊，同樣高明至極。自己侵入了他的生活隱私，他立即還以顏色。問題是這些事情他到底是上哪裡打聽來的？

這時要是大發雷霆，可就中了對方的詭計。

岬在心裡緩緩數起了數字。

一、二、三、四、五、六……這方法雖然平凡無奇，卻具有恢復冷靜的十足效果。正當岬打算重新發動攻勢時，御子柴的表情竟然出現了變化。

「抱歉……」

御子柴竟然老老實實地道了歉，岬幾乎不敢相信自己的耳朵。

「我不該對你說這種話，請你忘了吧。」

「……你這個人倒挺懂分寸。」

「我只是不想把時間及精力花在無謂的場外亂鬥上。」

「場外亂鬥？」

「我的敵人已經夠多了，沒必要再樹立敵人。」

御子柴嘴裡咕噥，聽起來像是在自我辯解。

「我早就是你的敵人了。」

「那只是法庭上。」

岬想起了御子柴當初住院的理由，似乎是遭從前某案子的敵對立場人物刺傷。因為那件事，讓他得到了教訓？抑或者，他只是在暗示不該公私混淆？

「看來被捅了一刀，讓你疼怕了？」

「那一刀可深得很，如果你不信，可以去查一查，這不是你的拿手本領嗎？」

岬聽出御子柴這句話似乎有三分示弱的意味，又是一愣。

沒想到天底下還是有足以令這男人厭惡、懼怕的事物。

岬驀然對御子柴產生了莫大的好奇心。一半是基於想要知己知彼的職業精神，另一半則是基於個人興趣。

「話說回來，你的話術實在令人佩服。我終於能夠明白為何你的客戶願意重金聘請你當辯護人。那種宛如街頭格鬥一般的戰術運用技巧，你到底是上哪學來的？」

「……這是訊問嗎？」

「只是閒聊而已。法律可沒有禁止檢察官跟律師閒話家常。」

「法律也沒有規定非得閒話家常不可。」

「對！我指的就是這種反擊的話術！我很想知道你是在哪裡學到了這種本領。」

「你問這個做什麼？」

「讓司法研修生及菜鳥法官也去學一學。」

御子柴猛然低下了頭。仔細一瞧，他竟然正趴在桌上笑個不停。

「這有什麼好笑？」

「不可能的。」

御子柴笑得連說起話來也上氣不接下氣。

「不是我瞧不起你們，但這是不可能的事。」

「為何這麼說？」

「你們根本不瞭解真正的壞人。」

「我們每天都在面對壞人，怎麼會不瞭解？」

「不，你們只是看在眼裡，卻沒有真正瞭解。你們的情形，就好像是小學生看著在泥巴中游泳的生物。如果你真的想瞭解壞人的生態，你必須親自跳進泥巴裡，與他們一起游泳，一起吃泥巴，一起在黑暗又濕滑的世界裡呼吸。」

御子柴依然笑個不停。

這個男人的顧客之中，多的是黑道人物及靠著大把鈔票為所欲為的犯罪者。或許他的意思是想真正理解壞人，就必須跟他們產生肝膽相照的友誼吧。岬暗自作出解釋，不再追究這個話題。

「你有家人嗎？」

「那不是成為律師的必要條件。你為何問這個？」

「我只是想知道你是不是對那一家人，或者是對所謂的『家庭』抱著某種特別的感情。」

「對我來說，津田亞季子只是很普通的委託人而已。」

「但是據我聽到的傳聞，你的委託人絕大部分都是資產家。」

御子柴對著岬揚起嘴角。

「我又說錯了什麼嗎？」

「包含你在內，已經有四個相關人士詢問我這個問題。」

「對你過去的接案情況有所瞭解的人，都會問這個問題吧。或許我這麼說有些不合宜，但我認為這案子沒有任何對辯護方有利的要素，就算憑你的三寸不爛之舌，頂多能幫被告爭取到減刑就算不錯了。何況被告並不是什麼名人，只是個市井小民，宣傳的效果也不大。不管怎麼想，這都是吃力不討好的工作。」

「岬檢察官，你承辦過與炒股票有關的案子嗎？」

「當然，而且還不少。泡沫經濟剛崩盤的那陣子，幾乎全都是這種案子。」

「既然如此，你應該曾聽人說過『最美的花兒不會開在路旁』這句格言吧？」

意思似乎是只有走出與他人完全不同的道路，才能獲得最大的成功。

「問題是這個案子哪來的花兒？」

「我一說出來，花月就被人摘光了。」

御子柴說到這裡，閉上了嘴不再開口。岬心想，繼續追問恐怕也無法套出什麼真心話。看來只能從其他方向切入了。

「對了，你聽過關於島根縣律師公會的事嗎？」

「島根縣？」

「現在情況如何我不清楚，但從前島根縣的律師非常少。甚至有一段時期，隱岐島上的西鄉町一個律師也沒有，松江地方法院的西鄉分院也沒有法官。因此每當要開庭時，就必須從外地調派律師、檢察官及法官前往地院所在的隱岐島。交通工具只有從七類漁港出發的唯一一班渡輪。三人會在狹窄的船艙內遇上，而且審判拖得越久，三人就遲遲無法回家。所以三人會在船內舉行簡單的審判，當一行人抵達地院時，法官早已做出判決了。」

「你指的是法界人士互相勾結？」

「這樣的形容有些言重了。人家不是說，最優秀的律師能夠促使雙方和解，根本不會進入審判階段嗎？他們的行為，也是相同的道理。」

「現在是律師供過於求的時代，何況這裡是東京，我們處理的是刑事案件。你舉出那種舊時代的例子，到底想表達什麼？」

「我不想把精力浪費在無謂的事情上。如果你真的擁有能讓津田亞季子獲得減刑的證據，那我當然奉陪，但你如果只是在虛張聲勢，我希望你能高抬貴手。檢察官跟你一樣，手邊還有堆積如山的案子等著處理。」

岬這麼說當然只是一種話術而已。

人是一種相當奇妙的動物，就算前一刻還在互相殘殺，只要聊個幾句，就會逐漸敞開心胸。自從當上檢察官後，岬獨自研究出了一套掌握人心的話術，用在嫌疑犯或律師上往往能發揮奇效。或許是身為檢察官的身分及岬的容貌給人一種死板的印象，只要岬表現出無所不談的態度，對方往往就會開始吐露真正的心聲。

雖然這一招對御子柴恐怕不管用，但死馬當活馬醫，反正失敗了對自己而言也不痛不癢。沒想到御子柴的反應超越了岬的預期。

「若是這樣的溝通，確實值得花一點時間。我的時薪比公務員高得多，時間寶貴得很。」

岬心想，他接下這案子果然是為了錢。若是如此，那麼就說得通了。

「既然達成了共識，請你告訴我，你的底牌是什麼？不，應該說你真的有底牌嗎？」

岬這句話一問出口，御子柴一邊咀嚼最後的生魚片，一邊微微漾起笑容。最讓岬吃驚的一點，是御子柴在談話的過程中依然不停以機械般的動作將食物送進嘴裡。

「檢察官，要看我的底牌前，應該先亮出自己的底牌，你連這規矩也不懂嗎？」

「亮我的底牌？什麼意思？」

「依你的性格，一定會經將警署製作的搜查資料徹頭徹尾檢查過。不僅檢查，還會對初步搜查行動的草率籠統不停發牢騷，我說的沒錯吧？」

這句話雖然說中了事實，但岬沉默不答。

「我問你，警署扣押的證物，應該都還留著吧？」

「當然，在審判結束前會一直放在警署的倉庫裡。」

「不單只是被當成凶器的小刀，以及鋪在地上的塑膠布而已。殺害現場的浴室、客廳、廚房、全家人的寢室、地板、牆壁、走廊，以至於垃圾桶裡的垃圾、書架上的書、盆栽裡的泥土，這些全都檢查過了？」御子柴說。

岬趕緊回想搜查資料的內容。畢竟是曾經瞪大了眼反覆審視的資料，早已熟記在心。有可能成為重要證物的物品都送交鑑定了，但是當然不可能將家裡所有東西都帶走。

「員警趕到現場的時候，屍體、兇手跟目擊者一樣也沒少。這種萬事俱備的案子，就算鑑識人員來了，也只會進行簡單的確認工作而已。我想他們多半不會對整個屋子進行地毯式的調查吧？越是優秀的鑑識人員，在遇上簡單的案子時反而越會提不起勁。」

「你到底發現了什麼？」

「這我可不能說。暗示到這個地步，已經是我的極限了。」

御子柴拿著吃得一乾二淨的餐盤站了起來。

「我跟你打包票，剛剛這些話絕對不是危言聳聽或虛張聲勢。所有必要的證物，都可以從犯案現場找到，這觀念相信不必我多費唇舌。只要沒有被丟棄或破壞，證物就會一直靜靜地躺在那裡，直到被人發現為止。總而言之，奉勸你好好保管那些東西。」

說完這些話後，御子柴轉身離開，連一句道別也沒說。岬獨自留在座位上，面對著一口都還沒有吃的定食。

4

御子柴離開東京高院後，再度拜訪了津田家。開門的人是要藏。

「啊，律師，你剛離開法院？真是辛苦你了。」

「你知道今天是開庭日？」

「那當然，若不是旁聽席早已被預約光了，我一定會到場……」

回想起來，今天開庭時，旁聽席確實坐滿了人。不過這並非亞季子的案子特別引人注目，而是現在社會上正流行一股旁聽審判的風潮。據說只要是刑事案件，法庭上多半是座無虛席。有些旁聽者甚至會認真地寫筆記或畫素描，看在御子柴眼裡實在是可笑至極。這些人打著「流行」或「學習新知」等藉口，其實說穿了只是為了滿足幸災樂禍的看熱鬧心態。

「這次順利嗎？」

要藏一邊問一邊觀察御子柴的臉色，可惜御子柴沒有任何能讓這老人開心的消息。

「這是一場硬仗。檢察官提出伸吾的借貸狀況當成殺害動機的佐證，讓我們的立場更加不利了。」

「這都該怪我那個飯桶兒子！死了還給人添麻煩！」

「但還不到走投無路的地步。」

「真的嗎？」

「今天我登門拜訪，正是為了再查個清楚……」

御子柴一句話還沒說完，忽聽見樓上傳來聲音。

「姊姊！姊姊！」

那是倫子的呼喊聲。

御子柴狐疑地抬頭查看，要藏搖了搖頭，說道：

「美雪的狀況好像又惡化了……三餐都只吃一半，今天早上還吐得一蹋糊塗。我剛剛接到倫子的電話，才趕了過來。」

「姊姊！」

倫子還在叫喚個不停。

「打擾了。」

御子柴跨過門檻，朝樓上走去，要藏從後頭跟了上來。

走到二樓一看，倫子正站在美雪的房門前。

「啊，律師！」

「怎麼了？」

「她身體不舒服，我叫她看醫生，她不理我。」

「美雪，我是律師御子柴，我能跟妳談一談嗎？」

房間裡無聲無息。御子柴試著轉動門把，發現門從內側上了鎖。

三人接著又喊了幾聲，還是沒有得到回應，只好走回一樓。

「她一直是這種情況？」

「是啊，我只能隔著房門跟她說話。我猜多半是身體出現排斥食物的症狀吧。」要藏皺起眉頭說道：「不過這也是理所當然的事。親生母親殺了親生父親，對那個年紀的少女來說簡直是一場噩夢。應該是精神上的打擊引發了拒食症吧。」

「不論原因為何，最好送她到醫院就診。」

御子柴低頭望向倫子，發現她不像過去那麼神采奕奕，整個人宛如枯萎的花朵。御子柴明知道此時找她搭話肯定沒好事，還是忍不住說道：

「我查過醫院的紀錄，妳也曾被父親揍過？」

倫子默默點頭。

「姊姊怎麼沒有被揍過？還是傷勢沒有嚴重到要看醫生？」

「爸爸從來不打姊姊，姊姊也常說爸爸好可憐。」

「聽說姊姊吐了？」

「……嗯。」

「清理了嗎？」

「倫子都做了。打掃也是倫子的工作。」

「家裡都是妳打掃的？」

「嗯，媽媽不在，倫子就是媽媽。不過爸爸的房間一直沒有打掃。」

「為什麼？」

「因為媽媽也沒進去過……」

「不過，這反而是好事。」

「咦？」

「這表示那個房間一直維持著案發後的狀態。或許警察過陣子還會找上門，把那房間的所有東西全都搬走也不一定。既然維持著原狀，那是再好不過了。」

「警察還要來？鑑識工作不是結束了嗎？」要藏毫不掩飾心中的不悅。「繼續讓他們在家裡胡搞，會讓美雪的症狀更加惡化。」

「我建議讓她住院，即使只有短暫期間也好。雖然我能體會她閉門不出的心情，但繼續待在這個家裡只會造成反效果。」

「這話怎麼說？」

「悲劇是在這個家裡發生的，對她而言，這是個充塞著可怕記憶的地方。」
要藏深深歎了口氣，彷彿要將五臟六腑的鬱悶之氣全吐出來。
「或許這麼做比較妥當吧。倫子就由我暫時帶回去照顧吧。」
「好，能不能告訴我聯絡方式？手機號碼也行。」
御子柴掏出名片及一支筆交給要藏。
「律師，姊姊不能待在家裡？」
「現在不行。這個家裡有著疾病的根源。大人們沒告訴妳嗎？生病的時候就要打針，或是趕走病原體。」
「醫生會把姊姊治好嗎？」
「醫生也得幫忙，但光靠醫生不夠。這一次，醫生除了打針，什麼忙也幫不上。」
倫子默默凝視御子柴，說道：
「律師，那你能夠治好姊姊的病嗎？」
御子柴原本想反駁一句「那不是我的工作」，但一看到倫子的雙眸，這句話便鯁在喉嚨說不出口。
一對清澈無暇的瞳孔，筆直地對準御子柴。那眼神彷彿訴說著對不守約定者的譴責。御子柴自認為從來不曾與倫子訂下任何約定，胸口卻不知為何有如卡了一根刺般難受。

「御子柴律師，我也想請你幫這個忙。」

一旁的要藏按捺不住，一邊遞出名片與筆，一邊說道：

「你所說的病原體，指的應該是亞季子那件事吧？你說得沒錯，除非能夠結束審判，讓這件事徹底落幕，否則即使美雪有所好轉，也會馬上再度惡化。或許要得到我們期望的判決相當困難，但是……」

「保護委託人的利益，是律師最重要也是唯一的工作。」

御子柴對要藏連瞧也不瞧一眼。不許下無法遵守的諾言，不讓人抱持無法實現的期望。正因為御子柴秉持著這兩項原則，才能獲得顧客們的信賴。這一次，御子柴也不打算違背自己的原則。

但是御子柴的預定計畫出現了誤差。原本此行的目的是向美雪詢問一些事情，但來到津田家一瞧，才發現她躲在房裡，自己根本不得其門而入。

就在御子柴思索著應對之策時，胸前口袋內的手機響了起來。

「喂？」

「御子柴先生嗎？我是高峰。」

御子柴的腦海立即浮現了福岡那名退休里長的臉。

「你上次說，亞季子的死活掌握在我的手裡……」

「我確實這麼說過。」

「你以為靠那種危言聳聽的台詞，就能讓我為你賣命奔走？」

「是的，我是這麼認為。若不是具備這樣的心腸，怎麼會願意接下里長這種徒有虛名卻沒有實質利益的工作？」

「聽你的口氣，好像已經把我這個人摸透了。既然如此，你應該明白我打電話給你的用意。」

「如果是壞消息，你絕對不會賣關子。」

「哼！真沒意思。好吧，是好消息。我查出溝端醫師的下落了。」

「真的嗎？」

「我騙你做什麼？放心吧，溝端還活得好好的，而且依然記得亞季子的事。」

第四章

犯罪人的韜晦

1

我在電腦上以「御子柴禮司」為關鍵字進行搜尋，首先出現的是日本律師聯合會的網頁。網頁裡有律師資料庫，御子柴的名字就是出現在那個資料庫裡。但上頭只列出了性別、律師證號碼、所屬律師公會，以及事務所的名稱、地址、聯絡方式。除此之外並無其他資料。

我不禁咂了個嘴。我想要找的是遭律師公會懲處的紀錄、個人檔案、過去經手的案件及成績、以及網路上的謠言等等，可惜這些資訊一項也找不到。不僅如此，御子柴的事務所沒有開設網站，他本人也沒有經營部落格或推特，更是無從查起。

我越想越不對勁。這個律師到底何方神聖？這年頭律師這一行或許是業務範圍擴大，競爭越來越激烈，就連電車的車廂內，放眼望去也盡是律師或司法代書的廣告。只要是有心經營的事務所，多半都開設網站。但御子柴這名律師，似乎完全不把這一類宣傳看在眼裡。

據說優秀的律師只要靠口碑就能夠招攬顧客上門，加上為企業提供法律顧問服務，因此不須打廣告。照理來說，那應該是重視實際成績、值得信賴且腳踏實地的律師。

但御子柴給人的印象卻完全相反。雖然看起來經驗老到，但是他的經驗恐怕都不是循規蹈矩的正派經驗。絲毫不給人可趁之機的眼神，只會引起戒心，卻無法獲得信賴。性格與其說是腳踏實地，不如說是詭計多端。

為何那種人會來蹚這案子的渾水？為什麼前任的無能律師不繼續幹下去？就因為這傢伙跳出來攪局，害我變得疑神疑鬼，每次跟他對話後，總是得提心吊膽地思考前後有無矛盾之處。追根究柢，全都得怪這場官司實在拖得太久。既然本人已經招供了，為什麼不趕快宣判？還在拖拖拉拉什麼？為了這狗屁倒灶的荒唐事，害我從那天起就無法發洩性慾。

那個女人並沒有察覺自己擁有多麼迷人的性魅力。不過，那只是因為過去沒有人能引出她的魅力。她的陰戶實在太舒服了，在我睡過的所有女人之中，幾乎沒有任何一個比得上。第一次與她交合的時候，我甚至有種踏入了天堂樂園的錯覺。從那一天起，與她的幽會，成了少數值得我期待的樂趣之一。

剛開始的時候她不願配合，但過了不久，她就乖乖聽話了。憑我多年來的床上功夫，要馴服一個女人可說是比吃稀飯還容易。

啊啊，問題是她不離開籠子，我連她的一根手指頭也碰不了。

只希望這些煩人的瑣事能早一日解決，還我平靜和諧的生活。總而言之，只能期待那個御子柴的本事了。

御子柴就像一把鋒利的尖刀。倘若朝著自己，是危險至極的凶器，但是站在遠處觀看，又會帶來令人血脈賁張的刺激感。

距離最後一次開庭只剩三天。

在那天到來之前，我只好把回想那女人的黏膜觸感當成唯一的娛樂了。

※

福岡市早良區飯倉。

這裡是座學園都市，附近一帶共有四所小學、一所國中、一所高中，以及包含四年制及短大在內的四所大學。或許是因為小學很多的關係，新舊不齊的住宅區往南北兩個方向不斷擴展延伸。

御子柴在地下鐵七隈線金山車站下了車後，立刻招了一輛計程車，說出高峰轉告的地址。計程車司機以無線電聯絡總部後，立刻開動了車子。似乎是只會跳一次錶的距離。

短短五分鐘之後，車子便抵達了目的地。

「客人，您找的地址就是這一棟。」

御子柴下車一看，眼前是一棟兩層樓的木造建築。似乎改建過很多次，每個部位的牆壁顏色都不太一樣。

御子柴按了門鈴並報上姓名後，大門開啟，一個頭頂光禿油亮的老人探出臉來。這老人的相貌和藹可親，假如穿上白色西裝，看起來就像炸雞速食店門口的招牌人偶。但是仔細觀察，會發現慈祥的底下隱藏著三分老人特有的狡獪。

「你就是御子柴嗎？勞煩你大老遠趕來，辛苦你了。我就是溝端庄之助，高峰都跟我說了。來，請進吧。」

溝端領著御子柴走進屋內。御子柴跟在溝端身後，察覺溝端畢竟年事已高，走起路來像踩碎步一樣，而且每一步都走得謹慎小心。

溝端似乎察覺了御子柴的心思，轉頭說道：

「我走得很慢，你別見怪。俗話說『醫生不養生』，我就是最好的例子。不過，總比得失智症要好得多。」

對於溝端這句話，御子柴抱持些許懷疑。一個不良於行且明白死期不遠的老人，跟一個連自己是誰都搞不清楚的老人，到底哪一邊活得比較幸福，恐怕很難下定論。

「我兒子跟兒媳都在工作，此刻不在家。現在家裡只有我一個人，你想談什麼都不必顧忌。」

「尊夫人呢？」

「拙荊五年前過世了。」

「對不起，我不該問這問題。」

「沒關係，她是個判數字及辦理各種手續很不拿手的女人，要是我比她先走，遺產跟喪禮的問題恐怕會把她搞得暈頭轉向。她早我一步離開，可說是一樁好事。」

溝端領著御子柴走進一間房間，這裡似乎是溝端的寢室，有著一整面牆壁的書架，書架前有張看護用的病床。

一走進房間，便聞到混合痠痛藥布及腐敗土壤的味道。

「這張床擺在書房裡，或許看起來相當礙眼，但對走路有困難的人來說，這張床可說是相當方便。反正我總有一天會長期臥病不起，趁現在適應一下也不錯。」

溝端一邊說，一邊走向待客用的沙發桌椅組。他一坐在皮革沙發上，整個人就變得容光煥發，不再是個蹣跚老人。

「話說回來，真虧你願意大老遠跑到福岡來。看來律師這工作也不輕鬆，為了委託人的權益，得日以繼夜地四下奔波。就這點而言，醫生跟律師可說是難兄難弟。」

「當初你開業看診的時候，附近只有你這一位醫師？」

「是啊，除了我之外就只有牙醫。因為這個緣故，我一個人包辦了小兒科、內科及泌尿科。明明是鄉下的小小個人診所，卻搞得像綜合醫院一樣。」

「生意一定是絡繹不絕吧？」

「哈哈哈，醫生跟律師的生意絡繹不絕，對這個社會都不是好現象。不過，那段日子確實忙得焦頭爛額。每星期只有星期三公休，但即使是公休日，只要遇上急診病患還是得工作。到頭來，每天都是上班日，放假的日子一整年算下來恐怕沒幾天。」

如此說來，他曾診療過的病患人數一定相當可觀。在這種情況下，他是否會記得其中一名病患的事，實在令人擔憂。

「不過雖然忙碌，但病患都是社區裡的熟面孔，雖然不敢保證每個都記得，但狀況特殊的病患絕大部分都記得一清二楚。」

溝端似乎看穿了御子柴心中的想法。

「我雖然已經歇業好些年了，但是行醫三十多年的回憶可是我的珍貴財產。如今我過著退休生活，每天回憶當年醫治過的病患成了我的唯一興趣。當然我不可能記住病歷表上的細節或藥劑的劑量等等……不過對於亞季子小妹妹的事，我可是記得相當清楚。」

那個歷盡滄桑的家庭主婦，對溝端而言依然是「亞季子小妹妹」，這帶給御子柴一種奇妙的感覺。

「她就診的期間很長嗎？」

「她第一次來看診，是在五、六歲的時候，如果我沒記錯的話，應該是得了流行性感冒。她那時年紀雖小，卻是個很堅強的女孩。打針的時候，她緊咬著牙齒不讓眼淚流下來，我問她為什麼忍耐，她說因為自己是姊姊。那種逞強的模樣，實在惹人憐愛。」

「但是罹患流行性感冒的孩子，絕對不只她一個吧？」

「亞季子令我印象特別深刻，是因為後來她家發生了那件慘案。」溝端的臉上出現了沮喪之色。「當時她九歲，應該是就讀小學三年級吧。有一天，她的妹妹過世了。她很疼這個妹妹，受到的打擊與悲痛當然也大得難以想像。事實上，她那幼小的心靈根本無法承受如此殘酷的事實。那件事發生後不久，她就罹患了失憶症。」

「這就是所謂的 PTSD（創傷後壓力症候群）嗎？」

「沒錯。御子柴先生，你對 PTSD 理解多少？」

「不多，只是知道些皮毛而已，請你把我當成門外漢。」

「遭受過度的體罰、虐待或心靈難以承受的傷痛時，精神會陷入錯亂狀態，如此一來大腦就會刻意麻痺一部分機能，試圖讓陷入錯亂的思緒恢復理智。以她的例子來說，她遺忘了那個悲劇之前的所有記憶。」

溝端搖了搖頭，彷彿要甩開可怕的回憶。

「雖然避免錯亂的現象本身不是壞事，但是部分精神機能遭麻痺的狀態假如長期持續下去，身體跟心靈都會開始發出警訊，結果引發肚子痛、頭痛等生理異常，以及做噩夢、回憶閃現等心理異常，當然也會造成人格形成上的障礙。這屬於心療內科的範疇，我請了大學附設醫院裡的朋友來幫忙，但兩個醫生絞盡了腦汁，還是找不出根本的醫治方法。」

「這是一種不治之症？」

「PTSD 原本有兩種治療方式，一種是藥劑療法，另一種是名為減壓團體（debriefing）的精神療法。這種精神療法簡單來說，就是利用重新模擬形成創傷的事件，來抒發鬱積於心中的感情。但當年我們怕產生後遺症，不敢對年幼的亞季子實施藥劑治療；至於減壓團體的精神療法，當年又恰巧有許多學者發表了認為這種療法成效不彰的論文，讓我們不敢貿然嘗試。在許多案例之中，強迫性的心理治療反而會帶來更大的心靈創傷。到頭來，我們只能祈禱時間治癒一切。」

溝端的談吐之間流露著強烈的遺憾與惋惜。如此說來，他會深深記得亞季子的事，並非起因於對亞季子本人的印象，而是無法將其治癒的悔恨心情。

「你說她失去了那個悲劇以前的所有記憶？」

「不，正確來說是跟死去妹妹有關的所有記憶。她記得關於雙親的事，卻完全不記得自己曾有個妹妹。」

「這個失憶症如今依然沒有治癒？」

「這我就不清楚了。他們一家人後來搬到了神戶，從此音訊全無。我只希望隨著時間經過，症狀能夠漸漸減輕……」

「他們一家人為何搬家？」

「為了躲避來自生活周遭的惡意。」溝端此時的表情就像是把某種噁心的東西放置在舌尖上。「這個社會往往是相當殘酷的。許多人會滿不在乎地朝著受難者或弱勢者落井下石。精神陷入困境的人，或是慾望無法滿足的人，往往會尋找同伴聚集在一起。因為有了同伴，就可以互舔傷口。但是沒辦法找到同伴的人，就會尋找比自己更加處於弱勢的人，並且加以欺負。或許這只是一種希望有人比自己更悲慘，藉以得到安慰的心態。但即使處境值得同情，做出來的行徑卻是卑劣下流。亞季子一家人正是遭受了難以原諒的卑劣行徑。當我從亞季子的母親口中聽到那些事時，連我也氣得差點失去理智。你要是聽了，恐怕會影響心情。即使如此，你還是想聽我描述細節嗎？」

「這種事，我習慣了。」

「過了頭七之後，家裡開始陸陸續續接到不少電話。有些是無聲電話，有些則是責罵父母也有照顧上的疏失，或是譏諷父母只是想要博取同情。說穿了就是一些毀謗與中傷。他們家的大門，甚至被人以噴漆寫上了『別老是裝出受害者嘴臉』。」

御子柴隨口敷衍，心裡卻沒有特別的感受。若是相信人性本善的人聽到這些事，或許會難過地皺起眉頭吧。但御子柴很清楚這世間本來就充塞著惡意與無情，因為從前的自己就是最好的例子。溝端口中描述的那些惡行惡狀，不過就像朝著落水狗扔石頭一樣不值得小題大作。

「有些人或許是把不幸跟汙穢聯想在一起的關係，竟然連亞季子也不放過。據說在她放學回家時，有人對著她大喊『妳妹妹會死全是妳的錯』。那孩子罹患 PTSD，很有可能是被這些外在原因所誘發的。」

「這就是他們搬家的理由？」

「如果繼續待在那個地方，別說是亞季子，就連雙親也可能會罹患精神疾病。亞季子的父親曾對我說，他覺得很不甘心，因為一旦搬家，就好像是輸給了社會上那些毫無道理的惡意。但是站在醫生的立場，我沒有任何理由阻止他們一家人遷居療養……對了，御子柴先生，既然你正在追查亞季子的過去，應該查到了關於她父母的消息吧？請問她的雙親還健在嗎？」

「母親還住在神戶，父親則在阪神淡路大地震時喪生了。」

溝端一聽，深深歎了口氣，沒有再多說什麼。

他仰望著天花板，半晌之後，才低頭望向御子柴，眼眶微微含淚。

「或許有些人天生註定命運多舛吧……亞季子住在神戶的那段日子，過得幸福嗎？」

「她本人沒跟我提過。或許她還不十分信賴我，心裡似乎還藏著一些祕密。」

「這多半也是基於防衛本能吧。遭遇太多不幸後，大多數的人都會選擇封閉自我。我身為主治醫師，雖然不反對他們搬家，但當年實在應該向住在神戶的醫生寫封介紹信才對。」

溝端這番話聽起來像是在為自己辯解，言下之意似乎是他心下雖然在意，但是病患一旦搬了家，他也無能為力。但是溝端的下一句話，卻又否定了這樣的含意。

「但我真正擔心的是另一個症狀。」
「另一個症狀？」
「悲劇發生時，亞季子正值出現第二性徵的時期。簡單來說，那樁悲劇在她的精神面造成的傷害，並不僅是PTSD而已。甚至我們可以說，另一個症狀比失憶症還要棘手得多。」
溝端接著說出了某個屬於精神官能症的病名。
「有辦法治療嗎？」
「可以施予抗憂鬱的藥物，但是藥效一過，症狀又會復發，何況還有不小的副作用。到頭來只能靠本人的意志力加以克服……」
「在你當初為她檢查時，有哪些症狀，能不能請你逐一詳細說明？」
溝端聽御子柴這麼一問，竟露出戲謔的笑容，說道：
「老實告訴你，病歷表還留著。」
「咦？」
「我剛剛能對你說得這麼詳盡，也是因為讀過了當年的病歷表。雖說病歷表的保存義務只有五年，超過五年以上的病歷表會依序加以銷毀，但只要是讓我留下深刻印象的病人或病例，我就會將病歷表保留下來　原本只是當成行醫多年的紀念品，沒想到會在這種時候派上用場。」
太好了。

御子柴在心中竊笑。

「溝端先生，我有個請求。」

「請說。」

「能不能請你到東京來一趟？」

「……要我這把老骨頭上東京？」

「只有你才能救我的委託人。」

溝端一聽，揚起了嘴角。

「好一個滑頭的律師，真懂得如何吹捧老人家。過去應該很多人這麼稱讚你吧？」

「沒那回事……」

「也罷，假裝順你的意也挺有意思。不過你要記住，我答應幫忙並非完全是因為你的關係。只要能幫上亞季子的忙，就算法院在西伯利亞，我這老頭子也會走一遭。」

從福岡搭飛機回到東京後，御子柴沒有回事務所，立即趕往了茅場町。

中央區日本橋茅場町。雖然是證券公司聚集的地區，到了下午也漸漸從喧鬧中恢復寧靜。御子柴的目的地，是金融公司「東京Mortgage」所在的辦公大樓。

御子柴在二丁目新大橋通後頭的一條巷子裡找到了這棟大樓。這一帶除了證券公司之外，還有不少提供證券擔保融資服務的金融公司。泡沫經濟時期，這一類公司多得不可勝數，但近年來有的倒了，有的遭到合併，數量已大不如前。

御子柴在櫃台報上身分後，女職員瞬間瞇起雙眼，露出不悅的神情。然而在金融業界，這樣的反應並不稀奇。還不出錢的客戶大多會找律師幫忙，因此對這個業界而言，律師可說是天敵。所幸，御子柴的神經並沒有纖細到會因這種雞毛蒜皮的小事而動怒。

通往會客室的走廊裝潢得大方典雅，但牆上卻張貼著礙眼的海報。

「歡迎來到上流世界」

「最高明的資產運用」

「財產翻五倍！值得信賴且成績傲人的東京 Mortgage 證券投資貸款」

正如同青柳所說的，擔保融資的帳戶平均貸款金額高達數千萬圓。這意味著顧客絕大部分都是高收入者。這辦公室設計得美侖美奐，多半是為了迎合這些上流人士。

但是經手金額龐大、顧客屬上流階級，並不代表這是個高尚的業界。

從前御子柴會擔任某投資大亨的辯護人，並從其口中聽到了一些有趣的想法。該投資大亨說，現在大部分投資者所熱衷的股票投資，根本稱不上投資。

所謂的投資，應該是看好某一家企業的發展性，並以自己的資金來協助其成長。所以賣股票所得的價差利潤，只像是額外賺取的小外快。但是現在的個人投資家卻是短時間內重複多次買賣，把價差利潤當成了主要獲利來源。說穿了，那跟賭博沒什麼不同。換句話說，這樣的行為根本不是投資，而是投機。

這聽起來挺有道理。既然是賭博，以證券擔保融資為商品的金融業者當然就有生存的空間。名義上是協助資產運用，其實說穿了就像是賭場老闆將錢借給輸得精光的賭客。金融業者以一些冠冕堂皇的名稱來魚目混珠，反而讓這個業界更加充滿了虛偽。

御子柴在會客室坐了約五分鐘左右，青柳出現了。他露出一臉狐疑表情，顯然是想不出御子柴來訪的理由。青柳的性格有些木訥，與在證人台上給人的印象頗不相同。

「啊，你是為津田太太辯護的律師吧……？今天來找我，有何貴幹？」

「關於被害人津田伸吾的借貸狀況，有幾點想向你再度確認。」

「我在法庭上已經說了津田先生的貸款餘額、購入證券的擔保價值及不動產的擔保價值，這樣還不夠嗎？」

「你在法庭上提及了不少數字，請問這些金額是以哪一天為結算日？」

青柳一聽，神情顯得有些詫異。

「我曾接過資產家爭奪遺產的案子，因此我知道股票實質價格的結算方式。你在法庭上所說的金額，想必是以最後一次拜訪津田家的前一天收盤價為基準，我說的沒錯吧？」

「……是的。」

「我查過了案發當時的股價走勢。」

御子柴從公事包中取出一本小冊子，翻開貼了小紙片的那一頁，上頭是以月為單位的日經平均指數走勢圖。

「這裡有著津田伸吾遭殺害前大約半年之內的股價走勢。在這段時期，日本貿易赤字創下歷史新高，加上日銀短觀[8]也不理想，雖然偶有起伏，但整體而言日經平均指數可說是節節下滑。許多投資家對未來感到不安，紛紛拋售持股，更是造成股價下跌的情況越來越嚴重。伸吾手上的持股雖然不見得都是代表股，但是在這波長期下跌趨勢中，不太可能唯有伸吾的股票依然屹立不搖。說得明白點，伸吾雖然以當沖投資人自居，說穿了跟門外漢沒什麼不同，他手上的股票搞不好下跌得比平均指數還悽慘。換句話說，在這半年的期間裡，伸吾的證券擔保價值下滑程度比我們預期的還要大，如此一來，你的證詞之中便出現了矛盾。」

「矛盾？」

「根據你的證詞，伸吾的股票在平成二十年九月的金融海嘯後大幅下跌，即使追加不動產擔保也不夠，因此你不斷嘗試與本人聯絡，卻連一次面也沒見著，對吧？」

「是啊，請問這證詞有哪一點矛盾？」

「不動產的價格雖然也會變動，但除非是公告現值大幅修正，或是附近出現差距極大的成交價時，才會產生較大的變化。堂堂世田谷區的土地，價值不太可能在一年半載之內就大幅下滑。但是股票就不同了，有些只要跌停板四天，價值就只剩下一半。」

「你到底想說什麼……？」

「從這走勢圖看來，案發前數個月內股價一直處於下滑的狀態，若不追加擔保或是減少融資餘額，應該早就陷入擔保不足的危機了。你在法庭上會說最重要的證券都被套牢，不能說賣就賣，但這並不符合融資業者在債權管理上的常用手法。如果真的陷入擔保不足的狀況，業者為了逼迫客戶追加擔保品，通常會先將下跌率最低的股票脫手賣掉。」

「未經客戶同意就擅自賣掉？我們可沒那種權力……」

「在一般狀況下，身為第三者的融資公司確實無法變賣客戶的股票，但只要事先跟證券公司打好關係，再加上客戶事先簽名蓋章過的文件，就可以做得到。股票被套牢的客戶，大多早已陷入自暴自棄的狀態，就算被賣掉一種股票也是不痛不癢。但假如擔保品中還包含不動產，那就不一樣了。客戶擔心接下來連房子也會被業者賣掉，就會急忙尋找親朋好友調度金錢。自尊心越強的客戶，越是無法忍受失去棲身之所。」

御子柴說得頭頭是道，宛如是在法庭上詰問證人，青柳聽得目瞪口呆，連眨眼也忘了。

8「日銀短觀」是日本銀行公布的每季企業調查報告，為評估景氣好壞的重要依據，正式名稱為「全國企業短期經濟觀測調查」。

「……看來你對這業界相當熟悉。」

「既然你說你們沒有賣掉伸吾的股票，表示在擔保率下滑的時期，伸吾曾經採取過某種補救措施，對吧？」

「你到底想要知道什麼？」

「案發前一年之內的帳戶收支履歷。」

「御子柴律師，你這是在強人所難。雖然我們也接到警察依正式手續要求開示帳戶的要求，但你只是津田太太的代理人，並非津田先生本人的代理人，何況負責案件也與債務清償無關。說得明白點，你是毫無關係的第三者，而且你並不是警察，當然也沒有搜查權。你是律師，應該很清楚我們不可能在這種情況下公開帳戶資料。」

「這我當然知道，但津田伸吾既然已經死亡，理應不再適用個資保護法。」

「恕我班門弄斧，擔保融資主要針對物而非針對人。雖然津田先生已過世，但融資餘額尚未清償，擔保品也還未處分。這種情況下的債權明細屬於我們公司的機密情報，怎麼可能隨意公開給第三者？」

御子柴遭青柳如此反駁後，話鋒一轉，和顏悅色地說：

「沒有人是天生的壞人，每個人與生俱來都擁有慈悲心與正義感，就像你一樣。」

「……咦？」

「但是組織會麻痺個人的感受，公司利益及上司命令會抹殺個人的信念與正義感。即使如此，還是有少數人依然抱持著獨自的正義信念。」

「律師先生，你在說什麼啊？怎麼突然講起大道理？」

「青柳先生，你似乎相當習慣上法庭？」

「是啊，訴訟方面是由我負責。」

「我知道你代表公司立場，不能說出真正的想法。但是只要牽扯上人情義理，一個人的本性就會顯露無遺。青柳先生，法庭上的你正是最好的例子。」

「那……那只是被你誤導而已。」

「你會受到誘導，表示你原本就抱持那樣的心情。你同情因父親過於窩囊而吃盡苦頭的那一家人，更憐憫當討債者上門時被當成擋箭牌的女兒們。但是禍不單行，那對姊妹在失去了父親後，如今連母親也即將離開她們的身邊。」

「唔……嗯……」

「然而只要我的辯護發揮功效，就可以大幅縮短女兒們失去母親的時間。要達到這個目的，唯有取得你的協助。如今我眼前的人不是東京 Mortgage 的小職員，而是青柳俊彥。我是在對你個人提出懇求。」

御子柴說到這裡，暗中觀察對方的反應。青柳應該是個心地善良的人，正在公與私之間忍

受著天人交戰的煎熬

「開示津田先生的帳戶資料，能發揮這麼大的功效？」

「比你所想像的還要重要得多。不僅如此，這件事只有你做得到。」

「律師先生，你的社交辭令真是讓人佩服。」

「社交辭令只能用在沒見過世面的人身上，對你發揮不了效果。還有，我只向值得信賴的人尋求協助。」

青柳的喉頭發出輕響，似乎話到嘴邊又吞了回去。

「失陪一下。」

青柳丟下這句話後，突然起身走出房間。

難道被拒絕了嗎？就在御子柴開始感到不安的時候，青柳拿著一個檔案夾走了回來，並且將門上鎖。

「律師先生，你能答應我保密嗎？」

「守口如瓶是律師的基本原則。」

「如果被上頭知道我洩漏機密情報，我會遭到懲處。」

青柳說著，從檔案夾裡取出數枚 A4 尺寸的紙張。

「御子柴先生，事實上，前一次開庭結束後，我稍微查了一下你的經歷。」

「我？」

「你的客戶似乎多半不是正派人物，而且你收取高額費用、採用不合常規的法庭戰術，因此被律師公會視為眼中釘。像你這樣的人，我要怎麼信任你？」

「我的客戶確實不少牛鬼蛇神，但你想想，如果我口風不緊，早被扔進海裡餵魚。」

青柳聽了這句話，似乎放棄了抵抗，交出手中的紙張。

「只能用眼睛看，不能影印。」

青柳壓低聲音提醒，御子柴以眼神道謝。

紙張的右上角有著一串編號及津田伸吾的姓名。表格縱軸為日期，橫軸為入帳金額、擔保總額、追加擔保金額、融資餘額及擔保率等各欄位。不僅是現金的進出，就連有無追加擔保及擔保率的折損程度也一目瞭然。

御子柴的手指沿著表格往下推移。隨著市場景氣的惡化，擔保總額及擔保率都節節下降。

「融資餘額沒有增加，擔保率卻在一個月之內下降了百分之十以上？」

「每個月的入帳，也只是支付利息而已。那是因為津田先生手上的股票幾乎都是炒作股。」

所謂的炒作股，指的是遭擁有龐大資金的集團刻意炒作的股票。只要股價一上升，這些集團就會將手上的股票全部拋售。由於原本是股本不大的小型股，一旦被抽走資金，下跌的幅度相當可觀。

「這就是所謂的追高殺低？」

「是啊，這些冤大頭先看到了成交量走勢圖上的白色長棒，只要第二天及第三天都還維持水準，加上來源可疑的網路謠言，就會瘋狂跟著買進。剛買的時候，股價依然持續上升，這些人就會認為自己是炒股票的天才。但是股價一旦開始下跌，他們根本不知道該在什麼樣的時機點脫手賣出。何況就算指定賣價，也跟不上股價下跌的速度。轉眼之間，股價就跌破了當初的買價。這時他們又沒有認賠殺出的勇氣，最後終於錯過挽回的時機，陷入被徹底套牢的困境。」

「你為什麼沒有提醒他？既然你待在這個業界，應該對這些資訊相當清楚才對。」

「公司規定不准對客人買賣特定股票提出建議。假如客人因此賺了錢，會有利益輸送的嫌疑，假如賠了錢，客人又會控告我們散播不實消息。」

青柳這番解釋合情合理，因此御子柴不再針對此點繼續追究。御子柴幾乎可以想像津田伸吾在購買了炒作股之後，上漲時不可一世，下跌時卻又狼狽不堪的畫面。這樣的形象，可說與要藏口中所形容的津田伸吾如出一轍。

入帳欄的空白越來越多，表示津田伸吾已逐漸連利息也付不出來了。

繼續往下看，御子柴終於找到了心中所期待的紀錄。自案發的兩個月前起，伸吾開始提出追加擔保，每次都是大約八萬圓左右，平均每個月兩次。

「數次的追加擔保，換算成現金約四十萬，但是擔保率幾乎沒有改變，這又是為什麼？」

「因為擔保價值的折損速度比追加擔保的速度還快得多。老實說，像這種小額追加擔保是最棘手的情況。」

「最棘手？」

「追加擔保的金額沒有大到能一口氣改善擔保率，但客戶並非不聞不問，而且擔保品也還有相當程度的價值。由於客戶看起來似乎有還款的意願，我們也不能毫不留情面地將他的股票賣掉……如此拖拖拉拉下去，終於形成了呆帳。老實說，我們的一念之仁也是造成這種結果的原因之一。」

「追加擔保也是證券，只能以八成價值計算，為什麼他不直接以現金支付？倘若使用現金，對擔保率不是能有較大的幫助嗎？」

「這就是窮人的悲哀。以現金支付，價值是固定的，但是倘若以股票支付，等到景氣開始好轉的時候，獲利就會更加可觀。人一旦被逼上絕路，就會失去冷靜的判斷力。」

宛如杯水車薪的追加擔保，以及債權人的膚淺同情心，竟然是造成呆帳的罪魁禍首，這實在是太諷刺的一件事。在這個世間，半吊子的善意永遠是麻煩的根源。

「謝謝你的協助。」

「咦？這樣就可以了嗎？」

「多虧了你，我已找到了辯護的方向。」

隔天，御子柴前往了要藏的家。

「啊！是御子柴律師！」

壞預感多半都很準。果不其然，應門的人是倫子。御子柴一靠近，她就像小狗一樣在腳邊糾纏不清。

「律師！律師！聽說你去了九州？媽媽出生的家還在嗎？」

「那個家已經不在了。」

倫子一聽，失望地噘起了嘴。

「唉，本來還想去瞧瞧呢。」

御子柴幾乎想喊出一句「別做蠢事」，幸好強忍了下來。

「等審判結束……等妳媽媽回來，再叫她帶妳去。雖然家不見了，但還有認識妳媽媽的人。」

「嗯。」

這場審判到底會以什麼樣的判決收場，此刻還難下定論。亞季子何時能出獄，也還是未知數。但是這幾天下來，御子柴早已摸透了倫子的個性。就算母親沒有回來，她也會前往那個地方。為了找出自己一家人的不幸根源，即使只有獨自一人，她也會踏上福岡那塊土地。

御子柴知道自己並沒有權力阻止她。

「律師先生，辛苦你了。」要藏走到門口，臉色比倫子更加凝重得多。「這次前往福岡，有沒有什麼收穫？」

「我今天來不是為了報告此行的成果，只是有些事情想再次向你確認。」

要藏聽了御子柴的口吻，已明白他的意思，趕緊將倫子哄進了其他房間。

「一定是不方便讓倫子聽見的事，對吧？」

「謝謝你的配合。」

御子柴走進客廳後，與要藏四目相對。要藏的臉色似乎帶著三分焦躁不安。在御子柴前往九州的這段期間，要藏恐怕也過得並不輕鬆。

「跑了那麼遠，總不會是白忙一場吧？」

「多少有些收穫。我在福岡幸運地遇上了熟悉亞季子幼年時期的人物。」

「亞季子幼年時期……這對辯護有幫助嗎？」

「在許多案例中，從小到大的環境對人格造成的影響，往往可以成為從寬量刑的理由。」

「她嫁給伸吾已經好多年了，但我從不曾聽她提起小時候的事。」

「這一點也不稀奇，並非所有人的童年時期都是在健全的環境下長大，總是會有不想被他人知道的過去。」

「但是這些過去卻能成為辯護上的有利條件？」

「我心中是這麼盤算，但如此一來，恐怕會讓伸吾的形象更加惡化。」

「我從一開始就說過了，這也是沒辦法的事。」

「恕我說句失禮的話，亞季子跟伸吾雖然是夫妻，但是人格特質可說是完全相反。」

「完全相反？」

「亞季子讀完神戶的商業高中後，就搬到東京，在會計事務所上班。根據我打聽的結果，所有同學裡只有她來到了東京。」

「嗯，看來她從那時就很獨立。」

「不，她這麼做不僅是因為獨立，也是為了尋找新的關係。」

「尋找新的關係？」

「待在父母身邊，永遠只能當個被保護的人。但只要離家在新環境生活，或許有一天會遇上須要自己保護的對象。最後她果然遇上了伸吾，並且擁有了值得她保護的家庭。」

「對亞季子而言，兩個女兒確實是保護的對象……但把這兩件事兜在一起，會不會有些牽強？」

「不，依她在法庭上的態度，以及會見時的對談內容，這樣的推測可說是相當合理。不僅如此，而且這跟伸吾也有關。」

「你剛剛說，他跟亞季子完全相反？」

「伸吾從還在上班的時期開始，就是個頗有野心的人。自從被公司裁員後，這股野心開始往負面的方向發展。他想要自己開一家公司，但是在擬定計畫書時就遭遇挫折，三兩下就放棄了。接著他又夢想成為當沖投資客，輕輕鬆鬆賺進大把鈔票。原本不管是開創事業或是投資股票，都必須歷經一段準備階段或學習階段，但他自負才識過人，跳過了這些階段。」

「……聽別人直接了當地說出來，實在有些不舒服，但確實是如此沒錯。」

「他在投資股票上失利，竟然想靠證券擔保融資來起死回生，結果反而讓損失更加慘重。但即使到了這個地步，他依然認定投資失敗是市場環境的錯。他完全不採取任何補救措施，等到有人上門討債了，就龜縮在房間裡，讓女兒去開門。除了這些之外，可以舉的例子還相當多。總而言之，他有著明顯依賴他人的性格。」

要藏沒有反駁，只是默默地聽著。御子柴句句屬實，他一句話也沒辦法為兒子辯白。

「你聽過『共同依賴症』嗎？」

「沒有……」

「例如照顧這件事，當然是被照顧者依賴照顧者，但是倘若照顧者能藉由這個行為感受到自己的存在價值，兩者就形成共同依賴的關係。伸吾跟亞季子的情況，也有些類似。」

「像隻縮頭烏龜一樣不管家人死活的伸吾，以及一心希望能夠保護家人的亞季子……嗯，亞季子的情況姑且不提，伸吾確實從小有著過度依賴家人及朋友的傾向，這我無話可說。若依律師先生的說法，全是我在他小時候教導無方，才塑造出他那樣的人格。如今聽了這些話，實在讓我羞愧得無地自容。

「倒也不見得侷限於小時候。」

「……什麼意思？」

「事實上，我昨天看過了伸吾用來購買股票的證券擔保融資的帳戶收支表。」

「帳戶收支表？但是關於借貸的細節，那個姓青柳的職員不是在法庭上說得一清二楚了嗎？」

「法庭上的證詞只是顯示出伸吾的不負責任，但是若將收支細目仔細查過，會發現另外有個讓伸吾的不負責任更加惡化的原因。」

御子柴接著說明伸吾在案發兩個月前提出追加證券擔保，前後共四次，每次約十萬圓。

「那時伸吾的銀行存款應該已為了支付利息而提領一空，而且沒有收入。除了存款之外，伸吾不太可能還有其他資產。至於每天為家計煩惱的亞季子，更不可能有多餘的錢提供協助。最大的可能，還是來自於第三者的資金供給。要藏先生，那個人應該就是你吧？」

御子柴說完了話，要藏微微低下頭，咕噥道：

「沒錯，那些錢正是我給那小子的。」

「為何一直瞞著沒說？」

「因為實在太丟臉了，不僅丟伸吾的臉，也丟我自己的臉。」要藏的語氣帶了三分自我嘲諷。「即使過了四十歲，他還是我兒子。我即使活到七十歲，也還是為人父母。雖然他是個窩囊又毫無生活能力的大蠢蛋，一旦面臨生死關頭，我總不能見死不救。律師先生，這也是你剛剛說的『共同依賴症』嗎？」

「那倒不至於，但是半吊子的同情只會讓事情遲遲無法解決。」

「原來我的同情只是半吊子……對於靠年金過活的我來說，那筆錢可不是小數目。」

「抱歉，恕我失言。但是跟伸吾的負債總額相比，實在是杯水車薪。」

「你說話還是這麼直來直往。」

「我再次向你致歉。不過，如果當初你對伸吾不理不睬，『東京Mortgage』早就賣掉伸吾的擔保證券了。但是不動產沒辦法立刻脫手，因此伸吾一家人不會有馬上流落街頭的危險。雖然債務依然存在，但伸吾沒有其他財產，債權人也只能啞巴吃黃蓮。倘若符合條件，伸吾還可以申請民事再生[9]。只要採用這個方法，就不用擔心住家被賣掉。」

9 「民事再生」指的是陷入經濟困境的個人或法人依據《民事再生法》的規定採取的一連串重整、清算手續。目前台灣並無類似的獨立法規，聲請破產須依《破產法》規定辦理。

「這我也考慮過了。」

「你是民生委員，應該經常有人找你商量負債問題，我想你對民事再生的申請方式肯定相當清楚，為什麼沒有建議伸吾這麼做？」

「那小子……伸吾認為一旦跟『破產』或『民事再生』扯上邊，就會被蓋上失敗者的烙印，因此說什麼也不答應。」

這狀況說穿了，就是雙親配合兒子打腫臉充胖子。亞季子多半也曾提出跟要藏相同的建議，而且同樣被伸吾拒絕了吧。簡單來說，亞季子及要藏都太過於放任伸吾的愚蠢行徑，才讓事態惡化到難以收拾的地步。

「次男隆弘相當優秀，伸吾跟他比起來實在是太沒用了。但是越是笨拙的孩子，越是讓做父母的不忍心說重話。律師先生，你一定無法理解這種心情吧？」

「是的，我完全無法理解。」

御子柴說得輕描淡寫，既非諷刺亦非斥責。

天底下像這樣的父母太多了。然而他們不對孩子說重話的原因並非於心不忍，而是害怕孩子與自己的關係變得疏遠。

要藏深深歎了口氣，彷彿要將肺裡的濁氣全擠出來。

「律師先生，你心裡在想什麼，我非常清楚。你要罵我溺愛孩子，或是罵我沒有骨氣，我都虛心接受。但是請你相信我，如今我只希望亞季子及孫女們能夠重新過平靜的生活。」

要藏將頭垂得極低，御子柴只是默默俯視著他。

「老實說……我還有件事得對你說。」要藏說。

「什麼事？」

「明天的最後一次開庭，檢方要我出庭作證。」

「哪一方面的證詞？」

「關於對伸吾的金錢援助。」

御子柴哼了一聲。自己能找到的線索，岬早晚也會找到。或許是為了補強丈夫的窩囊形象，以強調亞季子的殺意吧。

「律師先生，假如檢察官問我話，我該怎麼回答？」

「實話實說就行了。對那個檢察官撒謊，只是找自己麻煩。好了，我該告辭了。」

御子柴站了起來，要藏投以哀求的視線。

「請問……有勝算嗎？」

「不論勝算多寡，都不會影響我要做的事。」

御子柴將要藏獨留在客廳，一個人走向門口。倫子早已等在那裡。

「妳又有什麼事？」

御子柴一問，倫子難得地別開了視線。

「就是明天了……」

「妳也要來嗎？老實說，妳來了只是給我們添麻煩。」

「倫子會在外面等。明天外婆也會來。」

「外婆？」

「媽媽的媽媽。」

看來所有的親戚將齊聚一堂。但是這場官司的受害者與加害者都是自己人，不論判決結果如何，恐怕不會有人大呼痛快。

嚴格來說，是除了御子柴之外。

2

二審最後一次開庭。

開庭前五分鐘，御子柴出了電梯，走向八二二號法庭。途中經過等候室時，瞥見了倫子的身影。御子柴加快了腳步，幸好沒有被倫子撞見。

法庭內，岬檢察官及旁聽者都已列席。這一次，岬檢察官的表情比前兩次沉穩一些。他瞥了御子柴一眼，但旋即移開視線。這並非基於不安，而是滿心認為最後一次開庭也將以檢方的優勢收場。如此看來，當初在地下食堂的最後警告也被他當成了耳邊風。

也罷，反正敵人並不是岬。

旁聽席的後方角落，坐著一名外貌與法庭格格不入的人物。那是個面容削瘦、一頭銀髮梳理得整整齊齊的老婦人。她一直低著頭，似乎正專心等待著開庭時間的到來。這個人多半就是亞季子的母親吧。

亞季子在法警的帶領下走進了法庭。模樣跟之前一樣有氣無力，多半內心已認定減刑的機會相當渺茫。

回想起來，御子柴的那一趟遠行，正是為了找出隱藏在那萎靡不振的臉龐背後的過去之謎。原本只是為了抓住好不容易看見的一縷希望之光，沒想到最後卻變成了一趟追查她失去了什麼、保護著什麼的探索之旅。

御子柴的心中偶然浮現了一個念頭。

亞季子為了彌補失去的事物，因此想要找出另外一樣事物來保護，自己不也一樣嗎？自己為亞季子辯護，或許內心深處也潛藏著這樣的心態。

法庭一如往昔靜謐而肅穆。旁聽席上偶而會傳出竊竊私語，但旋即又恢復沉靜。

不一會，三名法官現身，所有人都站了起來。

最後一回合。

御子柴的心中響起了開打的鐘聲。

坐在審判長席上的三條，依然維持著和顏悅色的表情。他會維持這個表情直到結束，還是大動肝火，全看御子柴接下來的陳述。

「現在開庭。辯護人，上次你說這次開庭會提出新證據……但我還是沒收到你的資料。」

「真是非常抱歉，在安排上耗費了一點時間，我打算在庭上直接公開。」

「既然如此，這次檢方事先申請了傳喚新證人，就讓檢方優先如何？」

「好的。」

「那麼，請檢方的證人進來。」

在法警的帶領下走向證人台的人，果然是要藏。岬清清喉嚨，起身說道：

「證人請先告知姓名及職業。」

「津田要藏，地方社區的民生委員。」

「上次開庭時你也曾作證過。你是被害人津田伸吾的父親？」

「是的。」

「各位法官，請看手邊的乙二十三號證，這是由金融公司『東京Mortgage』提出的債權管理表，對象是被害人津田伸吾。值得注意的是自案發日算起的大約兩個月前，三月八日的紀錄。」

岬所提出的乙二十三號證，與青柳開示的資料完全相同。

「三月八日、三月十八日、四月十一日、四月二十八日，分別追加擔保了一千股的積和陶瓷企業股票。積和陶瓷屬於低價股，當時股價約在一百圓左右，若加上手續費，換算成現金市值大約是每次十萬圓左右的追加擔保。」

對於這支股票，御子柴也大致掌握了狀況。

積和陶瓷雖然因連續數件醜聞而股價大跌，但畢竟是東證一部的上市企業。只要業績回穩或出現其他利多消息，很有希望大幅反彈。對於抱持投機心態的伸吾來說，確實是相當適合下手的股票。

「當時被害人並沒有收入，不太可能憑自己的財力購買新的股票。證人，我想請問你，這四次的追加擔保，是否是你提供了資金？」

「我的確在那段日子給了他一些現金。」

「審判長！」御子柴立刻舉手抗議。「這是刻意誤導。被害人已經死亡，證人交給他的那些錢到底被花在何種用途上，如今已無從查證。」

然而御子柴的抗議，似乎早已在岬的預期之內。

「金額高達數十萬，而被害人整天把自己關在房間，能花錢的地方相當少。而且關於這筆錢的去向，等等還有其他證詞可以作為佐證。」

「請繼續。」

「證人，請再回答我的問題。你前後共四次交付金錢給被害人，請問這是你主動提出的建議嗎？」

「這個嘛……」要藏忽然有些結巴。「再怎麼不肖，畢竟是我的親兒子，這問題能不能請你別再深究？」

這樣的回應方式，相當符合要藏的性格。但是這個回答等於是默認金錢援助是伸吾提出的要求。岬心滿意足地點點頭，說道：

「好吧，那我換個問題。請問你是將現金直接交到他手上嗎？」

「不，是匯到伸吾的帳戶裡。」

「為什麼要這麼麻煩？既然住在附近，不是直接給現金比較方便嗎？」

「伸吾說，向證券公司下單是透過銀行帳戶，我直接將錢匯進帳戶，可以省下他的麻煩。」

「證券公司？這麼說來，你當時便知道被害人打算拿這筆錢來購買股票？」

「可以這麼說。」

「你既然知道他的意圖，為何還要把錢交給他？你沒有想過這筆錢很可能一去不回嗎？」

「伸吾說，假如不這麼做，房子就會被賣掉。我只是氣他窩囊，並非對他心懷怨恨，何況我很同情媳婦及孫女們的處境。」

御子柴聽了，內心暗自叫好。要藏的證詞讓伸吾的所作所為變得更加令人難以原諒，但這不在岬的盤算之中。

但是岬相當機靈地踩了煞車。

「我身為父親，聽到媳婦一家人的住家可能會落入他人手中，只好……」

「好了，證人。我都瞭解了，你不必再說了。我的提問到此結束。」

要藏還想繼續說下去，岬卻強制中斷了他的發言，轉頭對三條說道：

「我有幾個跟剛剛的證詞有關的問題，想要詢問被告。」

「請。」

「證人剛剛提到曾給予被害人金錢援助。被告，請問妳是否早已知悉此事？」

亞季子低頭不答，一副失魂落魄的模樣。

「被告，請回答我的問題。」

「……我早就知道了。」

亞季子的第一句話，聽起來相當沙啞。

「妳是怎麼知道的？」

「我看到存摺，上頭有公公匯錢給丈夫的紀錄……為了確認水電費是否扣款成功，我會定期查看所有存摺。」

「原來如此。那麼，存摺裡是否記載著這些錢後來去了哪裡？」

「有的……錢匯進來的當天，又有一筆幾乎相同數目的錢匯到證券公司。這是丈夫的帳戶，所以我知道這一定是丈夫做的事。」

剛剛岬曾說過「還有其他證詞可以作為佐證」，多半指的就是這個吧。亞季子身為家庭主婦，將銀行帳戶的收支情況掌握得一清二楚也是合情合理的事。而既然亞季子明白這些錢的流向，接下來岬會問哪些問題，御子柴已可以想像得出來。

「關於證人要藏所匯的這些錢，妳是否詢問過要藏本人或是被害人？」

「曾問過公公，他說是丈夫再三要求下才匯了那些錢。」

「妳聽到這個答案時，心中有什麼感想？」

御子柴正想出言制止，但已經太遲了。

「我好恨我的丈夫。」

這句證詞幾乎決定了一切。

為什麼不好好想清楚再發言？御子柴幾乎想把亞季子當成法庭上的敵人。過去御子柴曾數次提醒她，不要說出暗示對伸吾懷抱殺意的證詞，但她直到現在依然學不乖。

不過，這並非亞季子的自制力太薄弱，而是岬的手法太狡猾。藉由一開始讓要藏針對金錢援助一事提出證詞，使亞季子抱持罪惡感與羞愧感。岬再趁機推波助瀾，瓦解了亞季子的自制力。

岬接著問出了御子柴倘若是檢察官也一定會問的問題。

「妳為什麼恨他？」

「家裡很缺錢，這點丈夫應該也相當清楚。如果他向公公借錢是為了當生活費，雖然對公公很不好意思，但至少我可以理解他的苦心……沒想到，他竟然把錢花在自己的娛樂上……」

亞季子並不認為伸吾這麼做是為了「還債」，反而認為那只是伸吾自己的「娛樂」，這樣的用字遣詞彰顯了亞季子的心情。不過，這也是受到岬煽動下的結果。

只有深知人性黑暗與醜陋的檢察官，才能想出這樣的詭計。光是從岬今天的表現，便不難想像他一直以來是以什麼樣的手法對付嫌疑犯。

「這麼說來，妳極度憎恨被害人，是因為他在家境有困難的時候依然不肯伸出援手？」

岬打算讓亞季子明明白白地說出來。

「審判長！這個問題是刻意誤導。被告從來沒有陳述過其感情的深淺程度。」

「抗議成立。檢察官在引用證詞時必須力求正確。」

岬向三條行了一禮，但顯然只是做做樣子而已。三條沒有主動制止，也是早已猜到御子柴一定會舉手抗議。整個法庭的趨勢正朝著檢方的全面勝利一步步推進。

「好，那麼我換個問題。在上一回的證詞中，妳曾說經常遇到金融業者上門討債，因此相當氣憤。這一次，妳又說公公好意提供的資金被用在娛樂上，讓妳心懷憎恨。憤怒與憎恨，是否已經成為日常生活中的潛在情緒？尤其是在案發的前一刻，是否最為明顯？」

「……我也不知道。」

「妳不知道？這是妳自己的感情，怎麼會不知道？」

「發生口角前的一星期，我們幾乎不曾說話。我滿腦子只想著女兒們的生計問題，根本沒心思煩惱丈夫的事……每當靜下心來，我擔心的總是女兒們的將來。」

「我的提問到此結束。」

表現得不錯。

御子柴見了岬的沮喪神情，不禁想要將亞季子好好稱讚一番。雖然不知道三條審判長心裡怎麼想，但至少成功避開了最壞的印象。不僅如此，還為御子柴事先架起了反攻的立足點。

「審判長，我想進行反方詢問。」

「請。」

御子柴緩緩起身，有如吹響了反擊的號角。

「首先，有件事情想先對審判長澄清。」

三條一聽，錯愕地瞇起了雙眼。御子柴接著說道：

「在開庭前的準備階段，被告與辯護人通常會針對辯護方針進行討論。在這個時候，假如被告心中抱持著錯誤的認知，辯護人往往也會跟著抱持相同的錯誤認知。這一點，希望審判長能夠諒解。」

「這確實有可能。」

「在這種情況下的陳述，都是建立在錯誤的認知上，因此之前所記錄的證詞內容，都應該被當成記憶失真。」

「假如你能證明確實是記憶失真，我可以認同。」

「謝謝審判長。」

御子柴重新轉頭面對亞季子。亞季子顯得一頭霧水，不明白御子柴這麼說的用意為何。

「被告，我請問妳，剛剛檢察官在提問時，妳曾說『發生口角前的一星期幾乎不會說話』，請問這是否屬實？」

「是的。」

「妳確定嗎？」

「是的。」

「既然幾乎不會說話，當然也不會行房，對嗎？」

法庭內的空氣瞬間變得凝重。三條及岬都吃驚地猛眨眼睛，亞季子則是愣愣站著不動。

「被告，請妳回答我，在案發前的一星期，你們是否曾行房？」

「請問……你為什麼問這種事？」

「妳只要回答我的問題就行了。有，還是沒有？」

「沒……沒有。」

亞季子震懾於御子柴的氣勢，脫口說出答案。御子柴立即轉身面對三條，說道：

「審判長，正如你所聽見的。」

「什麼意思？」

「審判長，請你回想一下。第一次開庭時，我在一開始詢問被告是否曾與被害人行房。」

三條翻了翻桌上的紀錄，說道：

「嗯……沒錯。」

「當時我曾主張被害人與被告在你情我願下行房，證明夫妻間仍然有著想要重修舊好的氣氛。但是被告剛剛的證詞，卻與第一次開庭時的證詞出現了矛盾。我在與被告討論的過程中，針對此點也出現了記憶上的疏失。因此我在此訂正，在案發前的一星期之內，被害人與被告並沒有行房。被告在第一次開庭時的發言，理應視為記憶失真。」

法庭上每個人都露出了疑惑的表情。

「辯護人，我不明白你這麼主張的用意。」

「請各位看甲七號證的第三頁。在第一次開庭時，我曾說過，廚房垃圾桶內的垃圾裡有個保險套的盒子。但這些垃圾都是在案發三天前才開始累積，對照被告剛剛的證詞，我們可以知道這個保險套絕對不是被告所使用的東西。」

御子柴轉頭望向被告。

亞季子的臉上明顯露出驚愕神情。不，不僅是亞季子，就連三條及岬，也瞠目結舌地望著御子柴，彷彿臉上遭人打了一巴掌。

「針對這甲七號證，還有一個疑點，那就是垃圾裡只有保險套的盒子，卻沒有使用過的保險套。案子發生之後，趕往現場的世田谷警署鑑識課人員，將被害人的房間以及屋內其他各處的遺留物都清查過了。但在紀錄裡，根本沒有記載使用過的保險套。既然沒有記載，表示屋裡沒有這樣東西。此外還有一點值得注意，那就是在第一次開庭時，被告聽到廚房垃圾桶裡有保險套盒子，並沒有提出質疑。我回溯一審時的紀錄，發現也有這種情形。換句話說，被告明明知道有個保險套盒子，卻完全沒有提及裡頭的東西去了哪裡。另外我還想再強調一點，保險套盒子被扔在廚房垃圾桶裡，這件事本身就有蹊蹺。」

岬再也按耐不住，問道：

「什麼意思？」

「請各位試著回想前兩次的證詞。關於被告這個人，審理中的案件姑且不談，至少是個在教育孩子上相當用心的母親。既然是注重家教的母親，怎麼會把保險套的盒子扔在女兒們經常進出的廚房？不管怎麼想，這都不合常理。一般來說，這種東西都是在房間內使用，並且在房間內處理掉。我實在想不透，明明可以丟在房間垃圾桶的東西，為什麼刻意丟到廚房垃圾桶？由此可知，裡頭的保險套並非被告所使用之物。換句話說……」

御子柴故意頓一下。從現場的氣氛，可以明白還沒有人猜出御子柴的真正意圖。

「被告明知道家裡有人發生了性行為，但她一直瞞著不說。」

亞季子一聽，登時臉色慘白，肩膀微微顫抖。

庭內維持片刻沉默。岬似乎想通了什麼，說道：

「辯護人，你想要主張這才是真正的殺害動機？」

「真正的殺害動機？」

「家裡的男人，只有身為丈夫的被害人。被告懷疑丈夫對自己不忠，所以……」

「檢察官，關於這點，由於涉及後面的證詞，請容我到時候一併解釋。審判長，我的提問到此結束。」

御子柴一轉過身，亞季子突然開口了：

「那個……我……」

「被告，我的提問已經結束了。」

御子柴冷冷地說道。雖然可以聽完亞季子的推託之詞後再加以一一駁斥，但這麼做會損及己方的氣勢。亞季子的發言被硬生生打斷，只能一臉茫然地站著不動。

「審判長，關於我上次說的新證據，我想申請傳喚證人。」

「好的。」

「麻煩請將證人帶進來。」

法警聽到御子柴的指示，從門外領了一個人進來，正是老態龍鍾的溝端。

溝端宣誓完畢後坐了下來，仰望三條審判長，驀然說道：

「審判長大人。」

「請說。」

在審判長後頭加大人，實在有些不倫不類。但是溝端的年紀比三條更老，而且神情帶了三分輕佻，化解了對方的戒心。

「在法庭上作證，照理應該立正站好，但我兩腿不便，只能坐著說話。你大人有大量，不要跟我計較。」

「無妨，請以你最舒服的姿勢應答。」

三條的神情似乎也帶一絲緊張。這樣的心理因素，也是有利的條件。御子柴等溝端坐穩之後，以視線朝他行了一禮，說道：

「證人請先告知姓名及職業。」

「溝端庄之助，目前賦閒在家。」

「從前的職業是什麼？」

「在福岡市內當個治病郎中。」

「開業期間有多長？」

「從皇太子誕生的昭和三十五年，一直到平成三年，算一算約有三十個年頭。」

「三十年可說是相當長了。診所附近的民眾，一定相當倚賴你的醫療服務吧？」

「是啊，當時醫生還很少，只要一開業，就會變成整個社區的主治醫生。」

「這麼說來，你跟每個病患應該都有深厚的交情？」

「不深厚也不行。只要是同一社區的急診病患，就算是公休日或三更半夜也得看診。遇上臥病在床的病患，還得到府看診。久而久之，就算不看病歷表，也會記得每個病患的症狀。」

「原來如此，那你記得長相的病患肯定不少吧？」

「比起這幾年才交的好友，從前病患的長相記得更加清楚些。」

「那麼，在這法庭上是否有你過去的病患？」

「有的。」

「請將那個人指出來。」

溝端將上半身往左轉，指向亞季子。亞季子全身僵硬，彷彿被箭射中了一般。從她那極度錯愕的神情，可以看出她早已將溝端忘得一乾二淨。

三條及岬只能默默守在一旁，簡直成了觀賞魔術表演的觀眾。

「對了，請問你是什麼科的醫生？」

「整個社區只有我一個醫生，因此除了齒科跟婦產科之外，基本上什麼都看。不過，我擅長的是心療內科。」

「能不能請你稍微說明一下什麼是心療內科？」

「大致上就是以身心症（Psychosomatic disorders）患者為主要對象的醫療範疇。」

「身心症是什麼？」

「根據日本身心醫學會的定義，指的是身體疾病中，發症原因及過程與心理社會學因素有著密切關聯，而且出現器質性或機能性障礙的病理狀態。」

「這其中是否包含精神官能症？」

「精神官能症、憂鬱症這類病症嚴格來說不屬於身心症，但我過去也曾診療過數名精神官能症患者。」

「那麼，如今法庭內是否有你診療過的精神官能症患者？如果有，請你指出來。」

「就是她。」

溝端再度指向亞季子

「不可能……」亞季子顫抖著嗓音說道：「你不可能是我從前的醫生。」

溝端露出充滿懷舊之情的笑容。

「那已經是二十六年前的事了。當時妳罹患了失憶症，對接受治療時的記憶有些錯亂也是很正常的事。」

「請等一下！」岬慌忙舉手：「證人，你有什麼證據能證明你曾是被告的主治醫生？」

「她的症狀相當特殊，因此我在歇業之後，依然一直保留著她的病歷表。這份病歷表，我已經交給辯護人了。」

「我手上這份就是被告的病歷表。」

御子柴高高舉起一疊紙張，接著說道：

「抱歉，請原諒我沒有事先說明。我現在提出被告過去的病歷表，作為辯十八號證。」

御子柴在說這段話的同時，法警將辯十八號證發給了三條及岬。在開庭前提交證物，向來是審判程序上的慣例，御子柴刻意拖延到開庭後才提出，乃是基於特別的考量。

「證人，這份病歷表是你製作的，能不能請你說明內容？」

「這名病人罹患的是 PTSD。」

溝端雖然年紀老邁，但是聲音又重又粗，迴盪在整個法庭內。

「在病人九歲的時候，病人的妹妹過世了。病人非常疼愛這個妹妹，何況年紀才九歲，根本不具備接受事實的強韌心靈。所謂的 PTSD，簡單來說是一種自我防衛本能。當精神即將陷入錯亂狀態時，大腦會阻隔一部分機能以維持精神的正常運作。以這名病人的情況而言，大腦消除了所有關於妹妹的記憶。」

溝端將當初向御子柴解說的內容又重複了一遍。

整個法庭裡最徬徨失措的人，正是當事人亞季子。

「當時因病人年紀還太小，我不敢採行藥物治療。而且強迫恢復記憶是相當危險的事，因此我也要求她的雙親別在她面前提起關於妹妹的事。此外就只能等待自然痊癒……治療到了一半，病人一家人就搬到神戶去了，後來的情況我完全不清楚，一直到今天。」

「治療到一半就中斷，一定讓你感到相當扼腕吧？」

「是啊，我原本打算即使花再多時間也沒關係，慢慢誘導她主動面對自己的內心創傷，可惜未竟全功。何況她還出現了另外一種症狀，更加令我擔心。」

「被告在年幼時，出現了另外一種症狀？那是什麼樣的症狀？」

「屬於強迫症的一種，原因相當明顯，妹妹的過世帶來強烈刺激，造成了內心創傷。」

「這種強迫症有可能自然痊癒嗎？」

「她的症狀非常嚴重，假如置之不理，自然痊癒的機率相當低。原本該以抗憂鬱藥加以治療，但是藥效一過，還是很有可能復發。」

「審判長，為了讓證人明白被告目前症狀的嚴重程度，我想先讓證人看一樣東西。」

「請等一下，審判長！」

岬慌忙插嘴說道：

「辯護人，如今我們已明白被告幼年時曾罹患精神疾病，但是這跟現在審理中的案子有何關聯？在我看來，你只是在刻意拖延審判進度而已。」

「辯護人，我也贊成檢察官的主張。請你說清楚，你到底想要證明什麼？」三條跟著說。

不斷出現的新證詞，已把眾人搞得暈頭轉向。就連沉著冷靜的三條也難掩迷惘之色。

「我在第一次開庭就陳述過，我要證明被告並不具備殺害動機。」

「你該不會想主張刑法第三十九條吧？」岬繼續追問。

「檢察官多慮了。不用進行精神鑑定，我們也能確認被告擁有十足的責任能力。負責製作筆錄的員警及檢察官，應該很清楚這一點。」

「那你到底……」

「檢察官，請你沉住氣。我想要證明的只是動機不存在，請你先聽完我的陳述。審判長，我能繼續對證人發問了嗎？」

「……請。」

「我想讓證人看被害人家裡的照片。」

在御子柴的指示下，證人前方設置了一座大型螢幕。

「這裡顯示的被害人家中照片，全部都是檢方提出的甲十四號證，也就是案發後不久由世田谷警署鑑識課員警所拍攝、記錄的影像。我在此強調，內容絕對沒有經過編輯或竄改。」

螢幕上首先出現客廳影像。客廳有十五張榻榻米大，御子柴的第一個印象是充滿了濃厚的家庭味。包含桌椅在內的所有家具都經過邊角圓弧加工，而且照片裡完全看不到剪刀之類的文具，全都被收起來了。透過冰箱上的便條紙及牆上的學校課表，不難想像亞季子與孩子們平日過著什麼樣的生活。頻繁的學校活動與問券調查，會影響每一天的便當菜色及買菜的清單。雖然沒有錄下聲音，但是一一瀏覽這些便條紙，耳中彷彿可以聽見母親與女兒們的對話。

鏡頭接著轉入了廚房。放眼望去，調理工具整理得整整齊齊。機器並不多，只有一台微波爐，以及旁邊一台手動式的切削機。整個廚房裡看不到一根胡亂放置的筷子或叉子。打開流理台下方的收納櫃，裡頭別說是菜刀，就連一把調理用剪刀也沒有。不過流理台內淩亂放著盤子與湯匙，多半是當天晚餐使用之物。

接著畫面上出現浴室的照片。這裡是犯案現場，氣氛迥然不同。牆上依然殘留著紅色血點。由於亞季子清洗到一半，要藏就走了進來，因此並沒有將血跡清乾淨。浴室裡的東西也多半有著圓弧造型，但因多了血跡的關係，整個空間變得怵目驚心。旁聽席上也隱約響起了不具意義的輕呼聲。

這有什麼好大驚小怪的？御子柴如此想著。你們這些非親非故的外人坐在旁聽席上，不正是為了看這種血淋淋的東西嗎？

下一段影像是亞季子的房間。

原本應該是夫妻共用的臥房，但是自從伸吾把自己關在另一個房間後，這裡就成了亞季子一個人的房間。雙人床上只有一顆枕頭。由於只有六張榻榻米大，一張床就占據了幾乎所有空間。固定在牆壁的架子上，並排著許多家人合照。每個相框都有著圓弧造型，讓整個房間營造出溫和沉穩的氣氛。

鏡頭接著轉入了美雪及倫子的房間。

這兩間分別是十三歲少女與六歲女童的房間。美雪的房間除了有張書桌，風格與其他房間大同小異。牆上貼著流行歌手及卡通人物的海報，床鋪周圍擺了不少布娃娃。不過美雪似乎不像母親那麼愛整齊，桌上胡亂放著筆記本、圓規、剪刀、自動鉛筆及橡皮擦。至於倫子的房間，則是地板上散落著圖畫紙及彩色鉛筆，幾乎連落腳的地方也沒有。看著這樣的房間，耳中彷彿可以聽見母親在鏡頭外的責罵聲。

最後是伸吾的房間。

在這個房間裡，完全感受不到一絲一毫的家庭味。冰冷死板的螢幕與印表機，周圍胡亂擺著幾支紅色與黑色的原子筆。幾乎跟新書沒兩樣的金融四季報，裡頭夾著用來當作書籤的拆信刀。桌子底下亂成一團，股票投資的資料、零食袋子、咖啡空罐、電腦的各種周邊配備及纜線、以及沒有整理的衣物，幾乎淹沒了整個地板。

溝端凝視放大的照片，好一會後終於發出短促的歎息。這明顯帶著困惑與遺憾的聲音，只有站得最近的御子柴聽見了。

御子柴相當清楚這代表的意義。

溝端果然從這些照片中看出了端倪。

「證人，你看清楚了嗎？」

「……嗯，可以了。我都明白了。光看這家裡的模樣，我心裡已經有底了。」

「從這些照片裡，你看出了什麼？」

「亞季子小妹妹……病人依然有著強迫症的遺害。二十六年的歲月並沒有治癒她。身為從前的主治醫生，再也沒有比這更難過的事了。」

「證人，請你告訴我，被告所罹患的強迫症病名是什麼？」

「她罹患的是尖端恐懼症。」

「住口！」

原本一直不說話的亞季子終於打破了沉默。她將上半身探出被告席，伸手想要揪住溝端。

「你……你有什麼權利……」

「被告請保持肅靜。」

亞季子突然發狂，守在一旁的法警趕緊將她按住。溝端見了她的反應，臉色有些尷尬，御子柴不忘穩住局面。

「證人，請繼續說。」

「啊，是。」

「請問尖端恐懼症是一種什麼樣的疾病？」

「只要一想到針、冰鑽、小刀這一類前端尖銳的物品，就會出現心悸或恐懼的症狀。」

「什麼樣的恐懼？」

「害怕尖銳的東西會傷害自己或他人。相信大家都會聽過懼高症，那是因為害怕從高處跌落，因此身體變得不聽使喚。尖端恐懼症也是類似的症狀，只要一看見尖銳的東西，身體就會動彈不得。依病症輕重的不同，較嚴重者會當場蹲在地上發抖。」

「你根據什麼理由，推測被告的尖端恐懼症還沒有治癒？」

「這是診斷，不是推測。從客廳、廚房及本人寢室，就可以診斷出這個結論。」

「能不能說得具體一點？」

「客廳所有家具的邊角，都經過圓弧加工。而且一般來說，客廳會有個放置剪刀或小刀的筆筒，但是在畫面裡完全看不到，顯然尖銳的東西都被收藏在平常看不到的地方了。寢室也有著相同的現象，完全找不到尖銳的東西。」

岬聽著溝端的解釋，迅速翻看手邊的搜查報告。每一張現場照片，都符合溝端的說明，岬早已有些看傻了，但為了求真求實，他還是忐忑不安地舉手問道：

「證人，邊角呈圓弧狀的家具及家中用品都是很常見的東西，而且把文具收藏在固定地點對愛整齊的家庭主婦來說，也不是什麼稀奇的事情。光從這些就判斷被告患有尖端恐懼症，會不會太武斷了？」

「不，只要是病患平常不會進入的房間，例如家人的寢室，尖銳的物品或小刀類都被胡亂放置在顯眼的地方。病患看得到的區域，以及病患看不到的區域，這兩者之間的差距相當大，你應該也看得出來吧？換句話說，這是病患為了避免發症而採取的手段。同樣的現象，在廚房裡更為明顯。」

御子柴機靈地將螢幕上的照片更換成廚房的照片，溝端指著一點說道：

「請看這個收納櫃，裡頭一把菜刀也沒有。別說是菜刀，連調理用剪刀也沒有，我從來沒看過像這樣的廚房。」

微波爐旁的切削機，原來是基於這個理由而存在。並不是為了方便女兒們調理食物，而是被患有尖端恐懼症的亞季子拿來當成菜刀的替代品。

御子柴問了一個即使不問也知道答案的問題：

「這麼說來，被告因患有尖端恐懼症，所以不敢拿菜刀，是嗎？」

「別說是拿，恐怕連碰也不敢碰一下。她將防止尖端恐懼症的措施做得這麼徹底，可見得症狀相當嚴重。」

就是現在！

御子柴立即又問：

「那麼，被告有沒有可能拿小刀刺殺他人？具體來說，是瞄準了毫無防備的後頸，在相同的位置上連刺三刀。」

「倘若閉著眼睛亂抓，或許能抓住刀柄。但一察覺那是前端尖銳的凶器，就會怕得全身痠軟無力。照常理來想，應該是做不到才對。」

「你不要胡說八道！」

亞季子甩開法警的手，奔出被告席。

就在她的手掌即將碰觸到溝端之際，御子柴閃身擋在兩人之間。他從懷中掏出某樣物品指向亞季子。

那僅是枚平凡無奇的書籤。

但是材質為金屬製，而且前端有些尖銳。

御子柴這個舉動發揮極大的效果。亞季子一看見書籤的尖端，驀然一聲驚呼，不僅轉過頭，整個人蹲在地上。

在一片寂靜的法庭內，強迫症病患蜷曲在地上，宛如得了瘧疾一般不住打顫。

三條與岬目瞪口呆地望著亞季子的反應。他們的眼神，已不再是注視冷血殺人兇手的眼神。

御子柴心滿意足地收回書籤。原本只是擔心溝端的證詞不夠具有說服力，所以才準備了這個小道具，沒想到效果遠遠超越預期。

「審判長，正如你所見，被告如今依然為強迫症所苦。別說是拿起小刀，就算是靠近恐怕也不容易。由此可知，被告絕對不可能犯下此案。」

「但……但是……凶器上確實有著被告的指紋。」岬心下早已慌了，甚至沒想到應該先向三條審判長請求發言。

「多半是被告在兇手使用完小刀後，閉著眼睛將小刀拿了起來吧。被告想要擦去使用者的指紋，卻因而沾上了自己的指紋。被告這麼做，完全是為了掩護兇手。她擦拭了凶器上的指紋後，將丈夫的屍體搬到脫衣間，並且開始清洗浴室牆壁。沒想到就在這時候，要藏走了進來。被告不敢說出真正兇手的身分，而要藏依現場的狀況，先入為主地認定被告就是兇手。」

「照你這麼說，她想掩護的兇手到底是誰？」

「我也不知道。不過，可以依邏輯來推測。」

「什麼意思？」

「我剛剛提過，被告的家裡有人發生了性行為，那個人並不是被告，但被告知道這件事。倘若這件事是伸吾遭殺害的肇因，那麼被告一定相當清楚兇手的身分與行凶動機。」

「別說了！」亞季子的尖叫聲迴盪在法庭上。「求求你，別說了！」

兩名法警自兩側抓住亞季子的手臂，但亞季子依然不停掙扎、抵抗。原本畏畏縮縮的她，此刻簡直像變了一個人。

「被告請保持肅靜，否則我會下令將妳帶出法庭。」

三條再度提出警告。難以收拾的事態發展，令他臉上出現了焦躁之色。

很好，就是這樣。現在岬跟三條都不再認為亞季子是兇手，接著只要讓溝端針對他從前製作的尖端恐懼症病歷表稍加解釋，最後安排由專業醫師為亞季子進行鑑定，案子就可以完美落幕了。

御子柴此刻終於鬆了一口氣。

勝利的滋味在胸口擴散。

但就在這時，岬又找起碴。

「辯護人，請問你的提問結束了嗎？」

「是的。」

「審判長，我想進行反方詢問。」

反方詢問？

這個檢察官真是不到黃河心不死。

既然如此，只好徹底讓他嘗嘗絕望的滋味。

「請。」三條說。

「證人，請回答我的問題。被告罹患尖端恐懼症，而且直到現在依然沒有治癒，這一點我們剛剛已經確認過了。但是嚴重到連一把小刀也不敢拿，實在令人有些難以置信。證人，你說發病的原因在於被告的妹妹過世，但這真的足以引發如此嚴重的心靈創傷嗎？這樣的說法，未免有些誇大其辭了。」
「我能理解你的懷疑，但是她的情況留下內心創傷一點也不奇怪，因為她遭遇的那個案子實在太殘酷惡毒，令人難以承受。」
「案子？」
「當時年僅五歲的妹妹遭到殺害。報章雜誌及電視媒體都大篇幅報導，相信很多人都還記憶猶新。」
溝端不悅地搖搖頭，接著說道：
「總而言之，那不是一般的凶殺案。屠戮無辜生命，已經是人神共憤的行為，兇手在掐死她的妹妹後，竟然還將頭顱及四肢切斷。我一向她問診，立刻便瞭然於胸。她害怕前端尖銳的物體，尤其是刀子，正是因為這個緣故。原本像這種情節重大的凶殺案，新聞媒體不會公布遺體的詳細情形，偏偏那個案子的兇手，將遺體肢解後放置在郵筒上、幼稚園門口、以及神社的賽錢箱前，刻意要吸引世人目光。更令人髮指的是，這個窮凶極惡的『屍體郵差』，竟然是個年僅十四歲的少年。」
岬正打算繼續追問，旁聽席上忽然響起尖銳的呼喊。
「把那個男人……把那個律師抓起來！他就是殺害我女兒阿綠的園部信一郎！」
發出聲音的人，正是亞季子的母親佐原成美。她突然不顧高雅老婦人的形象，發瘋一般尖聲大叫。

她終於看出來了。

御子柴一臉無奈地望著成美。當初御子柴一眼就認出這名老婦人是佐原綠的母親，但佐原成美卻因為御子柴改名換姓的關係，一直沒認出他就是當年的園部信一郎。

旁聽席上的眾人一聽到成美這句話，登時喧鬧起來。幾個一看就知道是媒體從業者的人物，帶著他們的頭條消息奔出了法庭。

「『屍體郵差』的凶殺案，我也還記得！」

「律師就是那個少年？」

「為什麼殺人犯能當律師？」

「這種人根本沒有當律師的資格！」

「滾出去！你這個禽獸！」

三條與岬這次更是嚇得合不攏嘴。尤其是岬，目不轉睛地注視著御子柴，一句話都說不出口。「屍體郵差」的案子在法界可說是無人不知、無人不曉。岬驟然得知過去與自己針鋒相對的律師竟然就是「屍體郵差」，心中的驚愕自然是難以言喻。

要藏與溝端的反應則是大同小異。他們的心情，就好像是豁然驚覺過去信奉的神明竟然是個邪神。怒罵與叫囂在八二二號法庭內此起彼落。御子柴彷彿成了人人喊打的過街老鼠。在這個場面下，最冷靜應對的人反而是亞季子。

「御子柴律師。從現在起，我解除你的辯護人職務。」

堅毅的語氣，令整個法庭重新歸於寧靜。

不帶絲毫狼狽與怯懦。

御子柴氣定神閒地點點頭，將桌上的資料夾在腋下，走向門口。雖然承受著來自左右兩側的憎惡與輕蔑目光，但御子柴走得昂首闊步，沒有絲毫慚愧之色。

或許這輩子再也沒有機會以律師的身分踏入法庭一步了。

但御子柴的胸中有一種難以形容的舒暢。

打開法庭大門時，背後傳來三條的聲音。

「兩星期後宣布判決，閉庭。」

法院門口一定擠滿了得知自己過去經歷的媒體記者。御子柴避開群眾的視線，走向律師會館。只要自律師會館繼續往東，就可以由日比谷公園的方向離開。

就在這時，背後響起了呼喚聲。

「御子柴律師，請留步。」

轉頭一看，要藏正追了上來。岬檢察官也跟在後頭。

「我得……向你……道謝才行……」

要藏在御子柴面前停下腳步，說得上氣不接下氣。

「我可是亞季子的仇人，你剛剛不是也聽見了嗎？」

「即使如此，還是多虧了你才能證實亞季子的清白。你的辯護實在太高明了。任何人聽了之後，都不會再認為亞季子是兇手。」

後頭的岬接著說道：

「說起來慚愧，但我深有同感。沒想到被告……抱歉，恕我失言，沒想到亞季子小姐竟然罹患了那樣的強迫症。你是何時察覺了這件事？」

御子柴先環顧左右，才說道：

「要藏先生，那個煩人的六歲小鬼沒跟你在一起？」

「我要倫子在公園裡等著。」

御子柴心想，這樣正好。有些真相畢竟不適合被孩童聽見。

「岬檢察官，我在第一次造訪津田家時就察覺了。」

「真的嗎？」

「我已經被解除了辯護人職務，沒必要故弄玄虛。」

「如果真是如此，包含世田谷警署的所有人在內，我們檢警真是無可救藥的蠢材。」

「不必在意這種事，我只是占了你們所沒有的優勢。」

「優勢？」

「我知道津田亞季子……不，佐原亞季子是受害者的家屬。在絕大部分的案例裡，受害者家屬心裡或多或少都有些創傷。」

御子柴沒有明言，但這樣的優勢當然是來自於加害者的身分。

「還有，那個屋子裡每個房間的景象差距甚大，這讓我起了疑心。我立刻便猜到亞季子罹患精神疾病。接下來我須要做的事，只是調查亞季子過去是否有接受心療內科診療的紀錄。當然，這是一種賭注。」

御子柴依然清楚記得當年的亞季子。

她總是把自己當成阿綠的保護者，對阿綠愛護有加。如此珍貴呵護的妹妹，竟然以慘無人道的方式遭到殺害，只要是稍微有一點想像力的人，都能明白那將對亞季子的心靈造成多大的衝擊。

「既然這臉已經丟了，我想再問你一個問題。真正的兇手到底是誰？為什麼亞季子寧願背黑鍋也要保護那個人？你可別再說你不知道，我相信你一定早已知道真兇的身分。」

「這個問題，應該問你自己。檢察官，你應該也想出答案了，你硬要我說，是為了再次確認嗎？」

御子柴的語氣中充滿了挑釁，但岬並沒有動怒。他凝視著御子柴，沒有絲毫動搖。

「既然是確認答案，或許由我先說出答案才合乎禮節。何況你已經給我相當大的提示。」

「提示？」

「被害人曾與亞季子以外的女人發生性關係。還有，能讓亞季子即使背黑鍋也要加以保護的人，只有一對女兒。」

站在岬背後的要藏重重歎了口氣。

「刺殺被害人的兇手，是長女美雪……對吧？」

御子柴沒有回答，甚至沒有點頭或搖頭。

但岬知道沉默就是最好的回答。

「次女倫子才六歲，沒有足夠的力氣以小刀在大人的頸部刺出致命傷。藉由消去法，有嫌疑的人剩下美雪。」

「很合理的推論。」

「被害人多次對自己的女兒性虐待……美雪狠下毒手多半是為了報復，或者是防衛過當。我猜得沒錯吧？」

自從凶殺案發生後，美雪就一直把自己關在房間裡。但這並非因為家人闖下的大禍令她受到驚嚇。她就是凶殺案的始作俑者，而且有著非得躲在房間裡的理由。

「美雪遭受性虐待時，絕不可能任憑擺布而不抵抗。亞季子看見保險套的盒子，才察覺了這個悲劇。」

御子柴沉默不語。到目前為止，岬的推論與自己所想的如出一轍。

「就在那個晚上，美雪的精神狀況終於失去了平衡。被害人與亞季子發生口角後進浴室洗澡，美雪從置物間的工具箱取出小刀，從毫無防備的被害人背後狠狠刺了下去。亞季子察覺不對勁，急忙奔進浴室。由於亞季子早已知道兩人之間的關係，一看到浴室內的情況，立刻便明白發生了什麼事。為了將屍體處理掉，她先將美雪趕出浴室，接著將屍體搬到脫衣間。就在她清洗浴室牆壁時，要藏走了進來。亞季子總不能坦承美雪下手行凶，只好說是自己殺的。這麼做是為了保護美雪不被逮捕，也為了捍衛家人的名譽……我說的沒錯吧？」

「大致上應該沒錯。」

事實真相只有當事人才知道。但亞季子為了迴護美雪，恐怕永遠都不會說出真相。

亞季子在年少時期失去了原本應該保護的人。如今她長大成人且有了家庭，不難想像她坦護女兒的心情肯定超越一般母親。簡單來說，這是一種補償的心態。

「你沒有在法庭上說出美雪才是真兇一事，是考量了亞季子的心情，對吧？」

「心情？」

「一旦說出一切真相，警察就會開始對美雪展開調查。十三歲屬於少年法的適用年齡，就算證實遭受性虐待，還是很可能因防衛過當而移送家庭法院。你沒有說出事實，是為了替美雪留下一條後路。」

「哼，考量這些對我有什麼好處？我的目的只是為亞季子贏得無罪判決。」

「美雪被送進少年院，正是亞季子最害怕的事情。」

「無聊。」

御子柴嗤之以鼻。要藏朝御子柴深深鞠躬。

「你已經被解除辯護人職務，應該不用對你刻意隱瞞。由剛剛的狀況看來，我也必須變更方針了。雖然無法讓亞季子完全無罪，但應該會以藏匿人犯的罪名重新立案審理。我相信審判長應該也會同意才對。」

「要讓亞季子說出真相可不容易。」

「我不會再受騙上當了。雖然有些於心不忍，但我也會對美雪進行偵訊。這次我一定會將搜查行動導入正軌，讓法官做出正確判決。不管亞季子選擇什麼律師當你的繼任者，都不會影響大勢。」

「我看……倒不見得。」御子柴以不帶感情的語氣反駁。

「怎麼，難道你還想替她爭取無罪判決？可惜她絕對不會再選你為辯護人。就算她想這麼做，也過不了她母親那一關。」

「我不是那意思。我剛剛說要讓亞季子說出真相很不容易，除了她的頑固性格，還有另一個原因，那就是她也沒有完全理解真相。」

「你說什麼？」

「殺害伸吾的人是美雪，這點多半沒錯。但殺害動機根本不是性虐待或防衛過當，這點連亞季子也被蒙在鼓裡。」

岬與要藏皆瞪大了眼。

「我剛剛在法庭上就說過了，案子發生後不久，世田谷警署鑑識人員在搜索家裡時，找到了保險套的盒子，卻找不到使用過的保險套。假如伸吾是性虐待的慣犯，照理會在家裡留下使用過的保險套。他整天躲在房間裡，很少走出家門，個性也沒有謹慎到會帶女兒前往附近的賓館。歸納以上幾點，答案便呼之欲出。凌辱美雪的人，根本不是伸吾。」

岬聽得瞠目結舌。御子柴以冰冷的視線望向另一人。

「要藏先生，那個人就是你。」

「你別胡說八道！」要藏臉色大變。「就算是有恩於我的律師，也不是什麼話都能說！」

「就算是親人，也不是什麼事都能做。白天亞季子出門工作，伸吾又躲在一樓房間，你趁機上二樓對美雪為所欲為。家裡只剩下保險套的盒子，那是因為裡頭的東西被你帶走了。就算是再怎麼厚顏無恥之人，總不會放心將自己的精液遺留在現場。我第二次拜訪津田家時，美雪躲在房裡不肯出來，並不是因為凶殺案讓她受到太大打擊，而是因為你也在場。她不想見到你，更不想讓你走進她的房間。還有，你在第一次開庭時上台作證，聲稱美雪也曾被伸吾毆打到嘴唇流血，但美雪根本沒有接受治療的紀錄，倫子也曾說過伸吾唯獨對美雪不會動粗。既然如此，為何你會提到美雪受傷？可見得你才是對美雪下手動粗的人。」

「你……你真是太失禮了！」

「是嗎？難道你在侵犯孫女的時候，沒有使用保險套？」

「留點口德吧！我根本沒做過那種事，我是清白的！」

「好吧，那我只好跟檢察官談了。」

御子柴轉頭面對岬，接著說道：

「檢察官，剛剛要藏說的話，請你牢記在心。還有，我在高院的地下食堂曾提醒你，好好保管扣押的證物，你還記得嗎？」

「當然，一件也沒少。」

「請看看這個。」御子柴掏出一個塑膠袋，裡頭放著一張小紙片。「這是當初為了記下聯絡方式而使用的名片，上頭沾滿了要藏的指紋。請你好好調查證物裡的保險套盒子，我相信能找出相同的指紋。不過，我猜在比對完成之前，美雪早已說出真相了。」

要藏一聽到指紋兩字，氣燄登時大減。

他惴惴不安地偷觀察身旁檢察官的神情。岬只是朝要藏瞥了一眼，一隻手卻緊緊抓著要藏的手腕不放。

「此外還有一點，你從前是小學老師，對吧？很抱歉，我已經透過律師公會，向教育委員會查證過了。你當時雖然已屆退休之年，卻不是退休，而是因故離職。事實上，那是因為你涉嫌對女童性騷擾。年僅十一歲的女童，在遭了你的羞辱之後向父母告狀。看來你從以前就有戀童癖的傾向。由於除了女童的證詞之外，沒有任何物證可以證明猥褻行為，校方及教育委員會皆堅持絕無此事，最後女童及家人只好摸著鼻子自認倒楣。不過，教育委員會還算是有一點良心，決定以勸退的方式逼你主動請辭。由於是主動請辭，紀錄上屬於因故離職，所以你能夠擔任民生委員而沒有遭到排斥。」

御子柴說得振振有詞，要藏的臉色逐漸變得鐵青。若不是被岬抓住了手腕，恐怕已拔腿逃走了。

「等等，這不合理。美雪對被害人抱持殺意，不正是因為受到性虐待的關係嗎？倘若你說的是事實，被殺的人應該是要藏，而不是伸吾。」

「不，伸吾還是有著遭殺害的充分理由。那就是他背叛了女兒，把女兒出賣了。」

「出……出賣？」

「檢察官，你不也查出了那四筆資金援助嗎？要藏拿出那些錢，可不是為了幫助伸吾脫離困境，而是因為窩在房間裡的伸吾察覺樓上發生的事情。然而伸吾不但沒有讓父親接受法律制裁，反而還藉此威脅父親，勒索封口費。不，搞不好還是要藏主動開出條件也不一定。每次以十萬圓為代價，要求兒子任憑女兒讓自己玩弄。否則的話，要藏明知把錢交給伸吾就像扔進水溝一樣，怎麼可能掏出原本就少得可憐的年金？總而言之，這是一段父子互相幫助的感人故事，但是站在遭到犧牲的女兒立場，就算萌生殺意也不是什麼奇怪的事。而且在這種情況下，女兒最恨的人多半不是玷汙自己的祖父，而是出賣自己的父親。」

岬聽完了御子柴的說明，惡狠狠地瞪了要藏一眼，說道：

「雖然是十三歲的少女，但畢竟是凶殺案的重要參考證人，我會在全程錄影存證的環境下徹底追查案情。倘若御子柴律師所言是事實，你已經觸犯了強姦罪與未成年性交易罪。這一次，可沒有教育委員會能庇護你。不僅如此，世田谷警署及檢察機關為了報一箭之仇，想必會在本案的調查上特別用心。如果你自認清白，我倒想聽聽看你的解釋。」

「……每個人都有不願為人所知的醜陋面。」要藏已剝下了溫厚老者的假面具。「你也是，那個律師也是，別自命清高了。」

「這麼說來，你承認了自己的醜陋？」

「強姦？別開玩笑了，美雪一直很順從。只有我才明白那孩子的魅力。」

御子柴在一旁聽著兩人對話，突然像是失去興致，他轉身邁步說道：

「接下來就交給你處理了，岬檢察官。」

「請等一下。」

「還有什麼事？」

「最後我還想問你一件事。亞季子是遭你殺害的女童姊姊，今天她的母親也出現在法庭上。要證實亞季子的清白，或許需要溝端醫師的證詞，但是揭露亞季子的過去經歷，勢必也將牽扯出你自己的昔日罪行。法庭上的對話不僅會留下紀錄，而且有多媒體記者都在聽著。一旦你的事在眾目睽睽之下曝光，你非但無法繼續當律師，搞不好在社會上將再也無立足之地。你將會失去長年辛苦建立的信用，每個人都會對你大加撻伐。生活周遭的朋友，恐怕會走得一個也不剩。這情況將有多麼嚴重，你應該是心知肚明才對。既然如此，你為何要做出這種愚蠢的舉動？何況你在閱讀津田亞季子的審判紀錄，以及會見她本人時，應該早已察覺她就是遭你殺害的女童姊姊。你為什麼想盡辦法要為她辯護，即使威脅前任律師也在所不惜？這是為了替二十六年前的過錯贖罪嗎？」

「……你太看得起我了。」

御子柴邁開大步，再也沒有回頭。

現場只留下制裁者，以及接受制裁者。

御子柴自霞門進入日比谷公園，沿著鶴像噴水池的方向走沒幾步，已被倫子撞見。

「律師！」

這個六歲小孩的腳程快得令人心驚膽跳。御子柴還來不及逃，已被揪住了褲管。

「開庭結束了嗎？贏了嗎？」

「嗯……贏了。」

「媽媽可以回家了？」

「過一陣子吧。」

「太好了！」

倫子興奮地在御子柴腳邊手舞足蹈。

御子柴心中湧起了強烈的自我厭惡。

雖然亞季子得救了，代價卻是讓倫子的姊姊及祖父遭到逮捕。等到倫子得知這件事，不知是否會憎恨自己？

當初御子柴接到亞季子因弒夫而遭起訴的消息時，便決定如果她是清白的，就要幫她洗刷冤屈；如果她真的是兇手，也要盡可能幫她爭取從寬量刑。

御子柴認為這是自己的使命。

當年遭到逮捕後，園部信一郎在關東醫療少年院裡以御子柴禮司的身分重獲新生。院生中的知交讓御子柴擁有身為正常人的感情，負責的稻見教官則讓御子柴學會贖罪的意義。暫時出院兩星期前的那場面談，御子柴在院長等人面前說出一句話。這句誓言對御子柴而言既像是緊箍咒，又像是指引方向的羅盤。

我打算花一輩子，向活在地獄之中的人伸出援手……

不是為了祈求原諒。

不是為了奢求回報。

只因那是讓自己從邪魔歪道變回正常人的唯一途徑。

亞季子將以正確的罪名重新接受審判。美雪與要藏也無法再逃避自己的罪愆。這恐怕不是亞季子期望的結果，更不是倫子心中預期的美好結局。

但真相永遠都像一道燈塔之光。時而冰冷，時而殘酷，卻能為黑暗中的迷航者指引方向，讓落入地獄者有機會重見天日。

御子柴蹲下來，讓視線降至與倫子相同的高度。

「我跟妳媽媽的契約結束了，跟妳大概也不會再見面。」

稚嫩的臉龐上流露出寂寞之色。

「最後我要告訴妳一句話。雖然媽媽殺人的冤屈已經洗刷了，但每個人只要活著，都會犯下一些過錯。媽媽也是，姊姊也是，爺爺也是，大家都一樣。」

「……倫子也是嗎？」

「是啊，倫子也是。還有，我也是。即使如此，大家還是得活下去。或者應該說，還是有權利活下去。這是因為每個人都擁有贖罪的機會。」

「……倫子聽不懂。」

「現在聽不懂沒關係，妳只要記住，贖罪是活下去的唯一方法。」

御子柴緩緩起身，摸摸倫子的頭。

「再見了。」

這時，一陣風迎面吹來。

那是季節交替時的驟起之風。

御子柴眨眨眼，心中卻沒有任何不舒服。

稻見教官，我這麼做是對的吧？

御子柴迎著逆風邁開大步，西裝外套下襬在風中不停翻騰。背後傳來最後一聲呼喚。

「再見了，律師。」

【系列導讀】

高唱不協和音向地獄伸手的反英雄
留名日本推理小說青史的「罪與罰」

／喬齊安

「犯罪是對社會組織的不正常現象的抗議。」

——杜斯妥也夫斯基《罪與罰》（一八六六）

二〇〇〇年出現一本在媒體上大量報導、引起日本大眾搶購熱潮，甚至排隊在書店等待補書的暢銷書——作者來自一位致力為更生少年犯辯護的女性律師大平光代，她的親筆自傳《所以，你也要活下去》，光是當年度的銷量就逼近三百萬冊。

大平光代的經歷十分傳奇，曾因遭受嚴重霸凌而自殺、尚未成年就刺青加入黑道逞兇鬥狠，被黑道老大拋棄後，又淪落酒店陪酒。在貴人．義父大平浩三郎的多番勸導與協助下，她重拾學業苦讀，以原本只有國中的學歷，不可思議地接連考取職業證照，甚至通過了被譽為全日本最難考的司法考試，在三十一歲時正式取得律師資格。光代此後活躍於幫助少年犯，晉身街頭巷尾讚不絕口的名人楷模。

然而，現實是並非每一位改過自新的律師，都能夠獲得諒解與肯定。推理作家中山七里便說，以前有一起被埋在角落的新聞讓他印象更為深刻。一個男孩砍下了朋友的腦袋，在少年院裡苦讀，當上了律師。但他被揭露了殺人犯的過去後，事務所遭受到各種惡意攻訐，終究倒閉並銷聲匿跡。正因司法考試艱難，通過考試，得以法條掌管人命的這群法界人上人：法官、檢察官與律師，在日本一向享有高收入與良好名譽。但是，就像上述的新聞，如果一個優秀的律師，其實有另一個身分的話，人們會怎麼樣看待呢？這就是「惡德律師．御子柴禮司」系列的概念由來。

自二〇一一年發表的首作《贖罪奏鳴曲》起，本系列已經出版到第六集《殺戮狂詩曲》（二〇二三），是中山七里筆下最長青的系列之一，甚至兩度被改編為電視劇，分別由三上博史與要潤主演這位「惡魔辯護人」，受歡迎程度比起音樂偵探岬洋介系列、刑警犬養隼人系列是有過之而無不及的代表作。與其他兩位主角不同的是，御子柴禮司是一個光看設定便讓讀者感到震撼、極具強勢存在感的主人翁。

《贖罪奏鳴曲》的開頭，佩戴著律師徽章的他便背著一具屍體進行棄屍；第二集《追憶夜想曲》（二〇一三）的開頭中，年少的他更在殘忍地分屍幼童⋯⋯原來，御子柴是入獄後取的新名字，他過去是十四歲就毫無理由地殺害幼女，四處擺置屍塊，被冠上「屍體郵差」惡名的殺人犯園部信一郎。因為少年法的保護，他無須被判刑，在醫療少年院受到教官稻見武雄的教誨、以及某名服刑少女美妙的鋼琴聲喚醒了「感情」，從原本對一切無感冷漠的反社會人格，逐漸生成「人性」。他與同伴逃亡導致的意外令稻見受到半身不遂的傷害，也就此將稻見告別的箴言銘刻至靈魂：

「你必須贖罪！贖罪並非義務，而是鑄下大錯者應得的權利：回歸正道的權利。有些人放棄了這個寶貴的權利，真是太悲哀了。這些人將一輩子無法爬出自己所挖的深穴，一直到臨死前心中依然充滿黑暗與悔恨。但願意贖罪的人，將可以獲得安祥與光明。」

不惜以非法手段的魔力來行正道，在布滿荊棘的贖罪之旅中蹣跚前行，便成為御子柴禮司這號人物的中心思想。而中山七里也將「前科犯」人設的可塑性發揮得淋漓盡致，筆者認為本系列有三大引人入勝之魅力：首先是每一集都設計了與其黑暗過去關聯的角色，並在這些深入御子柴生命的事件埋藏戲劇性衝突，甚至是石破天驚的爆點。如第三集《恩仇鎮魂曲》（二〇一六）中，御子柴視為再造父母的稻見，一生俯仰無愧，卻在安養院中動手殺了看護師，並一心求刑；第四集《惡德輪舞曲》（二〇一八）裡親生妹妹園部梓找上門，要求他為再婚後疑似吊死第二任丈夫的生母郁美辯護……藉由這些撕扯主角內心的艱困挑戰，小說也跟著探討了犯罪者本人、受害者家屬、加害者家屬在捲入刑案後的悲哀處境。

第二是社會派、本格派寫作能力兼具的中山，不喜玩弄複雜的詭計或猜兇手，卻能在每一集設計富含懸念的獨特謎團，做為令讀者想要持續看下去的閱讀推進器。例如《追憶夜想曲》裡，總是從無良客戶身上榨取大筆金錢的御子柴，不惜請黑道協助，也要爭取為一名殺人嫌疑百分百、態度又糟糕的平凡主婦辯護，幕後有何玄機？第五集《復仇協奏曲》（二〇二〇）更在開頭就下了猛料，在前四集看似NPC的寡言事務員日下部洋子，暗藏驚人的身分。她主動前來應徵，在御子柴底下工作這麼久，是否正如書名預示，燃燒著伺機而動的復仇之火？

由松本清張發揚光大的社會派推理小說中，描寫人類的「行為動機」是一大精髓。但御子柴系列並非只著重在傳統的「兇手為何要犯罪」，而是奠基於主角遊走邪惡與正道極端的特殊性上，賦予上述配角群和犯罪者們心理的謎團。有的人可能是冤枉的卻主動頂罪、有的人動手殺了人卻刻意隱藏真正的動機，更有的人是在毫不自覺中手染鮮血，到底過程發生了什麼事？除了指責他們以外，難道我們可以安心地置身事外旁觀？在抽絲剝繭這些行為意義的時候，宛如釀酒一般濃醇有力的社會派深度躍然紙上、叫人大呼過癮。

最後一點，就是中山七里素有「逆轉的帝王」稱號，每每在結局神來一筆、殺得讀者措手不及，也是筆者一向喜愛他的原因。高明的是，中山把擅寫逆轉的特徵搬到這套「法庭推理」

上後，為小說的娛樂性拉高了好幾個層次，塑造出與過去警察小說截然不同的痛快。因為御子柴是一名律師，他不能查案緝凶了事，真正的任務是「打贏官司」。而在日本律師要打贏官司，難度比起當偵探還要大得多。

日本刑事案件只要檢察官立案起訴，法官判罰有罪的機率高達99.9%。這個特色常被法庭作品拿來運用。先天環境不利，御子柴往往還得在故事中面臨看不到半點勝算的絕境。可能是「點」（案件起點及發生事由）與「線」（審判前的事態發展）都奇差無比、找不到酌量減刑機會的案子；或者更糟糕的三大事實證據「機會、方法、動機」俱全，根本無可開脫的情況。有時候還有委託人本人隱瞞祕密、不願坦誠相告的情況。迷霧中的御子柴不僅需要查出真相，更得擬定辯護戰略，用口才與證據正面擊敗占有優勢的檢察官，打破日本書面證據審理的法庭傳統，以破天荒的戲劇手法逆轉鐵一般的事實以及法官、裁判員的認知。精彩的演出讓小說中作者也忍不住借用檢察官之口幽了一默：「刑事法庭的有罪判決率，不是99.9%嗎？大家都說剩下的0.1%，大多是御子柴的傑作。」

比日本頭號律政劇《王牌大律師》（二〇一二）中的古美門還要早問世的御子柴禮司，儘管主角人設爭議，但完成度與業界口碑、銷售量都是無庸置疑地出色，本來中山七里根本沒預計把這個角色寫成系列，卻在講談社的敲碗下，就這樣延續了十幾年。為什麼這套作品如此受到喜愛？江戶川亂步賞得主下村敦史指出，過去日本的法庭推理大多讓律師扮演偵探，蒐集新證據後回到法庭上開戰。但他更喜歡歐美的法庭作品橋段：以「言語的力量」顛覆陪審團的心證。正好日本在二〇〇九年中開始實施裁判員制度，國民開始有參與判決權力。御子柴那種在場上說服人心的辯論技巧相當吸引讀者，非常符合時代的需求。這個制度對社會是好是壞？小說中更以數據、專業人士的想法，提供發人深省的思考空間。

中山七里以塑造了巨大的「中山宇宙」聞名，幾乎筆下角色都活在同一個世界，彼此相互連結、甚至在別的系列作品中登場。這是他想成為職業作家的鬥志：一開始就構思四種類型，每一種都寫下去，即使有一種賣不好，其他類型還是能夠讓他謀生。喜歡御子柴系列的讀者，建議萬勿錯過中山起源作《連續殺人鬼青蛙男》（二〇一一）。本作與《贖罪奏鳴曲》互為表裡，御子柴與曾碰面過的《青蛙男》兇手具備類似的成長軌跡，為何他能回頭是岸、對方卻淪為更恐怖的惡魔？再一塊與今年也改編成電視劇的《嘲笑的淑女》系列主角蒲生美智留對比，勢必有番宿命般的感慨。曾有讀者質疑御子柴被音樂喚醒良知的設定過於「奇幻」，但《青蛙男》中早已透露出作者的理念：

「世界上，一方面是虛偽與慾望、瘋狂與憎惡胡纏蠻攪，一方面是真實與奉獻、理性與愛情和諧共生。汙濁之物和清淨之物始終並存著，而清淨物當中的一個，就是音樂。那麼，可能用音樂來淨化精神上的汙濁嗎？」

音樂具有洗滌邪惡的能量，但不同的「父親」帶來的境遇，也讓惡德律師與殺人鬼青蛙男最終蛻變為日本社會的光與影。青蛙男留下的遺憾，由御子柴的熱血填補，也是繼岬洋介系列後，再度呼應「音樂」在中山七里文學中的崇高地位。另一方面御子柴的原始人設來自《怪醫黑傑克》（一九七三），無照醫師黑傑克因臉部傷痕和向患者索要巨額手術費而惡名昭彰，不為醫界所容。起初看似反派人物，但後續展現出重視生命與醫療資源，義無反顧奉行信仰的醫學之道令人動容。御子柴不擇手段、不惜自曝前科身分等代價贖罪，承擔罵名唾棄甚至人身傷害也無所動搖的決心，正與中山七里所崇敬的手塚治虫思想相互輝映。

筆者綜觀中山七里出道以來發表的七十七本小說，除了「中山宇宙」的相互串聯，亦與時俱進地深化他關懷社會弱勢、司法癥結的創作核心。《贖罪奏鳴曲》是中山在《再見，德布西》（二〇一一）勇奪「這本推理小說真厲害！」大獎出道後開寫的第一部作品，當時訂下的主題是「沒有被法律懲罰的人要如何贖罪？」由於法律是重要一環，主角就自然而然成為了律師。東野圭吾曾指出，日本司法制度有著過度優待犯罪加害者，還對被害者及其家屬刻薄的狀況，中山七里也認為，「上級國民」犯了罪可能被輕輕放過，但有一些人因為做錯事卻遭受過重的處罰，這種不平等現象衍生的種種問題被他長年著力詰問，如《青蛙男》中的「心神喪失者行為不罰」、《泰米斯之劍》（二〇一四）裡環環相扣的冤罪悲劇、《零目擊者現場》（二〇二三）的「私刑處刑人」也不再是幻想中的產物。

環繞在司法爭議的職人角色也逐漸擴增，從《青蛙男》的基層警察古手川到御子柴律師、《交給靜香奶奶》系列的祖母孫女檔法官、《能面檢察官》系列的不破俊太郎，他們站在不同的立場與觀點抵抗荒謬的現實，在阻礙重重的組織規範、社會常識中奮力維護自我的信念，為讀者撥開被主流媒體所掩蓋忽視的思辨空間。中山在二〇二四發表的新作《AI告訴我有罪》裡，更探索了「人工智慧法官」引入日本後可能會發生的事，AI總是擁有正確答案，但時常欠缺正確答案的人類，真的該將審判結果交給AI來決定嗎？

而位居於中山七里創作核心裡最不可或缺的一塊拼圖，肯定就是御子柴系列。每日讀報、關注時事的作者，在這套小說中融入了第一手的思維與資訊。從系列最新的《殺戮狂詩曲》中可以發現，內容大膽引用了發生在二〇一六年的日本戰後最大規模屠殺案——相模原市身心障礙者福利院殺人事件。凶手是福利院離職員工植松聖，他「淘汰障礙者」的優生學說引發社會恐慌，人人疑惑為何精神正常的陽光青年會培育出如此扭曲思想。中山則將其事件的影響、漣漪，以另一種可能的動機轉化為嘗試救贖犯罪關係人的故事，再展大師身手。

御子柴系列鏗鏘有力地刻劃時代的印記、紀錄律師產業的變遷、批判裁判員制度的弊病、以及描繪歧視更生人的人性卑劣與良善之現象，筆者認為這個系列之成就，乃足以留名日本推理小說青史的《罪與罰》經典。引言俄國文豪杜斯妥也夫斯基的金句意指，有的罪惡純屬個人行為，但有更多源於「不公」的犯罪是社會上每一份子可以挺身相助的。御子柴禮司這位以「贖罪」為原動力、高唱著「不協和音」向身處地獄的人們伸出援手的反英雄，或許正是中山七里本人的化身，以筆鋒控訴當代失序亂象，並渴求著理想中的「正義」吧。

導讀者簡介／喬齊安（Heero）

台灣犯罪作家聯會理事，百萬書評部落客，日韓劇、電影與足球專欄作家。本業為製作超過百本本土推理、奇幻、愛情等類型小說的出版業編輯，成功售出相關電影、電視劇、遊戲之ＩＰ版權。並擔任KadoKado百萬小說創作大賞、島田莊司獎、林佛兒獎、完美犯罪讀這本等文學獎評審，興趣是文化內涵、社會議題的深度觀察。

TITLE

追憶夜想曲

STAFF

出版　瑞昇文化事業股份有限公司
作者　中山七里
譯者　李彥樺

創辦人 / 董事長　駱東墻
CEO / 行銷　陳冠偉
總編輯　郭湘齡
文字編輯　徐承義　張聿雯
美術編輯　朱哲宏
國際版權　駱念德　張聿雯

排版　朱哲宏
製版　明宏彩色照相製版股份有限公司
印刷　龍岡數位文化股份有限公司
　　　紘億彩色印刷有限公司

法律顧問　立勤國際法律事務所　黃沛聲律師
戶名　瑞昇文化事業股份有限公司
劃撥帳號　19598343
地址　新北市中和區景平路464巷2弄1-4號
電話　(02)2945-3191
傳真　(02)2945-3190
網址　www.rising-books.com.tw
Mail　deepblue@rising-books.com.tw
港澳總經銷　泛華發行代理有限公司

初版日期　2025年2月
定價　NT$520/HK$163

國家圖書館出版品預行編目資料

追憶夜想曲/中山七里作；李彥樺譯.
-- 初版-- 新北市：瑞昇文化事業股份有限公司, 2025.01
352面；14.8 X 21公分
譯自：追憶の夜想曲
ISBN 978-986-401-797-3(平裝)

861.57　　113018603

讀小說
Reading Novel